哲贵·非虚构

金乡

上海文艺出版社

以温州金乡镇为样本,见中国近四十年巨变。

——题记

前言

我为什么写《金乡》

1

这是一本意外之书，可细想起来，冥冥之中自有定数。

现在想来，当初答应写金乡，多少有点意气用事，有点为朋友两肋插刀的意思。属于不冷静行为。但是，我要说明的一点是，自始至终，我没有后悔，哪怕一刹那的念头都没有。如果有的话，大约是担心我的能力不足以承担这本书的书写，不能将那片神奇土地和那群性格各异的金乡人有效地表达出来，有愧于他们对我的信任。是的，这是我唯一担心的事。

此事得从头讲起。2017年1月30日，农历正月初二傍晚，我和朋友吴家悻在茶室闲坐，偶遇苍南县委常委宣传部长林森森。闲聊之间，他谈起想找人写一本关于金乡的书。他为何会有此念？说起来有一段因缘。大概五年前，他看了梁鸿的非虚构作品《中国在梁庄》，萌生找人写一写金乡的念头。他当时的想法是：梁鸿写出一个真实的梁庄和梁庄人的生存状况,可是,梁庄或许只是中国的一部分,是中国中西部地区的缩影。他觉得,应该有人来写一写中国的东部沿海经济发达地区,构成一个完整的中国图像。他敏感地认为,金乡是个值得写的地方。金乡为什么值得写?他有他的理由和情怀:第一,金乡建制于明洪武二十年,是当时朝廷派信国公汤和筹建的全国五十九座抗倭卫城之一,与天津卫、威海卫并立,至今已六百多年,是座有历史沉淀的古镇;第二,金乡镇是中国改革开放以来温州地区第一个年生产总值超亿的乡镇,是以商品经济发达闻名的乡镇,是温州模式的发源地之一。在中国改革开放四十年之际,回望与反思金乡的人事,从某种意义来讲,也是回望和梳理中国这四十年来的得与失。

林森森告诉我,为了写金乡,他找过苍南籍的报告文学作家黄传会。黄传会之前写过《中国一个县》,写的便是苍南县。他觉得再写金乡,难以写出新意。林森森后来又找苍南县作协主席陈革新,陈革新觉得不好写,他身在其中,左右为难,担心迷失其间。

2

我后来和黄传会、陈革新都有过交流,他们没有接手最大的原因,是认为金乡不好写,分寸难拿捏。

当然,我答应写金乡也有我的想法。我深知这样的活不好干,这几乎算是一个半官方任务,而且是在中国改革开放四十周年这个时间节点上写这本书,束手束脚是肯定的,吃力不讨好是肯定的,干得不好，将自己这些年来苦心积攒的一点微薄声誉也赔进去，这点几乎也是肯定的。这不是自寻死路嘛。从这一点来讲，我几乎是知难而上了。

所以，我当时便对林森森说，写金乡可以，但得答应我两个条件：一，你不能干涉我的写作，不能要求我写什么以及怎么写。写什么和怎么写是我的事，写成什么样也是我的事。也就是说，这是我的一个作品，我负全责。而且，我还要求，作品出版之前不让他看，除非是我主动提供；二，这不是一本歌功颂德的书，肯定也不会是一本图谋不轨的书。我会以经济的视角写金乡，尽量不带偏见地书写金乡的人物与风物。我会真实反映经济发展给金乡带来的变化，这些变化，有正面的，也有负面的。在这本书里，体现的是我的世界观和方法论，体现的是我对金乡这四十年来人事变迁的思考和判断。这些判断可能是不准确的，甚至是错误的，但你不能干涉甚至企图改变我的思考和判断。

3

我愿意写金乡，还有一个原因。这十多年来，我一直在书写和建造一个叫"信河街"的地方，我关注和研究"信河街"上的富人，他们是中国富人，往小了讲是东部沿海城市的富人，如果直接一点，甚至可以将他们看作温州富人。我一直在关注和研究他们生活的变迁和精神裂变，我一直在分析他们和这个时代的隐秘关系。我关注和研究他们，是因为我发现了一个问题：这群被称为时代英雄的人，表面上是他们创造了财富，可实际上他们被财富吞噬了。表面上是他们推动了时代发展,实际上他们是被时代绑架前行。这是英雄们的悲哀,还是我们这个时代的荒谬?老实讲,我对这个"发现"信心不足,我犹豫,我怀疑,更准确的说法是,我希望这个"发现"是错的,只是我的一厢情愿。我希望改变我的悲观主义。正是抱着这个目的,我答应写金乡,我想以金乡为样本,分析中国近四十年之变。也希望以金乡的实例来击碎我的"幻想"。

我没有想到的是,林森森居然同意了我的"任性"要求,用他的话讲是,"我们两个人一拍即合"。

两周之后,也就是2017年2月13日,林森森带我去了趟金乡,和当时的镇委书记谢磊开了一个碰头会(三个多月后,谢调任,宜山镇委书记李传力转任金乡书记)。我的朋友吴家悻也在场,他是苍南县民政局副局长,那天正好在金乡调研。会上指定金乡宣传委员林华礼(后由宣传委员黄通帅负责)协调采写事宜,宣传办主任董能为联络人。林森森在碰头会上把话讲得很明白,金乡镇不能干涉我的采写,更不能对我的采写提任何要求。类似的话,他此后在金乡的不同场合多次提起,他甚至对被我采写的对象说,只有将一个人的优缺点都写出来,这个人才是立体的,才是丰满的,才是真实的,才是有生命力的。我当然知道,他场面话讲得很好,滴水不漏,他这样讲是在为我开路,为我"排雷",为我"扫清障碍",为我写金乡提供尽可能大的空间。他和我是"同伙"。

我从林森森多次在金乡为我"排雷"的行为看出了两点:第一,他对我写的金乡充满期待,虽然他从来没有问过我采写进度,我觉得,正因为他从来没问,这种期待才可能更迫切;第二,他对金乡充满信心,这句话也可以这么说,他对金乡的历史文化有信心,对金乡近四十年来的经济发展成就同样"信心爆棚"。他没有回避金乡的不足，以及金乡在发展过程中滋生的问题。不回避正说明他的信心。

4

接下来便是材料收集阶段。也就是"摸情况"。在这之前，我对金乡多少是有点了解的。知道金乡是抗倭古城，知道金乡包装印刷企业多，知道金乡人很早去上海办企业，知道金乡有一种城外人听不懂的城内话，知道金乡城内人有一种与生俱来的自豪感，或者叫骄傲。但是，我知道，这些认识都是一鳞半爪的，是一知半解的，是浮光掠影的，是不成体系的。我的前期任务便是将这些杂乱无章的认识理顺，将这些认识有机地串联起来。坏了，这里又碰到问题了。在"理顺"过程中，其实是一个体系的构建过程。也就是讲，我会将这些认识纳入我已经构建的"小宇宙"来，金乡便成了我的金乡。这是最可怕的事了。如果金乡成为我的金乡，那将是一座有序却单一的城邦，是一座只有我的标签和气息的城邦。我不要这样的金乡。那不是我理想中的金乡。我理想中的金乡是混乱而有序的，是庞杂而单一的，是人声鼎沸而又静水流深的，是风狂雨暴而又风和日丽的，是深藏不露而又生机勃勃的，是混沌而又清晰的。

所以，我一直告诫自己，不要将我僵硬而狭窄的世界观和方法论强加于金乡，我要做的只是发现和挖掘金乡，理解和呈现金乡。无论是金乡人物还是金乡事物。当然，我知道，要做到这一点很难，几乎是一项不可能完成的任务。原因在于，如果这本书里缺少了我的世界观和方法论，呈现出来的金乡将是混乱无序的，将是面目模糊的，没有精神高度和气质的。可是，如果将我的判断过多地体现在这本书中，又可能有失于对金乡整体性的认识，那是我最不愿意见到的。

当然，更大的问题还在后面。我将以何种形式来表现金乡。黄传会多次来电，询问采写进展。每一次，他都会谈到书写的结构问题。他甚至说，结构从某种程度上决定了我书写金乡的成败。黄传会是前辈作家，他的善意提醒，是建议，也是担忧。我认为他的担忧切中要害，非常精准。

5

我前面讲过，我将以经济视角来了解金乡，深入金乡，挖掘金乡，剖析金乡。一方面，经济视角和领域是我这些年的研究切入点和关注方向，是我的兴趣所在；另一方面，我认为更为重要的是，经济视角和发展是深入了解和剖析近四十年中国进程的一把钥匙。我对此深信不疑。

也正是出于这个原因，我在选择人物之时，首先想到的便是经济人物。我想到了研制电动汽车的叶文贵，想到了胆大包天的王均瑶，想到了徽章大王陈加枢，想到了连任两届上海温州商会会长的杨介生。他们属于成功人物，功成名就，被誉为时代英雄。他们是金乡人，更是中国人。从这个意义上来讲，我在走近并逐渐进入他们的人生时，是将他们放在当下中国的整体环境来考量的，而金乡只是他们的出发点，是他们成功或者失败的根源之一。譬如叶文贵，我在描写他前期的创业时，无论是场景还是数字，是客观的，是坚实的。那是一段已成定论的历史，我不作妄评。我将描写叶文贵这个人物的重心放在研制电动汽车上，因为我坚定地认为，这是叶文贵对当下中国最大的贡献，无论是科技方面还是经济方面。叶文贵的特别之处在于，他凭一己之力，将中国研制、生产电动汽车的历史整整提前了二十八年。这是叶文贵的成功之处，是他六十八年人生最为闪亮的一笔。我认为，有了这一笔，叶文贵便足以载入史册。可是，我同时也发现，叶文贵的悲剧也正来源于此，他的悲剧也正是"整整提前了二十八年"。如果叶文贵是在今天研制出电动汽车，因为国家政策的支持，因为市场的巨大需求，几乎可以肯定，叶文贵将会成为一个中国经济巨人，一个新时代的明星，享受他应该享受的光荣和荣誉。可是，如果从历史的角度来打量，可能成为经济巨人的叶文贵，只不过是一个庞大的经济动物，或者说是一个庞大的经济体。而"将中国电动汽车的研制和生产的历史整整提前二十八年"的叶文贵，却成了一个倾家荡产的人，成了一个落寞者和失败者。而这正是叶文贵的可贵之处，也是叶文贵留给这段历史的价值和警示。再譬如王均瑶，这个中国第一个以个人名义承包飞机和航班的农村青年，他从湖南长沙承包飞抵温州航线的那一年，才二十五岁。在这里请允许我套用一句老话：他的一小步，是历史的一大步。没错，这句话是美国宇航员阿姆斯特朗在1969年讲的，那一年，王均瑶才三岁。二十二年后，王均瑶用他的行动证明，他的一小步，也是历史一大步。他成了中国包机第一人，成为一个创造历史的人，他因此举而载入史册，更因此进入民营航空领域。要知道，在他之前，在中国，这个领域一直操控在国有机构手中。这是王均瑶的历史意义，更是现实意义。遗憾的是，王均瑶三十八岁英年早逝，令人神伤。可是，我在书写王均瑶的时候，要探讨的一个问题正是：一个人创造的历史和他寿命关系之有无。再再譬如陈加枢，这个徽章大王，他并不是金乡最早做徽章的人，最早做徽章的人叫林永志。可是，陈加枢用近四十年的不懈坚持，从一个退伍文艺兵演变成中国徽章大王。在陈加枢身上，我看到了坚持的力量，看到了文艺无穷的作用，看到精益求精的意义，看到特立独行如何影响和改变世界。一枚徽章何其微小，相反，世界何其庞大。在走进和深入观察陈加枢之时，我有力而又辩证地看到小与大是如何结合在一起的，它们和谐统一，神奇美妙。再再再譬如杨介生，这个二十岁便立足上海滩的金乡人，他是金乡在外最为知名的成功人士之一，有一度可以说是最负盛名的在外金乡人。走近杨介生之后，我深刻体会什么叫人如其名，从某种意义来讲，杨介生就是一介书生。无论是做企业还是当商会会长，无论是个人爱好还是人生追求，文化一直是杨介生思考和表达的核心主题。我在杨介生身上看到文化如何植根于一个人的内心，又如何在一个人身上发生微妙而巨大的作用。杨介生说，如果让他再做一次选择，在商人和文化人之间，他一定选择做一个文化人。我相信这是他的真心话。可是，时势弄人，杨介生为世人所知的却是一位成功的商人。然而，这也正是杨介生身上最为迷人也最有张力的地方，如何将文和商融为一体，是杨介生一生的命题，可能也是我们这个时代一大命题。

叶、王、陈、杨是金乡名人，他们大都有过或多或少的交往，从某个方面来讲，他们代表金乡，从更大的方面来讲，他们代表某个时期的中国。

当然，我清晰地知道，他们只是金乡的一部分，他们只是金乡的某一个层次。金乡是由各个部分组成的，各个层次的人物是组成金乡的重要部分。

6

从大的方面来分，我所写的金乡人主要由两类人物组成：一类是在外的金乡人；另一类是在内的金乡人。

在外的金乡人还有武者白植富、金乡第一美女邓美玉、教授夏敏、上市公司老总苏维锋、"易经大师"顾金勇、做鱼豆腐的郑恩仓等人。在内的金乡人有：金乡活字典金钦治、与时代赛跑的陈觉因、金乡闲人胡长润、小镇歌唱家史秀敏、70后税务官陈彦柏、"天下第一盔"京剧盔头制作传承人夏法允、市井奇人沈宝春等人。

必须说一说缪存钿，他曾经是金乡最成功的商人之一，是个慈善家。现在是个破产者，身负巨债，寄身养老院。我觉得他是金乡的一面镜子，是金乡的历史和现实，是金乡硬币的另一面，是金乡组成的重要部分，是必须正视和反思的重要内容。在金乡近四十年的历史进程中，像缪存钿这样的人不在少数，他们曾经辉煌过，失落过，崛起又跌落。正是因为有他们，才组成一个完整的金乡。

我还写了缪存良和缪新颖父子，缪存良和缪存钿是堂兄弟。缪存良从十三岁开始当学徒，学习发业务信和印刷技术。他从"信"起家，以"纸"打天下，通过四十多年的稳步发展，将企业做到全国龙头。更为难得的是，无论在业界还是社会缪存良都拥有良好口碑。更有意思的是他的儿子缪新颖，他是个"80后"，留学归来，满怀理想，锋芒毕露。缪新颖的人生与人不同之处在于，他有一个比普通人高的起点，能做成普通人做不成的事。可是，他也有他命中注定的责任和义务，他必须接班父亲创办的企业。更主要的是，他必须在父亲的基础上，做出属于他的景象和格局。一对父子，两个时代。其实，他们面对的问题可能只有一个，那就是他们将以何种姿态面对这个世界，完成一个大写的人。对缪存良来讲，他已经书写了过去和现在的传奇，而留给缪新颖的，是一个坚实的现在和未知的未来，这个未来将取决于缪新颖对未来世界的判断、进取和把握。

7

现在来讲讲风物。

金乡是一座已有六百多年历史的抗倭古镇，历史是一部活着的书本，在不断沉淀和延伸。明朝之后，金乡作为抗倭的作用基本退出了历史舞台。遥想当年，整座金乡城内应该是座大兵营。当作为战略意义的金乡丧失之后，有一部分军人撤离了金乡，有一部分军人留了下来，生根、发芽并且繁衍生息。

现在许多金乡的大族，据说都是当年金乡军人的后裔。他们身体里流淌着各自祖先的血液，那些南腔北调的先祖汇聚在金乡，首先形成了独特的金乡城内话，出了金乡四个城门，城外人听不懂他们讲的是什么；其次是慢慢形成了独特的金乡风俗，这些风俗有的是生活需要，有的是精神需求，但无不刻上浓重的金乡印记和气息。

我想先讲讲玄坛庙。为什么要先讲玄坛庙？在我看来，玄坛庙之于金乡人，近乎一种精神上的皈依地。从地图看，玄坛庙位于卫前大街，处于金乡城中心位置，这是地理位置。其实，从精神层面来考察，金乡虽然有各种宗教信仰，可是，民间信仰最盛者，乃是玄坛庙所供奉的财神爷。各地多有供奉财神爷，所供奉财神爷也各有不同，大多有关羽、范蠡、比干和赵公明等，金乡供奉的是赵公明。我不知道金乡为什么供奉赵公明，但我知道，金乡建城之前便有玄坛庙。据说建城之际，官兵将金乡所有原住民迁出城外，原来的玄坛庙一分为二，跟随原住民前往南门外和西门外。而官兵在玄坛庙的原址上修建了新的玄坛庙，依然供奉赵公明。可见即使是职业军人，也没能脱离民间信仰。金乡城内玄坛庙香火虽然多次中断，但从没有熄灭，一直延续至今。这是信仰的力量，更是民间的力量。玄坛庙的意义对金乡的意义在于历史，更在于当下，当下的金乡人将民间信仰和传统文化相结合，将民间行为提升为文化学术行为。并且，与台湾地区的财神文化联合、互动。这便不单单是事关信仰的问题了，而是如何面对世界的问题，更是如何面对未来的问题。

8

金乡有许多童谣，其中最有名的一首是：一亭二阁三牌坊，四门五所六庵堂，七井八巷九顶轿，十字街口大仓桥。望文生义，这是一首关于金乡卫城古貌的童谣。以前，每一个金乡的孩子都会用城内方言念唱这首童谣，远方的游子念童谣以解思乡之苦。可是，我问过许多年轻金乡人，他们大多记不全这首童谣了。是他们记忆生锈了？还是他们对家乡的感情变淡了？现实的原因应该是，亭还在，桥也还在，可是，亭已不是原来那个亭，桥也不是原来那座桥。为何？我想，时间突然之间变得无限巨大和开阔，在某种程度上将故乡压缩得无影无踪。更主要的原因，或许是故园遭到毁灭性的破坏和环境受到不可修复的摧毁，巨大地伤害游子的感情，也让生活在故土的金乡人变得力不从心。是的，逝去的图景已无法挽回，重建和修复体现的更多是力挽狂澜的决心以及美好的愿景。

　　从某种意义上讲，金乡的独特性应该归功于当年那座城墙和城墙下面深而阔的护城河。城墙和护城河在形式上保护了金乡人，我觉得更主要的是，城墙和护城河在更大程度上塑造了金乡人的性格和精神蓝图。城墙已经不见了，在上世纪大炼钢铁年代已被毁灭性地拆除。城墙拆了，同时拆掉了金乡人的安全感，更拆掉金乡人的精神屏障。现在，古城墙的重建已被提到议事日程，甚至已经破土动工。但是，我可以武断地预判，那座金乡人记忆中的城墙再也回不来了，那座植根在金乡人精神深处的屏障已然坍塌。谢天谢地，护城河还在，护城河的水依然静静地流淌。现在的护城河已经不仅仅是护城河了，她已经成为金乡人灵魂的寄托处。金乡人以前便是通过护城河与外部世界连接，通过护城河走向世界。现在以及以后，护城河更是金乡人和外部世界沟通的桥梁。有护城河在，金乡人的心灵不会枯竭，有护城河在，金乡人和外部世界的沟通不会中断。

　　护城河是金乡城的外河，鲤河是金乡城的内河。金乡人以前出门远行，先从自家门前的鲤河坐船，小船从鲤河划出，到达护城河，再从护城河驶向外部宽阔的世界。遗憾的是，鲤河在上世纪80年代被填埋了，现在的金乡城内已经难觅鲤河踪迹。当年金乡第一美女邓美玉的镜头留下了鲤河最美的身影，那也是鲤河最后的身影。没有了鲤河的金乡城，像一位丢失了灵气的美人，同时也失去了风采和妖娆。我可以想象以前有鲤河的金乡城，那是一座花草丰美之城，是一座人与自然交融的和谐之城。古城氤氲，生机勃勃。我相信，那也是所有金乡人向往的一座城池。

2

我必须得讲一讲金乡南门外的义冢和钱仓的布施冢。我想，写金乡的风物，南门外的义冢是无法忽略的，也是不应该忽略的。我可以负责任地说，金乡在当今中国的特别之处，除了经济意义，同样重要的是金乡悠久而浓厚的慈善风气。南门外的义冢和钱仓的布施冢是金乡慈善义举一个典型代表，是由金乡袁家出资建造，收葬抗倭将士和无人认领的遗骸。袁家一共建造了义冢一千圹，金乡南门外四百六十五圹，另外五百三十五圹建在平阳钱仓。袁家也是金乡一个大家族，经商为主，为人低调。更加难得的是，在建造义冢之时，袁家已是家道中落。袁家只是金乡千家万户中的一分子，袁家的慈善义举也只是金乡慈善义举中的一个代表。但这个代表很重要，它是标杆，是旗帜，是召唤，是一股温暖人心的无穷力量。这力量也是金乡的力量。

我写金乡风物的目的，是想说明一个问题，那就是：金乡风物和金乡人物的关系。两者是什么关系呢？我认为，金乡人物是从金乡风物生长出来的，当然，金乡风物又是金乡人物在生活中催生的，两者是相互关系，是一体。话也可以这么说，有什么样的人物就会催生什么样的风物，同样，有什么样的风物便会产生什么样的人物。说白了，就是土壤和植物的关系，沙漠和戈壁长不出枝繁叶茂的参天大树。这道理谁都懂。

10

在这里，请允许我表扬一下我的朋友吴家悻，每次去金乡"蹲点"，他总会想方设法跑去陪我喝一次酒，有时不止一次。他还多次陪我去上海和杭州，多次帮我搜寻有代表性的金乡人，甚至动用私人关系让金乡人接受我的采访。如果从更早的源头算起，也可以这么讲，写金乡是因他而起，他是云朵，如果没有他，雨是下不起来的。我第一次和林森森去金乡开碰头会时就说过，写《金乡》这本书的，不仅仅是我一个人，而是所有金乡人，包括金乡镇委镇政府的人。现在看来，更包括林森森和吴家悻。他们俩和我一样，都是原始作者。

我写的在外金乡人中，除了邓美玉和夏敏，大多是商人，绝大部分是成功商人。我知道，他们不能完全代表金乡，他们只是金乡的一部分。然而，这一部分正是我想表达的，他们在某种程度上代表了近四十年金乡的成就，也从某种程度上代表了近四十年中国的成就。话也可以反过来讲，金乡或者中国的不足之处也在他们身上展露无遗。

在两年里，我接触了近百位金乡人，有的写进书中，有的还没来得及写。譬如种田能人杨维鲁。在小商品经济还没有席卷金乡之前，农业是这里的主业，解决温饱是金乡人遇到的最大问题。1940年生的杨维鲁是个种田能手，后来在老城公社农科站当农技员，指导农民种田。杨维鲁一辈子与农田打交道，退休以后依然在家卖种子、化肥和农药。他这辈子最担心的事是粮食不够吃。他看到日渐荒废的农田，忧心忡忡。或许有人会觉得杨维鲁的担忧是杞人忧天，可我觉得他的担心正是他存在的独特理由。还有企业搬迁到上海的史训国、同春酒厂的张春、面包车主陈法庆、包装厂厂长刘维钢、阿程排档的老板娘、殷家后裔殷春微、退休教师林华忠，等等。他们身上无不烙着近四十年中国发展的历史印记，他们是组成金乡的一部分，而且是重要的部分。他们虽然不是这本《金乡》的主要人物，但可以肯定的一点是，和他们的交往在某种程度上影响了我，甚至改变了我对这个世界的看法。这种影响将让我此生受益。

我写《金乡》的缘起和理由大致如此。

目录

人物篇（上）

温州第一能人叶文贵　002

金乡第一美女邓美玉　025

武者白植富　038

董事长陈逢友　049

亦商亦儒杨介生　057

苏维锋的大与小　065

"易经大师"顾金勇　072

教授夏敏　079

对"胆大包天"王均瑶的想象　087

郑恩仓和他的鱼豆腐　094

人物篇（下）

- 100　金乡活字典金钦治
- 111　与时代赛跑的陈觉因
- 122　徽章大王陈加枢
- 141　"金乡闲人"胡长润
- 150　"天下第一盔"第七代传人夏法允
- 158　税务官陈彦柏坚定而温暖的小理想
- 170　市井奇人沈宝春
- 179　小镇歌唱家史秀敏的现实与理想
- 184　缪存钿面对失败的勇气
- 191　缪存良的世界和缪新颖的格局

- 205　附录：金乡风物
- 237　后记

人物篇（上）

温州第一能人叶文贵

1

叶文贵死了。

公元 2017 年 3 月 13 日，凌晨五点，叶文贵走完传奇一生。享年六十八岁。讣告和相关报道都提到，叶文贵曾经被誉为"温州第一能人"，他代表一个时代。时代造就了他，他也推动时代发展。所以，他的死，从某种意义上讲，代表一个时代的结束，或者一个新时代的开始。

叶文贵的表弟薛成平后来告诉我，叶文贵 13 日下午还在绘制叶家祠堂图纸，画完后，他觉得不舒服，在床上躺了一下，下午送到温州附一医时已不能开口讲话，医院诊断后，说他身体里的器官都不行了，属于"机器老化"，转不动了。凌晨三点，家里人将叶文贵运回金乡，五点去世。

我见到薛成平的时间是 2017 年 8 月 4 日下午，地点在金乡南门外红膜厂。红膜厂是金乡人对它的简称，全称金乡包装材料厂。

你如果坐上当地的三轮车，对司机说去叶文贵的工厂，司机立即会问：是南门外的红膜厂？是的，厂址位于南门外金亭路 8 号，占地十八亩，共八幢厂房（对外号称九幢），厂房一层高七米，空阔异常。是叶文贵在 1983 年斥资建成的。在 1983 年，七米的高度，至少可以建两层楼。

薛成平的妈妈和叶文贵妈妈是亲姐妹。他十六岁开始跟随叶文贵，一跟便是三十九年。可以讲是跟随叶文贵时间最长的人。1995 年之后，叶文贵基本将工厂事务交给他打理。薛成平身材壮实，脸相憨厚，他告诉我，叶文贵喜欢喝酒，喝多了喜欢骂人。但叶文贵从来没有骂过他，因为他从不跟叶文贵顶嘴，叶文贵说什么他听什么。我问薛成平，你和叶文贵喝酒机会多吗？薛成平说，不多。叶文贵喜欢一个人喝慢酒，一边喝一边想心事。谁也猜不透他心里想什么。

薛成平带我参观厂房，叶文贵生前住在最南面一幢，他和老婆陈星初住二楼。薛成平带我上二楼，门锁着，他摸了摸平时放钥匙的地方，空的。他告诉我，陈星初平时在温州照顾儿子，很少回来。回到一楼，他打开仓库，仓库里停着一辆牌号为"浙江 03 试0062"的小轿车，车身橘红色，上面落了一层厚厚的灰尘，车门朝上打开，如后备箱的盖子。我以前多次在报纸和电视上见过叶文贵设计和生产的电动车，这是第一次见到实物，突然有种不真实的感觉，脑子里恍恍惚惚：这便是叶文贵的电动车？这便是叶文贵的"滑铁卢"？这便是系叶文贵荣辱一生的电动车？这便是真正体现叶文贵超前意识的电动车？

墙角停着几辆废弃电动车，轮胎瘪气，车身到处是窟窿，白色的外壳被雨水和灰尘侵蚀成斑驳的黑色,更显得厂房的破败和萧条。边上有一个人工池塘,用丝网围起来,里面有几只黑天鹅,发出呱呱呱的叫声。薛成平告诉我,叶文贵喜欢养天鹅,一共养了六只,为了养天鹅,他让人专门挖了这个池塘,他没事便在池塘喂天鹅。我和薛成平走近池塘,六只黑白相间的天鹅见我们靠近,发出更响亮的呱呱声。听见天鹅们的叫鸣声,让我突然有物是人非的感伤。

八幢厂房,大多租出去,正门进去左边第一幢用于自己的生产。薛成平带我进去参观,里面只有一台机器。薛成平告诉我,这台机器也是叶文贵二十年前设计的,现在还能用,但也只有薛成平一个人会用这台机器了,因为它已经成了古董。我问薛成平,包装材料厂现在主要生产什么产品?薛成平笑了笑说,客户需要什么我们便生产什么。我又问,这么一台老机器,生产得出客户满意的产品吗?薛成平指着机器说,别看它又大又旧又笨重,速度可一点不比新机器慢。我们参观时,机器静卧,厂房里也没有工人。薛成平解释说,白天的用电比晚上贵,工厂都是晚上开工,白天休息。

我想和薛成平深入聊一聊,他跟随叶文贵多年,知道很多不为人知的事情和细节,所以,提出去他办公室坐坐。薛成平说,我没有办公室。这出乎我的意料,问他,你从来没有办公室?他回答,从来没有办公室。我说,既然如此,我们随便找个地方聊聊。薛成平见我这么说后,带我进了大门进去左边的一幢厂房,也是叶文贵出租的厂房,这个小工厂主要生产汽车内部装饰品,我看到地上堆放一排排玩具小汽车,薛成平告诉我,这不是玩具小汽车,而是汽车里的香水瓶。他这么一说,我恍然大悟,我妻子车里便有一个小汽车造型的香水瓶，形状跟这里的产品一模一样，说不定便是这里生产的。

薛成平带我进了隔间，是用磨砂玻璃隔出来的一个办公室，里面开着空调，有一套茶具。小工厂的老板正在泡茶，得知我是来写叶文贵的，显得很热情，又是敬烟又是泡茶。他说，叶文贵是他的偶像，不管是以前，还是以后。

2

叶文贵 1950 年生于金乡鲤河菜场边上的渔行巷。他祖父叶王增是银器老司，是金乡城有名的善人，传说他每年除夕傍晚都会登上狮山，察看哪家没有亮灯，或者哪家烟囱没动静，他默默记下来，下山后，悄悄将钱塞进他们家门底下。叶文贵父亲在上海凤凰自行车厂当工人，直到退休才回金乡。叶文贵一直和母亲生活在金乡，1969 年 10 月 10 日，他作为金乡最后一批知青支边黑龙江，金乡知青主要落户两个地方，一为桦南，一为七台河。当时号称金乡第一美女的邓美玉是同一批赴黑龙江的金乡知青，她后来告诉我，她落户在桦南，叶文贵选择去七台河，因为七台河有他比较讲得来话的朋友。

在七台河一个只有五十来户人家的山村落户一年后，叶文贵首先发现了赚钱商机，他得知七台河矿务局需要很多铁锹柄，铁锹柄是松木做的，而他们所在的村庄边上便是林场，多的是松木。叶文贵牵头与八位金乡知青合伙，每人出资两元，从温州买来木旋床和锯子，办起了锹柄厂。他们和七台河生产资料公司签订了供货合同，对方表示"做多少要多少"。为了提高生产效率，叶文贵根据铅笔刨原理，自画草图，自制了加工铁锹柄的机器。办了铁锹柄厂后，他们九个知青原本每天只有三元工资，一下子增加到了四十三元。

为了方便铁锹柄厂运货，也为了村民出行便利，叶文贵牵头，出资建设了一条村庄通往七台河市的绕山公路，他在公路尽头的杨树上挂了一个"小金乡站"木牌。有了这条公路，吸引了很多周边村民迁居到"小金乡站"附近，不久以后便形成了一个集聚区。1993年，七台河市正式命名此地为金乡村。

1980年，叶文贵怀揣八万多元巨款，从黑龙江返回金乡。这在当年的知青中应该绝无仅有吧。

返乡后，叶文贵曾到文成县民政局所属的五金厂上班。他只在五金厂上了一年多班。至于离职的原因，叶文贵曾经对外说，他为了能够每天喝一瓶当时售价十一元的茅台酒。言下之意是，五金厂的工资收入不足以应付他当时的开支。但是，我认为叶文贵的离职必定有更为充足的理由：首先，他当时怀揣八万存款，已经尝到了作为一个创业者的甜头，绝对不甘为了一个铁饭碗而苦守山城文成；最重要的是，他敏锐地捕捉到了当时的时代气息。

3

他从黑龙江返回金乡之时，金乡的包装印刷行业已经起步，比他大两岁，后来创办温州金乡永丰公司的同乡陈逢友已经办过三十岁寿宴，自称"富人"了。整座金乡城弥漫着商机，叶文贵不会感觉不到。

所以，他经过观察发现，金乡人搞家庭工业需要一种原材料——铝板，当时是一种紧缺材料，金乡交通不便，为什么不直接生产铝板呢？叶文贵便将十七个无业的亲友组织起来，各投资四百元，合办了一家轧铝板厂。

四个月后，不但收回成本，还有近二十万利润。冲突出现了。绝大部分股东想分掉利润，而叶文贵想利用利润扩大生产规模。

在冲突面前，叶文贵选择了退出。这也是他后来被引为传奇的经历之一。他一手创办了轧铝板厂，生意做得红红火火，却隐身而退。非一般人所能为也。

叶文贵从轧铝板厂拿走了属于自己股份的七万元，开始了另一段创业。他发现，金乡当时最火的两个产品是铭牌和饭菜票，几乎垄断全国市场。但是，他发现，金乡生产这两个产品的外包装——塑料证件外套和资料夹所用的机器都是小功率的高频热合器。因为机器功率小，压合不了大尺寸的产品。叶文贵萌生了研制大功率高频热合机的想法。叶文贵自小便有这个爱好，他在黑龙江七台河自制加工铁锹柄的机器，便是此爱好的体现。他自画设计图纸，购买配件，和工人一起装搭、调试，居然很快研制成功。他拿出所有资金，成立了一家完全由自己控股的高频热合机厂。

机器研制成功了，工厂也成立了，产品也生产出来了。但叶文贵不卖。他一点不傻。他深知，这种机器短时间内没人可以复制，他这是奇货可居啊。为此，他在金乡开了四间大功率高频热合机加工店，承接来料加工。直到这四间店完全无法满足市场需求时，他才开始出售大功率高频热合机，每台售价四千八百元，净利润两千八百元。

出售大功率高频热合机还有一个原因，叶文贵此时发现了另一个商机，他发现，金乡生产饭菜票所用的原料是PVC薄膜，而这个原材料必须从外地购进，货紧价高。叶文贵便想：为什么自己不能办一家PVC塑料薄膜厂呢？

一年之后，叶文贵的金乡压延薄膜厂投产了。他为金乡的包装印刷企业解决了原材料问题，货源充足，价格便宜。价格为什么便宜？因为中间少了运输环节，最重要的是，叶文贵所使用的原料主要是从本地企业回收的边角料，极其廉价，因此，即使价格比外地便宜，依然有极高利润。

叶文贵的金乡压延薄膜厂投产两年，产值达四百万，纳税十八万。超过绝大部分国企。一时间，叶文贵成为当时炙手可热的人物。

从1980年到1983年，叶文贵根据金乡的产业特点，先后办了轧铝板厂、高频热合机厂、压延薄膜厂、包装材料厂、蓄电池厂、微机仪器厂。这六家工厂，他办一家火一家。他每办一家新工厂，便有一批人学样追随。

那段时间，用叶文贵自己的话说：挣钱就像印钞票。

4

那是个特殊时期。叶文贵是那个特殊时期的英雄。是一颗闪闪发亮的明星。

2017年2月22日，我到上海闵行区浦江镇百发制衣有限公司总部拜访白植富。白植富是当年金乡著名拳派——"四十二豹"的

"第一号人物"，人称"豹头"，一身硬功，得自南少林真传，是当年金乡社会上响当当的人物。白植富告诉我，叶文贵也是"四十二豹"中一员，他不以功夫见长，但白植富和他关系密切，甚至专门为他打了一架。白植富在上世纪80年代初期去上海发展，开始做印刷包装，后来做服装辅料，上世纪90年代自创服装品牌，如今是上海滩知名企业家。为人低调，深藏不露。他对我说，叶文贵太聪明了，他的脑袋瓜子转得比谁都快，谁也跟不上他。

短短四年时间，积累了上千万财产，叶文贵被誉为"温州第一能人"。1983年，胡万里到任苍南县委书记，在他的提议下，破格提拔叶文贵为金乡区副区长，想通过叶文贵带动发展乡村经济。后来有人做了横向比较，叶文贵被誉为"温州首富"、"温州第一能人"称号时，"后来生产娃哈哈的宗庆后还在乡下种茶，正泰电器的南存辉还在街头补鞋，而阿里巴巴的马云当时正创造了一个奇迹——高考数学只得1分"。

叶文贵一时风光无两。他的许多生活怪癖也开始在坊间流传。有人说他每天喝一斤白酒，而且只喝茅台。有人说他晚上不睡觉，一边喝酒一边想事情，要不就是在画图纸，各种机器的图纸。有人说他喜欢现金，不喜欢支票，每次去银行，都是拎着个大麻袋，从银行出来，大麻袋又鼓又重，只能放肩头扛。

薛成平告诉我，叶文贵喜欢喝茅台酒是真的，年轻时喝一斤白酒是没有问题的，后来年纪大了，喝一斤就醉了。但叶文贵平时喝得最多的还是金乡同春酒厂生产的同春酒，偶尔也喝竹叶青，只有高兴的时候，或者好朋友来的时候才喝茅台酒。薛成平经常去他家汇报工作，叶文贵也拉他一起喝酒。薛成平说叶文贵可以喝一个晚上，第二天蒙头大睡。所以，叶文贵不大喜欢参加亲戚朋友的宴席，他还没有喝到兴头上呢，散席了。多么无趣。薛成平说叶文贵喜欢画图纸是真的，他画各种机器图纸，也画渔行街老房子改建后的图纸，包括后期他画叶氏祠堂的建筑图纸。这方面他无师自通，是奇才。

　　叶文贵成功了。

　　叶文贵的成功有时代原因，更有他自身因素，他的胆魄、意识、技术及实干都是他成功不可或缺的条件。成功使他有了自信心，让他觉得自己能干事，能干成事。自信心又使他对自己有了更大的要求和抱负，对时代及世界有了更开阔更大胆的想法。有一点叶文贵是清醒的，他知道自己能干什么，也知道自己不能干什么，或者说不想干什么。他当上副区长后，虚荣心的满足很快便过去了，接踵而至的是各种会议，他觉得开会是浪费生命，便找各种借口逃避会议。这哪里行呢？一个副区长怎么可以不参加会议呢？最后，叶文贵向当时苍南县领导委婉提出去意，领导大概也觉得叶文贵不太适合"当官"，他的长项是办工厂，那么，还是让他好好发挥长项，为当地创造更多财富吧。于是，悄悄下了一个文件，免了叶文贵的"官职"，这和他轰轰烈烈上任形成了鲜明对比。

　　这让叶文贵松了一口气。

5

　　"官"不当了，叶文贵的辉煌还在继续。

　　1985 年，时任全国政协副主席的费孝通到金乡，慕名到他工厂参观，听完叶文贵对发展商品经济的见解后，评价叶文贵是"了不起的新型企业家"。1986年10月28日，《温州日报》在头版头条刊发题为《农民企业家的气魄》，盛赞叶文贵。更绝的是，同期《温州日报》，还刊发了时任温州市委书记的董朝才撰写的近两千字评论，标题为《希望涌现更多的叶文贵式人物》。1987年3月，德国《明镜周刊》记者专程来金乡采访叶文贵。同年，浙江省召开首届家庭工业会议，叶文贵是唯一的会长候选人，但他坚决不干。他的理由只有一个：浪费时间。1987年，全国评选出一百名优秀农民企业家，九十九名去北京领奖，唯独叶文贵缺席，他的理由也只有一个：浪费时间。

时间不够用，这大概是每一个创业者最真实状态。

对于这段时间的叶文贵来讲，坊间还流传着一段传说，他和他的女秘书冯兰英（音）好上了。当然，只是坊间传说，所有的报道里都没有提到这件事。但是，我觉得从这件事可以探测到叶文贵的人性深度以及他作为一个人的真实性。在传说中，叶文贵已近乎神，近乎传奇。那是因为叶文贵的思想和行为超越了一般人的界限，所以被神化。而作为一个个体的叶文贵来讲，他当然是个真实的人，是个有着七情六欲的人。金乡第一美女邓美玉曾经对我说过，叶文贵曾经"追求"过她，这点我相信，他们还是一起远赴黑龙江支边的"战友"呢。邓美玉后来和叶文贵成了好朋友，和叶文贵老婆陈星初关系也很不错，陈星初也是一起赴黑龙江支边的"战友"。邓美玉对叶文贵不吝赞美之辞，认为他是个能人，是个奇人。我理解邓美玉的意思，能人也罢，奇人也好，她欣赏，可以成为朋友，但是，接纳成为婚姻对象，可能又是另一个命题。

2017年7月8日下午,我去金乡第五巷拜访原金乡镇委书记金钦治先生,金先生已是八十七岁高龄。我们先在他家客厅聊他人生往事,以及他的人生感想。他见证了金乡发展,也参与了金乡建设。他是一个受金乡人尊重的老人,大家称他"金老师"。后来,金钦治先生带我去了一趟狮山公园,看他八十周岁时和家人一起种下的一百零八棵桂花树。从狮山公园下来,在半山腰,我们谈起了叶文贵,叶文贵比他小十九岁,但他们是好朋友,叶文贵听他的话。金先生对叶文贵突然离世感到无限惋惜,谈到了叶文贵的家庭,谈到他的妻子陈星初,谈到他的儿子叶茂光,以及两个女儿叶秀秀和叶小晔,最后谈到了他女秘书的事。他告诉我,陈星初知道叶文贵和女秘书的事后,也没有闹,只是跑回娘家了。以前的妇女都是这样,在夫家受了委屈,唯一的出路是跑回娘家。金钦治先生知道此事后,去找叶文贵,叶文贵还在床上蒙头大睡,他做叶文贵的思想工作,让叶文贵去将陈星初接回来,他告诉叶文贵,因为你的身份特殊,是公众人物,所以,你的事情不仅仅是你的家事,还是社会的事,甚至是政府的事。

我能理解金钦治先生为什么会对叶文贵讲这样的话。金先生是1931年生人,他们那个年代的人,家庭婚姻观念坚固。这是传统美德。我觉得最主要的是,叶文贵是名人,是企业家,是金乡甚至温州的标杆人物,他如果和原配离婚而娶了女秘书,不单单有损于叶文贵个人的声誉和形象,也有损于金乡和温州的声誉和形象。在那个年代,当然是大大的不妥。

事情发展的结果是,叶文贵接回陈星初。他回到了原来的轨道，选择最坚硬最有把握的事业——企业家。

6

没有任何资料表明叶文贵造车和女秘书的离去有关。

有一种说法，叶文贵的造车梦始于他在黑龙江知青时代；另一种说法是，某一天，叶文贵在电视中得知台湾和大陆一共十六家汽车厂商，却没有一个中国人自己的品牌，于是，他决定争这口气。

这两种说法有没有道理？我觉得都有道理。真实不真实？我觉得都真实，都是叶文贵最后付诸行动的源头动力所在。但是，我觉得还缺少一个导致叶文贵造车的直接理由，或者说是契机。

我分析，叶文贵造车的直接理由至少有三个：一、他对小打小闹已经没有兴趣，对他来讲，多办一个工厂，无非多赚一笔钱而已。这多么缺少挑战性啊；二、他想干一票大的，能够引起轰动的，一票对于当时中国来讲绝无仅有的大事。他有这个胸襟和抱负。当然，你也可以说叶文贵有点异想天开。是的，胸襟抱负和异想天开只有一步之遥，甚至是孪生兄弟；三、叶文贵充满了自信，从黑龙江七台河农场开始，他对中国市场的判断和把握，对技术的改造和运用，从来没有失败过。他相信自己能造出汽车来，能成为中国私人制造汽车第一人。

叶文贵跨出了这一步，而且跨得比任何人想象的都要大，他要造的不是一般的汽车，而是节能环保的电动汽车。

叶文贵在金亭路8号的厂房里重新出发了。用的依然是以前办工厂的套路，查资料，画图纸，能买到配件便买，市场上买不到的配件便自己做。

这是叶文贵过人之处，他充满自信。不就是造辆汽车吗？如果下定决心，火箭飞船他也照样造得出来，并且是凭他的脑子和双手便能完成。可以想象，当时叶文贵内心肯定有一个高矗而闪耀着光芒的目标，那个目标像珠穆朗玛峰一样耀眼。可以肯定，那不是一座雪山，而是一座火山。一座燃烧得滚烫的火山。他肯定为自己这个想法夜不能寐，肯定为这个想法喝了一瓶又一瓶茅台酒，肯定一通宵一通宵地喝酒，肯定画了无数张图纸——有些图纸他画出来了，有些图纸留在脑海里。

可是，对于绝大多数的人来讲，叶文贵这个决定过于突兀了，甚至是异想天开了。很多工人便是在此时离开了叶文贵。道理很简单，叶文贵如果继续办工厂，等于工厂的门一打开，钱便像潮水一样涌进来。这点几乎是毫无疑问的。那么造汽车呢？鬼知道能不能造出来，即使是已经成了半仙的叶文贵，大家也会觉得这个半仙突然发了"癫"。汽车是高科技，是四个轮子在路上飞奔的怪物，是领导干部才能坐的，是电影上才有的新奇货，叶文贵突发奇想要造汽车，完全是不靠谱的事嘛。明摆着有钱不赚，却花钱花精力去造看不见摸不着的汽车，不是神经病是什么？当然，没有人明确站出来反对，谁也没有。因为要做这件事的人是叶文贵，是办一家工厂火一家工厂的叶文贵，是个能自画图纸自制机器的叶文贵，是拥有千万身家的叶文贵，是个被传奇化了的人。像叶文贵这样的人，他如果开口说要造原子弹，谁敢肯定地说他造不出来呢？

7

然而，这一次，叶文贵感受到难度了。他买来所有能找到的与汽车相关书籍，研究汽车的各个配件和模型。他发现，造汽车比研制铁锹柄加工机和大功率高频热合机不同，造车要复杂很多。那些机器再复杂，也只是在厂房里原地劳动，而汽车是要在路上奔跑的，而且是载着人奔跑。我的天，这跟造飞机已经没什么差别了。

叶文贵知道自己力不能逮，他意识到，这是真正的高科技，必须向高科技人才求助。他去了上海、西安、北京等地，慕名去汽车厂和研究所找专家。可是，没有一个人愿意跟他来金乡。

当时温州不通飞机，连火车也没开通，出门只有一条104国道，从金乡到杭州，路途顺利的话，也得二十四小时，如果遇上道路塌方（常有的事），在路上一停便是一天。那时候的金乡，无异于是一个荒蛮之地，大城市的汽车研究专家凭什么到这个天涯海角来？但是，叶文贵是有魅力的，他的魅力是要凭个人力量造汽车，而且是电动汽车。这对于研究汽车的专家来讲，不能不讲是个巨大诱惑。可是，现实的情况是，没有一个专家愿意为了这个诱惑而抛弃大城市的工作。诱惑再大，也只是一个泡影，现实才是最坚硬的。

面对这种情况，叶文贵提出了"星期六工程师"方案。那些专家既可以继续在大城市工作，也可以周末抽空来金乡帮叶文贵攻克造车难关。

六个月后，叶文贵造出了第一辆电动汽车。大部分配件是自己造的，这中间包括大功率的蓄电瓶，当然，包括汽车外壳，也是叶文贵和工人用榔头敲出来的。那是一个线条坚硬的汽车外壳，有点像叶文贵棱角分明的脸形。

叶文贵将这辆车命名为"叶丰"牌。"叶"是他的姓，"丰"大概是丰收的意思吧。

1990年，"叶丰1号"拿到了国家级新产品证书。也就是说，叶文贵制造的汽车拿到了身份证。不过，叶文贵很快便发现"叶丰1号"的致命伤，不是外观，不是舒适度，不是发动机，而是电池寿命短，续航能力差。这对电动汽车来讲是相当致命的。1990年10月，混合动力汽车"叶丰2号"诞生了，叶文贵将"叶丰2号"的成果在中国电动汽车研讨会上做了交流，引来了不少专家和厂家的关注。

1992年初，深圳一个厂家找到叶文贵，他们愿意出资五千万元人民币，要求只有一个：和叶文贵共同开发电动汽车项目。

绣球抛过来了，叶文贵接不接？如果在以前，叶文贵肯定不接，他辛辛苦苦造出来的汽车，为什么要和他人共享成果？这不是他的性格。但他这时想接，而且是很想接，因为他需要钱。三年多来，为了造车，叶文贵投入了上千万。也就是说，他前八年积攒下来的千万身家已全部花光，花钱的速度之快，如烧钱一般。更可怕的是，叶文贵发现，钱还得继续烧下去。可问题是，他已经无钱可烧。所以，他对深圳抛来的五千万动心了。他知道，有了这五千万，他就能让自己造的汽车轻松跑起来，他的汽车梦便能实现。可是，他碰到一个意想不到的问题，当时温州市一位领导不同意这个合作，理由很简单：叶文贵造的电动汽车，是温州几十年来最重大的科技项目，不能随便给了别人。作为一个地方来讲，这话当然也有一定道理，只是多少有点狭隘。叶文贵可以一意孤行造汽车，但他不敢对抗领导。这点意识他有。可是，对于他来讲，如果想继续造车，钱便是摆在他面前的第一道坎。他比任何时刻都需要钱。他找人向市领导转达了自己的想法，得到的答复是，钱的事政府会帮忙想办法。与深圳方面的合作泡汤了，最终，政府方面也没有帮忙解决钱的问题。叶文贵没有责怪政府的意思，造车是他个人选择，这本来就是他一个人的战争，无论成功还是失败，都是他一个人的责任。

8

当然，在叶文贵的人生词典中没有失败这两个字，更不会被钱困住手脚。他有的是办法。他是金乡第一个以企业发行股份的人，一股一千元，这行为估计在当时的中国也是绝无仅有。他还有占地十八亩的厂房，可以卖，也可用厂房抵押借钱。他确实这么做了，将厂房一座一座抵押出去，将抵押来的资金继续投入造车试验之中。没有人能够阻止他这么做，谁也不能，因为叶文贵心中造车梦还没有完成。有梦的人是幸福的。因为梦有一种魔力，会将现实和理想有选择性地隔离开来，无视现实的残酷，而沉浸在理想的幻影之中。对于叶文贵来讲，他的理想幻影是真实的，是触手可及的，那就是他的电动汽车。这点多么重要。

1994年秋天，"叶丰3号"诞生。这是叶文贵理想中的电动汽车，最高时速一百零九公里，充电三小时，可续航二百公里。红色的车身，外壳线条流畅，像美女的身材，玲珑有致。车门不是侧拉，而是像螳螂手臂向上翻开，新颖而优美。浑身散发出时尚感。叶文贵对"叶丰3号"很满意,内饰和外观都符合他对汽车的要求。

车是造出来了,摆在叶文贵面前的问题变得无比复杂。造车之前,叶文贵遇到的问题只有两个:一个是如何造出汽车;另一个是如何造出更好的汽车。从根本上讲,还是一个问题。就像一个不会走路的孩子,要解决的只是学会走路的问题。可是,当他(她)学会走路后,前方便出现无数条路。

叶文贵现在面前便摆着无数条道路,这不是路,而是坎,一道道必须跨越的坎。而且,这些坎他绕不过去,他必须一道道去面对,一个个解决。第一个问题,他造出来的电动汽车卖给谁?对于上世纪90年代的中国人,有多少人能买得起他的电动汽车?第二个问题,买了他的电动汽车怎么充电,在哪里充电,谁出资出力安装充电桩?第三个问题,即使解决了前面两个问题,他如何解决整车批量生产的问题?第四个问题,他如何解决后续资金跟进?第五个问题……问题几乎无穷无尽了。

叶文贵不怕问题。怕问题有什么用?如果害怕一个问题,问题会成为永远的问题。问题是用来解决的,解决完问题,问题便不成为问题了。

解决问题的机会来了。叶文贵不缺机会。所有的机会都是他创造出来的。从这点讲,他是一个创造机会的专家。美国加州的电动汽车专家罗耶·凯勒,不远万里,风尘仆仆来到金乡,他想见见叶文贵这个"奇人",更想见见"叶丰3号"。

没问题,有朋自远方来,不亦乐乎,而且来的是电动汽车专家,当然得好生招待。叶文贵开着"叶丰3号",带罗耶·凯勒先生兜风去了。他们从温州一路"兜"到海口(金乡下辖一个小镇)。

对于叶文贵来讲，当然不仅仅是兜风，他这是在向凯勒先生展示他的"叶丰3号"，也不仅仅是展示，几乎就是炫耀了。对于凯勒先生，当然也不仅仅是兜风，他更多的是在考察，检验"叶丰3号"的性能。

海口回来后，凯勒先生立即提出和叶文贵"联姻"要求。叶文贵当然乐意，他早就等着凯勒先生这句话了，而且，他一开始便知道凯勒先生会主动发起"进攻"。这就叫你情我愿，这就叫天作之合。千里姻缘一线牵啊。可是，凯勒先生提出了一个要求：必须放弃"叶丰"牌。他的理由很合理，挂"叶丰"牌进不了美国市场。

这就欺负人了。简直是欺人太甚了。什么意思嘛，我千辛万苦生了个儿子，你居然告诉我，不能跟我的姓。真是岂有此理。

叶文贵举双手双脚愿意合作，他对凯勒先生也是十二分尊重。可是，他也有一个要求：合作只有一个前提，必须挂"叶丰"牌。

这是个没有商量的前提。

于是，这一次合作也"黄"了。

从表面逻辑来看，叶文贵的"要求"也有点岂有此理。他要的是资金，他现在最需要的也是资金。有人送钱上门，是雪中送炭啊。笑纳便是。至于挂不挂"叶丰"牌，或者挂什么牌，有何关系呢？只要这车是你造的，核心技术是你开发的。就像你的儿子不跟你姓，可他无论改姓什么，也改变不了是你儿子的事实。所以，即使"叶丰"牌换成"凯勒"牌，换的只是一个名称嘛，实质还是"叶丰"。想一想啊，如果合作成功，不但拿到资金，他制造的电动汽车跑到了地球另一端，美国人坐的居然是他造的车，这是多么自豪而且神奇的事情。为什么非图那一点名声呢？

但是，我能理解叶文贵的坚持。他就是这么一个理想化的人，他为理想而来，也为理想而活。他的理想是，这车是我造出来的，名字也必须是我的，名字和车是一个整体，差一点也不行。绝对不行。为此，他将不惜任何代价。对，他就是这么一个人。

碰上这么个倔人，罗耶·凯勒先生只能表示"很遗憾"了。

1995年5月，叶文贵的资金链彻底断裂。他将造出来的汽车锁进车库，将造车资料存在两台笔记本电脑里，过上了半隐居生活。

1997年，日本丰田研发出第一款混合动力车，轰动世界，当年销售一万八千辆。此时，"叶丰3号"已经在叶文贵仓库里油漆脱落，车身发出点点锈斑。叶文贵和他的汽车一样，沉默着。

9

从世俗的目光看，叶文贵最辉煌的时间大致是两个八年。1980年至1988年是前段，他办工厂赚大钱，办一个火一个，成为让人膜拜的英雄人物，是传奇。1988年至1996年是后段，他专心造车，一意孤行，为理想而活，败而无悔，成为一个精神象征，是符号。

当然，前后两段的区别还是明显的。前一个八年，在世人眼中，叶文贵是个战无不胜的英雄，攻城略地，无往而不胜。事业、财富、名誉，甚至包括美女，只要他想要，一切应声而来。他是个在战场上无所不能的战士，功成名就的英雄，是个人人敬仰的神。到了后一段，他更像一个悲壮的英雄，像斗风车的堂吉诃德先生。说得通俗一些，他像一个和全世界赌气的任性孩子。一个要用云朵打造宫殿的梦想家。这就显得悲情了。最后的结果是云朵散去，天地茫然。他从神还原成一个人，是一个失败了的人。他被自己设置的战争打败了。是的，这场战争是他为自己设置的，是他一个人的战争，是一场注定要失败的战争。

  但是，也有人不这么看。在陈彦柏眼里，叶文贵一直是一个成功者。他曾经的辉煌可以忽略不计，造车失败后的人生依然值得称道。他慢慢还清了欠款，将大部分厂房出租，每年至少有五十万元租金，他将红膜厂交给表弟薛成平管理，一年也有几十万收入。这不是一个成功者是什么？最主要的是，他选择了面对失败，而不是怨天尤人。多么诚实的态度。失败就是失败，寻找任何理由和借口都是可笑的。叶文贵大概深知这个道理。他知道此生已无东山再起的可能，但对造车依然心怀梦想。他不再与外人谈造车的事，只在酒至微醺时，打开电脑，独自研究汽车图纸。他做了另一件事，是将儿子叶茂光送去清华大学，读的是汽车专业。

  在陈彦柏的眼里，叶文贵是金乡最成功的人。没有之一。他经历过大风大浪，享受过大红大紫，最后归于淡然平静。还有什么样的人生比这更成功？没有了嘛。

  陈彦柏是土生土长金乡人，是个税务官，比叶文贵小二十岁，叶文贵的名字如雷贯耳，是他小时候的偶像。陈彦柏当税务专管员时，叶文贵的红膜厂属他管辖范畴，他与叶文贵也就有了几次接触。陈彦柏接触叶文贵，已是1996年之后，那时，叶文贵已将红膜厂交给表弟薛成平打理，他家就在南面厂房二楼，但他平时很少下楼，也很少出现在工厂，只有碰到重大事情他才出面。

10

接近叶文贵的人都知道,他对人的判断和取舍全凭感觉,觉得对路,他请你喝家里珍藏的茅台酒,你需要什么,他给什么。有求必应。如果他认为不对路,你别想喝他家一杯水,连进他家门都难。

薛成平对他的性格深有了解,可他又始终摸不透叶文贵的内心。他对有些人的好是没有原则的,没有理由的。是那种随心所欲的好。因为对一个人好感,请对方喝茅台,出手给钱便是十万。而他对身边人,包括像薛成平这样跟随他多年的亲戚,几乎可以用苛刻来形容。叶文贵经常对身边人讲的一句话是:因为你们是我的亲戚,我不会给你们一分钱。

薛成平告诉我,叶文贵有一次叫他一起喝酒,酒至微醺时,叶文贵说,他母亲活到八十八岁,父亲活到六十八岁。他自信地说,自己可以活到母亲那个岁数。然而,事实证明,他只活到父亲的岁数。这当然是个莫大的遗憾。

在薛成平看来,叶文贵晚年是落寞的,他不缺钱,但已无再起的雄心。他养了六只黑天鹅,还学会了锡器制作,还有一件事必须提一下,他晚年很多精力放到叶氏宗祠的建设上,宗祠的图纸也是他亲手画出来的。可惜的是,宗祠还未建成,叶文贵却走了。谁也意想不到的是,叶文贵走后,他妻子陈星初主动承担起建设叶氏祠堂的重任,每天一大早上就去工地。薛成平告诉我,有人劝陈星初慢慢来,叶氏祠堂可以大家一起出力一起建。陈星初说,这是叶文贵未了心愿,她得赶快帮他完成。

从薛成平的描述,还有其他人的闪烁言语中,我感觉到叶文贵晚年的颓唐。这颓唐有英雄老去的无奈,更主要的是来自儿子叶茂光的打击。毋庸置疑,他对儿子是寄予厚望的,而且,儿子也确实继承了他的优良基因,聪明,自我,喜欢钻牛角尖。据说叶茂光是个电脑编程高手,没有他编不出来的程序。叶茂光大学毕业后,在温州开了一家公司,结婚,育儿,一切可算顺遂。可是,随着年龄增大,叶茂光越来越孤僻,只愿意宅在家里,不愿意与外人接触,每天在家里弄电脑。薛成平说,对叶文贵来讲,叶茂光可能才是最大的打击,是致命的打击。

叶文贵出殡时,儿子叶茂光没有出现。薛成平说,有人将叶文贵去世的消息告诉他,他说:你骗人,我爸刚和我通过电话,怎么可能死了?不可能嘛。

2018年5月4日下午,我开车经过红膜厂,拐进厂去,刚好碰见薛成平。他说最近陈星初和叶茂光都在金乡,住在后面房子里。我请薛成平带我去和他们母子打个招呼,我们到了后面房子,薛成平去敲门,门锁着。往回走的路上,薛成平告诉我,叶茂光现在情况很好,早起早睡,还经常和朋友出去吃饭。这就好。

补 记

叶文贵去世当年,中国政府出台政策,鼓励扶持电动汽车,规定公共停车场必须有专门的充电桩,购买电动汽车有一定比例补助。一年之后,温州瓯江口新区生产出第一辆威马电动汽车。此时，距离叶文贵造出第一辆电动汽车已经过去二十八年了。时间可以掩盖一切，却无法抹去这段距离。这或许便是理想与现实之间的距离，更是这个时代与叶文贵之间的距离。

金乡第一美女邓美玉

1

网上有张流传颇广的照片。照片左边是"叶丰3号"红色汽车，叶文贵坐在驾驶室，发动着汽车，开着车灯。汽车右边的车门向上俏皮地打开，再右边是一棵两个枝丫的柳树。在柳树和汽车之间，站着一位美人，短发，身材玲珑，面容甜美，穿一身紧身黑衣，围一条红色围巾，右手挂在柳树上，身体朝汽车倾斜。据说，这是一张叶文贵最为满意的汽车广告照，边上那位模特儿便是人称金乡第一美女的邓美玉。传言，叶文贵研制出"叶丰3号"后，专门邀请邓美玉拍了这张广告照，以兹留念。

多年以后的今天，邓美玉告诉我，她从来没有为叶文贵的汽车拍过这张广告照，而且，叶文贵也从来没有向她提过此事。真是见了鬼了，那么，这张神奇的照片是怎么来的？又是如何流传到网上的？

此事说来话长。2018年1月5日中午12点30，我和邓美玉约好在温州云天楼酒店大堂见面，她前一天从杭州赶回温州，参加一个老师的画展，结束后，准备赶回龙港。我赶到酒店大堂时，邓美玉已等候多时。我们便在她预订好的包厢坐下来，进行了近两个半小时的交谈。

在见邓美玉之前，我早听过她的大名。她是金乡的风云人物，用照相机见证和参与了金乡的辉煌。搬家到龙港之后，她不但用照相机见证了中国第一座农民城的蓬勃生机，更是"飞身入阵"，成为美的发现和创造者，蝶化成为一名摄影艺术家。她的性格和经历，近于传奇，近于神奇。当然，在这之前我们没有见过面，为了这次见面，我们互相加了微信，我翻看了她的朋友圈，看了她发在朋友圈的照片。我一直警告自己，不要相信朋友圈发的照片，手机有美颜功能，哪个不在朋友圈美化自己？待到真正见面，我还是惊叹岁月确有偏心之嫌，对有些人心存温柔，特意呵护。你不得不感叹，邓美玉根本不像一个六十六岁的人，她的身材依然玲珑，面容依然甜美，便是站立的姿势，也是"亭亭玉立"的。在与我的交谈中，谈到激动处，邓美玉嘴唇会轻微颤抖。到了她这个年纪，世事阅遍，有什么事不能淡然面对呢？但是，邓美玉激动了，激动显示出她的年轻，不仅仅是身体的年轻，更是内心的年轻。当然，你也可以说她简单，城府不深。可她是个有经历有一定成就的女人，心中自有高山沟壑，绝峰深渊，对世事对人性自有一番体察与认证。她的激动，她的简单，我更愿意认为，是繁华之后的归真。

2

邓美玉生于 1952 年，家住西门大街杨广源。她从小爱美，喜欢自己做衣服穿。当然,前提是她从小便长得漂亮,否则便是臭美了。初中时,便被称为金乡中学校花。用邓美玉自己的话说,"已经长得很成熟了"。

1969年,"上山下乡"运动狂风刮到邓家。金乡知青点是黑龙江,一为七台河,一为桦南。对于地处东海边的金乡来讲,无论是桦南还是七台河,都是遥远的北国,冰天雪地,狼群出没,一去无归期。邓美玉父母亲不想让她去,她也不想去。路途遥远是一个原因,邓美玉的漂亮是另一个原因,按照南方的计岁方法,她已经十八岁了,是个真正的姑娘啦。十八岁的年纪,对有的姑娘来说,身体才刚刚发芽,像干瘪的谷粒。而邓美玉的身体是饱满的,是含苞待放的,是生机勃勃,是喷薄欲出,是充满诱惑的。父母不放心她去那么远的地方,她自己也不放心。此事该当如何是好?她家有个亲戚是医生,出了一个主意,让她吃"果导"。"果导"者,泻药也。就是让邓美玉不停拉肚子,把身体拉干瘪了,拉出毛病来。当然还不够,身体有毛病也不保险。最后只能三十六计走为上,逃到钱库一个乡下亲戚家躲起来。

邓美玉说,她在乡下"避难"那段日子,过得一点也不安心,每天担心政府的人来抓,所以,除了不停地吃"果导",便是时时观察通往外面世界的一条乡村小道。她经常在傍晚时分,看见父亲手里拎着她喜欢吃的食物,匆匆赶来。这是多么荒谬的现实。父亲一边让她吃"果导"败坏身体,一边又担心她身体支撑不住,给她"补料"。有一天,父亲在夜里赶来,神色仓皇,无奈地对邓美玉说,政府到他们家下了最后通牒,她如果不主动回去,便来抓人。邓美玉听了之后,立即收拾衣物跟父亲回金乡了。这样鬼鬼祟祟的日子她早就过够了。

3

1969年10月10日,邓美玉启程去黑龙江,她说自己一辈子都不会忘记这个日子,这是一个起点,是一去遥遥无期的起点。从此人生苍茫,归期未卜。历史有时不可捉摸,邓美玉是最后一批知青,如果她不去黑龙江,人生肯定是另一番模样。当然,历史不可假设和想象。想多了只有伤心。

邓美玉到了黑龙江合江地区,被分到桦南灰石矿,因为人长得漂亮,分在文宣队。1972年,她与同是知青的魏中柱结婚,魏中柱是医院的骨科医生,云岩人,云岩在当时是公社,离金乡不远。可以想象,当年有多少男青年在追求邓美玉,有多少人蠢蠢欲动,白天黑夜心怀鬼胎,想象以及试探着接近邓美玉,将她饱含春意而活泼生动的身体抱在怀里。至于当年为什么选择和魏中柱结婚,邓美玉没有特意提起,我也没有见到魏中柱本人。但我见过魏中柱的至亲晚辈,可以遥想当年的魏中柱定是一个英俊青年,性格活泼,能说会道,活泼幽默,极讨女性喜欢。当然,他的职业想必也帮了大忙,无论在哪个时代,在什么地方,医生总是一个受人尊重的职业,甚至带有一点点神秘色彩。这种神秘色彩或许正是邓美玉所向往的。

1974年,女儿魏晓书出生,邓美玉调到后勤,先做出纳,后当仓库管理员。领导找她谈话,让她当管理员,是因为她的性格,她做事直爽,不贪小便宜。这点对仓库管理员很重要,否则,家贼难防,再大的仓库,再多的生产资料也经不住"蚂蚁搬家"。

1978年,已有知青陆续返城。那年冬天,邓美玉带着女儿魏晓书回到金乡。世事沧桑。出去是个少女,回来已为人妇。次年,儿子魏晓生降临。

4

邓美玉"返城"后,因为是矿厂职工,组织上原本安排她去医院上班,可是,邓美玉不干。不干的理由很简单,她不喜欢。

这便是邓美玉。她的个性就像硬币的两面:花和字——喜欢和不喜欢。她喜欢的事,不管有多难,更不管结果如何,她一定会去做,谁也拉不住。不喜欢的事,她掉头便走,毫不犹豫。没有中间地带。问题是,不去医院上班,组织便不再安排她工作。邓美玉的回答是:组织不安排我自己安排,我自己找出路,我开照相馆。

我问过邓美玉,在这之前,她接触过照相机吗?邓美玉回答说,她接触过。大约在1968年春天,也就是她去黑龙江的前一年,她去瑞安一个朋友家玩,发现了一个胶卷。她和朋友拿着这个胶卷,去了温州城,租了一架照相机,在中山公园拍了一组照片。此后再没有摸过相机。

这叫什么"接触过"?

但是,邓美玉给出的理由非常充足:"我喜欢"。

说干就干,她联系了五个"返城"知青,一起申办照相馆。因为那时还不允许私人开照相馆,必须是集体单位。还因为当时金乡已有一家集体照相馆，他们申报的名称为金乡照相二馆。

当然，在申报过程，邓美玉也没闲着。她二哥邓伦澄有个朋友叫金安其，原来在温州公安局负责摄影，后来受伤，离职在温州市区纱帽河1号开了一家照相馆。她通过二哥关系，1980年春天，去温州跟金老师学摄影。大概学了两个月，金乡照相二馆批下来了，她单方面宣布"满师"了，立即赶回金乡。此时，五个合伙人只剩下两个了：一是大家对摄影没有兴趣；二是不知照相馆能不能赚钱。前途未卜的事，纷纷离去实属正常，好在证件已经批下来，两个合伙人照样能办。

1980年8月1日，邓美玉的金乡照相二馆开业。地点设在卫前大街玄坛庙，金乡城中心位置。

邓美玉的照相馆开得正是时候，1980年，正是金乡印刷包装业迅速崛起时期，全国各类学校里的饭菜票、学生毕业证书、各种奖励证书大都是金乡做的。政府部门发放的户口簿、结婚证、驾驶证、土地证也大多出自金乡人之手。都是小件，利润微薄，可数量巨大，涓涓细流汇成大海，金乡人懂这个道理。

5

邓美玉大概没有想到，她的照相馆会成为金乡印刷包装产业链中的一环。因为金乡这些印刷包装业务，全凭金乡人在全国各地跑业务跑回来的。他们出去跑业务，需随身携带样品和产品图册，为了让客户一看便爱不释手，业务员便不惜花上一笔费用，请邓美玉将图册拍得更加美观诱人。

因为图片美观与否直接影响业务成交可能性,所以,客户对图片要求越来越高,有的还要求将图片放大。邓美玉当时刚接触摄影,她解决不了图片放大和后期制作问题。于是,她通过大哥邓伦枢和二哥邓伦澄的关系,到福鼎照相馆学习了三天,"解决了"用铅笔修底片的技术问题——她能将图片拍得又大又漂亮了。

邓美玉说,1982年以后,是照相馆生意最好的一段时期,每天要做几万张图片。邓美玉说,她每天都要忙到凌晨两点才回家,天一亮,又有客户上门拍照。她说,那时女儿魏晓书还小,不敢一个人在家睡,只好跟她去照相馆。有一次,魏晓书坐在椅子上睡着了,摔了下来。从那以后,魏晓书晚上便不来照相馆了。

那些年,是金乡发展最辉煌的日子,一个有着沉重而悠久历史的古镇,在新的历史时期,长出了一朵朵奇异的花。一个因兵戎而设的古镇,却在六百多年后,以经济的形式闻名于世。实在是沧海桑田。

那时的金乡城,便是一座充满经济气味的城堡。为了赚钱,什么疯狂的事都能做出来。邓美玉说,鲤河便是在1982年被填成马路的,马路两边盖上房子,变成了商铺和工厂。鲤河是金乡城的内河,以前金乡人出城,先从家门口的鲤河乘小船到护城河,再去城外。鲤河是金乡城的毛细血管,鲤河水是金乡城的血液。不幸的是,鲤河被填,血管被埋。金乡城成了一座坚硬的城池,被冻结住了,不再水声潺潺,不再灵光闪耀。

对于当时的邓美玉来讲,她并没有意识到鲤河对于金乡城的意义,更没有使命意识,她只是觉得可惜,自然而然拿起手中的照相机,为被填埋前的鲤河留下珍贵的"遗像"。对于她来讲,一是手中有相机，二是觉得鲤河是那么美。她得为美做点什么。

6

1988年，邓美玉一家搬迁到中国第一座农民城——龙港。丈夫魏中柱也已从黑龙江调回，依然在医院系统工作。算是一家团聚了。

搬家到龙港后，邓美玉到土管局档案室当了一段时间临时工。她家在环河路，就在土管局隔壁。邓美玉说，当时龙港建设刚刚起步，连一个正式的照相馆也没有，有人听说她会拍照片，主动找上门来。魏中柱的意思是，既然已在土管局工作，虽然只是临时工，好好做几年，以后可以转成正式工，让她安心工作，别再接拍照的活。邓美玉也觉得他说得有道理，可是，一听见有人喊她拍照片，她立即心痒，跟同事交代好手头工作，偷偷从档案室溜出去了。

溜多了之后，邓美玉的心就"野"了。她本来对档案室工作没有激情，每天面对的是一堆又一堆材料，完全没有美感可言。在邓美玉心中，只有摄影才是美的，只有摄影才能体现她的人生价值，只有摄影的生活才是有意义的。所以，她毅然辞掉工作，在环河路48号自己家里重起炉灶，成立了美光摄影图片社。

从我与邓美玉的接触和观察来看，她性格里有很明显的反差。一方面，她是温顺体贴的，是善解人意的。在生活上，无论对什么人，无论遇到什么事，她的态度是谦和的，姿态是平等的，什么事都是可以商量的。她是一个会替对方着想的人。另一方面，她是一意孤行的，是蛮不讲理的。这指的是她选择的摄影。从某种程度来讲，她觉得摄影才是真正的生活，才是她一生最应该做的事，是她生活和灵魂得以和谐统一的唯一事业。所以，当年她从黑龙江回来之后，义无反顾地办起了照相馆，为了照相馆，为了拍出好照片，她什么苦都能吃。因为，当她在拍照过程中，感受到一种美的创造，那是一种享受，更是一种释放。当她看到自己拍出的照片，那是一种美的呈现，是一种美的创造，呈现和创造的不仅仅是照片，更包括邓美玉自己。作品便是她的化身。那是一种美的化身。她沉醉在这种美里。因此，一旦触及摄影，她性格里固执偏激的一面便被激发出来，对于常人来讲，变得"不可理喻"了。但对邓美玉而言，这才是她"想要"的生活。

7

邓美玉说，在龙港开图片社那段时间，她像着了魔一样，什么活都接，什么照片都拍。1993年，李家垟发生一起命案，一个十八岁男孩被杀，公安局没有专职摄影师，局长开车到她家门口，问她敢不敢拍死人。她二话没说，抓起相机便钻进汽车。到了现场才知道，她要拍的不单单是尸体，而是尸体解剖。可是，邓美玉几乎没有犹豫，便将镜头对上去。

从那之后，邓美玉当了很长一段时间公安局的"专职摄影师"，什么血腥的场面都见过，见多也就习惯了。

什么活都接，并不仅仅是为了钱。对于邓美玉来讲钱从来不是排在第一位的，她当年在金乡开照相馆，更多的是出于对摄影的热爱，她觉得摄影本身是一项美丽的事业，而通过摄影，可以将美传递出去，甚至是创造美。她觉得这才是最吸引自己的。如果没有美，任何事情都失去了意义。

龙港被誉为中国第一座农民城，在上世纪80年代末90年代初，农民集资造城，对当时的中国有特殊意义。那些年，"城市化"的口号还没有喊出来，更没有相关政策出台。龙港从一个小渔村演变成一座颇具规模的城市，对于当时的中国来讲，是一件新兴事物，无迹可循，无法可依，是真正的"改革试点"，这也正是龙港的机会。所以，那段时期，整座农民城热气腾腾，昼夜不息，日新月异，预示着一个新的时代的到来。龙港的建设和发展是一个信号，是中国南方即将沸腾的端倪，是整个中国即将翻开新页的潮汛。邓美玉捕捉到了这个信息，她拍摄了许多关于龙港建设和风貌的照片。她参与其中，见证并记录了这个时代的风起云涌。

1992年，邓美玉和影友在北京办了一次展览，将关于龙港的摄影作品做了一次展示。同时，她为苍南民族中学义务带学生，教他们摄影技术，指导他们就业、创业。她每天生活在摄影中，摄影成了她生活的全部。这正是她想要的。可是，她突然又不满足了。她对摄影的认识发生了改变，对自己的摄影有了不同要求。她想让自己的摄影作品透透气，想让自己的摄影作品飞腾起来。于是，她不顾家中"反对"，带着学生，怀揣五千元人民币，去福建惠安"体验生活"了。

1995年她在福建惠安创作的作品《艳丽人生》获得中华各族妇女风情大奖赛一等奖，随后加入了中国摄影家协会。同年，她受邀参加了在北京召开的世界妇女大会。邓美玉觉得，她所有获得的荣誉都与摄影有关，而她所拍摄的照片，主题便是美，她用摄影的方式发现美，并且创造美。她认为这是自己的使命。

这段时期，邓美玉以手中的相机为媒介，极大地拓宽了视野，丰厚了她的人生阅历。因为摄影，她与作家叶永烈、书法家庞中华、末代皇姑金韫馨等人多有交往。这些交集，从某种程度上加深了她对世界的认识，更在思想层面上丰富和滋养了她，让她更清晰地认识自己。

8

2000年，邓美玉与魏中柱离婚。

对于此事，在我的询问下，邓美玉只是轻描淡写地说了一句。似有往事不愿再提之意。2000年之后，邓美玉又获得很多摄影方面的荣誉，如温州市十大人像摄影名师等。我听说魏中柱是个洒脱之人，对他来讲，离婚未必不是一种妥善的处理方式。

2005年，邓美玉迁居杭州。2007年，经人介绍，认识了华志刚。华志刚是美籍华人，香港出生，台湾长大，长期生活在美国洛杉矶。1986年离异后，没有再婚。2006年来大陆探亲。2007年，经朋友牵线认识了邓美玉，他们开始了"电话聊天"，这一聊便是三个月，然后才见面，正所谓"见面已是老朋友"了。2008年，他们确定了关系，邓美玉随华志刚去了美国，在拉斯维加斯注册登记，结为夫妇。

去美国之前，邓美玉和华志刚"约法两章"：一，华志刚不能干涉她的摄影；二，她每年最多在美国住两个月，其他时间得住中国。华志刚表示接受。

邓美玉和我在温州国际米兰云天楼大酒店聊天时，有一男子一直陪伴左右，他身材高大，面相宽厚，声音温和。他给邓美玉挪椅子，给她添茶，给她拿零食，每做一件事之前，都会用眼睛看着邓美玉，像凝视，又像征询。给我的感觉，他像大哥哥护着小妹妹。这个男子便是华志刚。

华志刚对我讲，邓美玉不会英语，可她在美国喜欢背着相机到处跑，不知路之远近，也不知日已西沉。她只要拿起相机，脑子里便只剩下镜头里的世界。

邓美玉还不喜欢带手机，一出家门，便与这个世界失去联系。所以，邓美玉在美国，华志刚都要在家里守着她，不敢打瞌睡，担心一眨眼之间，邓美玉便不翼而飞了。

邓美玉刚到洛杉矶时，听说他们家附近有个孔雀园，有天一早，她背着相机出去了，到傍晚还没有回来（手机又忘带了），华志刚开着车满世界找，找到她时，她正全神贯注地对着孔雀"喀喀喀"呢。

还有一次，邓美玉在家里搬花盆时伤了腰，卧床休养时，抬头看见外面突然下起雪来，她不顾腰伤，立即从床里跳起来，抓起相机冲出去，拦也拦不住。

华志刚对我说这些事时，用的全是心疼的口气，连眼神也变得疼爱起来。邓美玉就在边上听着，小女孩一样抿着嘴笑。

邓美玉好几次对我说，到杭州一定去他们家做客，他们家现在就是一个大花园，她现在是个"花匠"。他们在杭州买了一套复式房，邓美玉自己动手，将楼顶设计成空中花园。邓美玉现在关心的是三件事：摄影、种花、旗袍队。她和一班朋友组建了一支旗袍队,经常训练。

这三件事都与美有关,都是创造美,展示美。

邓美玉的女儿魏晓书现在龙港一家医院上班,儿子魏晓生在杭州一所大学工作。而她,从金乡出发,先是到龙港,然后杭州,后来是美国。但我觉得,不管她走多远,见了多大世界,她的初衷不会变,她的美不会变。这就是邓美玉。

武者白植富

1

在金乡，白植富是个传奇人物。他以武闻名。

金乡当年流行拳派，是个大江湖。拳派性质类似帮派，只不过规模略小。在当年的金乡行走，没有加入一个拳派，便像没有庙宇收留的孤魂野鬼，是没有地位可言的。加入拳派便不一样了，是"有组织的人"了，有了靠山，大家同仇敌忾，如果一个受了欺负，便是整个拳派受了欺负。打架便是免不了的，简单点的，两个人约起来"单挑"，如果有一方不服，只能找"组织"出面。于是，两个拳派的头头先坐下来"协商"，先礼后兵嘛。如果道理讲不拢，那么好吧，拳脚上见高低。约好时间地点，双方人马汇集，几十个人，甚至几百个人打在了一起。一般情况，还是拳脚见输赢。可是，输的一方当然不甘心，那么，大家抄家伙咯，枪棒刀剑齐上阵。这还不过瘾？那便来一个大家伙，有一年城内的陈氏宗族和倒桥村的人打起来，陈氏宗族擂响了祠堂鼓，抬出大炮，推到狮山上，炮弹上膛，炮口对准倒桥村。这真是惊心动魄的时刻。当然，炮弹后来没有发射，因为倒桥村的人都看见了那门大炮，大难临头了，村里族头领着一群人，跪在桥头，免去一场血光之灾。这事是我的朋友陈彦柏亲口告诉我的，他说擂祠堂鼓的人便是他爷爷。

现在已经很难统计金乡当年有多少拳派，但大家都知道，最著名的两个拳派是"四十二豹"和"三十六虎"，人多，势众，能打架，两个派别经常举拳相见，当然也用腿。拳打脚踢嘛。白植富是"四十二豹"的豹头，是金乡最能打的人。其实，在社会上，真正身怀武艺的人毕竟少数。一般而言，只要凶与狠，便是江湖上惹不起的狠角色了。当然，这样的人不能碰到白植富这样的人，一旦碰上，便成了《水浒传》中青面兽杨志刀下的泼皮牛二了。

1948年，白植富出生在金乡城外湖里公社。机缘巧合，他十多岁时，跟一个和尚习武。这和尚来自福建莆田南少林，不知何故，选择在白植富家边一座山上修行，守一座破旧寺院，种几亩薄田。附近村人都知和尚身怀绝技，有心请教，但和尚置若罔闻。少年白植富去寺院玩耍，和尚见了白植富，心生欢喜，传他刚柔拳法。这种习武机缘，使白植富的功夫蒙上了神秘色彩，更为神秘的是，和尚师父身怀点穴绝技，他将这身绝技如数传授给白植富。所以，和白植富打架的人，根本没看清楚白植富是怎么出手，只觉得眼前一黑，身体已躺地上。

2017年12月22日，我在上海闵行区浦江镇见到白植富，他年近七十，豪情不减，那天晚上，他请我喝专享的葡萄酒（他去阿拉伯出差也带这种葡萄酒），两瓶葡萄酒喝光，他依然思维清晰，语气平稳。他的第二个儿子白伟作陪，我问白伟，平时控制老人喝酒吗？白伟摇头说，父亲好酒，从来不醉。第二天，他的秘书强子也对我说，他无论喝多少酒，第二天都能将每一句话复述出来。那天中午，白植富先生又请我喝酒，酒到兴头上，我问他点穴的事，他笑着点点头，并且，伸出手指，在我后颈"示范"了一下，我立即一阵麻木，全身无力。我注意到，他的手掌比常人宽三分之一左右，也比常人厚三分之一左右，手指也比常人粗三分之一左右，青筋暴起，一看便不是正常的手掌。一问，原来是常年练铁砂掌所致。他举着手掌翻了一下，摇着头说，在家里，我是不抱小孩的，担心一下抱得太重了，伤了他们的身。他的话让我震惊，我还是第一次听说一个武者不能抱自己年幼的子女。

2

社会上流传，白植富从来没有吃过败仗。这与他身怀绝技有关，也与他为人谨慎有关。身怀绝技就不讲了，就拿他的谨慎来讲，他喜欢喝酒，但从来适可而止，时刻保持清醒，因为他知道，暗地里有多少双眼睛盯着自己，等待的便是他一时疏忽，然后趁虚而入，打破他不败的"神话"。

白植富在金乡是吃过一次败仗的，而这一次败仗与叶文贵有关。叶文贵那时已是著名企业家，却吃了"三十六虎"的亏。这种事，可以找政府出面解决，但叶文贵是"四十二豹"的人，也就是说，叶文贵是拳派中人，他以后要在江湖立足，只能按照拳派的方式来解决，因此，叶文贵找到了白植富，白植富当然得为叶文贵主持公道。接下来发生的事情有两种版本流传于世：一种是白植富带着叶文贵等人去找"三十六虎"，"三十六虎"请他们喝酒，对方乘白植富喝酒时突施袭击，将白植富打倒在地；另一种是对方在半路实施伏击，几个人一拥而上，将白植富按倒。

这两种传言，我向白植富当面求证过，他没否认，也没承认。面浮微笑，一副往事不想再提的表情。

还有一种说法，因为这次败仗，白植富觉得颜面尽失，将几百个徒弟转让给另一个师父，离开金乡，只身闯荡上海滩。

那一次败仗，应该是白植富人生一个大坎，至少是心理上一个大坎。对于一个真正的武者，他绝对不允许"职业生涯"里有此败笔，这是奇耻大辱。对于白植富来讲，这个伤疤会一直留在内心，因为他是个对自己要求严格的人，他不允许自己被打败，一次也不行。如果从这个角度来分析，说白植富无颜再面对金乡拳派也不过分。但是，这里还有两个前提：一，白植富到上海并非教拳为生；二，在金乡期间，他已办过平阳白云工艺品厂。所以，以我的分析，白植富离开金乡，既有内因，也有外因。外因是意外吃了"三十六虎"的亏，内因是发展经济。

白植富去上海跑业务是 1980 年，这也是当时绝大多数金乡人做的事。白植富在上海没有任何基础，去的时候，住上海老北站新民旅馆，睡地下大通铺。他记得非常清楚，边上便是泰山电影院。白植富当然没有心思去看电影，也不感兴趣，他感兴趣的是如何在上海拉到印刷包装订单。

白植富自有他的办法，他的办法便是武术。从寄住的旅馆出去不远，便是人民广场，他有天早上在人民广场闲逛，看见一帮上海老精武会的青年人在练武,有练套路,也有对练推手。白植富站在边上观看良久,直到他们散场离去。自此之后,他经常去"观摩",直到有一次,他步入场子,对其中最厉害的人说,咱们推一下手如何?

那个"最厉害的人"名字叫程留忠,当时是上海公安局的民警,后来成为上海市公安局总教官。白植富和程留忠的友谊便是从那次"推手"开始的,一直延续到今天。后来,白植富二儿子白伟上海体院毕业后,进入公安系统,在程留忠身边待了很长时间。

在上海老精武会那帮朋友的牵线搭桥下,白植富的"业务"打开了一个个突破口。次年,他在上海长安路成立了白云工艺品厂,当然,只是一个空壳,一间办公室,一张办公桌,一台电话机,接来的订单,还是需要在金乡做。

3

在我接触的成功商人中,都有一个原始积累时期,在这个从无到有的关键阶段,"第一桶金"非常重要。"第一桶金"是基石,更是"飞翔"的翅膀。

白植富的"第一桶金"也与武术有关。那是1982年,他在上海有了相对固定的业务后,慢慢将"触角"伸向山东。他发现一个规律,每一个地方,都有一个当地武术爱好者的集聚地。他到了山东济南后,发现济南白马山是当地武人集聚地,他每次去济南,每天一大早便去"拜山",和当地的武人"切磋武艺"。在白马山,他认识了一个名叫王思义的朋友,他哥哥是当时山东省国土厅厅长。

有一天，白植富接到王思义电话，说山东省的土地证将要统一更换，让他赶快去一趟山东。当时，白植富人在金乡，母亲病危，他如何能够离开？可他知道，这是一笔大业务。他举棋不定，左右为难。最后，还是母亲发话，让他去山东。母亲让他放心，一定会"等他回来"。得到母亲的指令，白植富连夜出发，赶到山东，当天晚上，由王思义出面，请相关的人吃了一顿饭。白植富说，母亲病危，他不能恋战；而且，王思义告诉他，盯着这笔业务的人排起了长队，他更要速战速决。所以，那晚在酒桌上他频频出击，来者不拒，足足喝了两斤白酒，依然稳如泰山。他要表现出最大的豪迈和情义，更要表现出他的底气，他有能力承接这笔业务，他能做好。第二天一早，他依然去了白马山，和当地朋友"切磋武艺"，然后，赶回金乡。

白植富没有明确告诉我这一笔业务赚了多少钱，我试探地问他，至少三百万以上吧？他咧嘴而笑，不答。不答就是一种态度，而且是一种肯定的态度。我的天，这是在 1982 年啊，几百万是什么概念？我问他，这笔业务对你意味着什么？在当时算不算成功？他咧嘴一笑，说，当然算不上真正成功，但是，做成这笔业务，无疑有了一定资本，允许失败的资本，在这之前，是输不起的。

1983 年，白植富尝试一种新业务——在乌龟壳上刻甲骨文——一种新的工艺品，赚了一点点。

1984 年做牛皮生意，亏了不是一点点。

1985 年，转行做辅料，为上海当时九大服装公司提供原材料。白植富没有想到的是，这一次转行，才是他创业的真正开始，他有了商业方向。白植富未必明白，有了商业方向对于一个商人是多么重要，有些商人做了一辈子生意，还没弄明白自己正在干什么，更不明白自己想干什么。

1988年，白植富将全家迁往上海。他后来讲，很满意当年这个举措。他满意的不是全家人成了上海人，而是满意三个儿子有了良好的读书环境和机会。他几乎是用骄傲的口气告诉我，老大白敏考上了上海财大，老二白伟是上海体院，老三白君是上海理工。从这一点来讲，我觉得白植富完全有理由骄傲，他做得太好了，如果他让三个儿子留在金乡，能考上大学吗？当然能。但是，三个人都能考上这么好的大学吗？这几乎是不可能的。

4

白植富在上海打过一架，惊动了特警。那是一次生死搏斗，对方几十人，乙方只有他和老三白君。起因还是生意，白植富承接了上海九家服装公司辅料的业务，有人想从中分走一部分，对方是有背景的人，通过中间人传话，让白植富主动放手。白植富当然不会放手，辛辛苦苦创下来的"地盘"，哪能拱手送人？再说，白植富还怕被人威胁吗？他没有理睬对方。有一天，白植富和老三白君去一家服装公司办完事情，出来已是天黑，他和白君走进一条巷弄时，前面来了一帮人，白植富转头一看，后面也来了一帮人。白植富和老三站住了，两帮人越来越近，估计有四十来号。白植富这时转头问老三怕不怕。老三说不怕。白植富问他，接下来怎么办？老三只说了一个字：打。白植富也说了一个字：好。两人背靠背，拉开架势，静等两帮人靠近。

白君从小跟随白植富练拳，这是白植富的要求，他要求三个儿子从小习武，每个人都有一身武艺，一般人是近不了身的。但是，谁也没有见过这么大的阵势，包括白植富。正因为这样，他们下手特别狠，一旦有人靠近，便出重手，不给对方任何机会。所以，对方虽然人多，却没有占到一丝便宜。直到路人报警，特警赶到。

　　白植富跟我谈起那次打架，内心是满意的：一是满意老三白君的表现，虎父无犬子啊；二是满意自己的表现，勇猛不减当年。白植富开玩笑说，那段时间上海在"严打"，那次打架，被上海的警方怀疑是"黑社会"，差一点被"打掉"。

　　打架赢了。另一个收获是，白植富想通了一个问题：他将服装辅料的生意做得再大，只是人家的下游，还得仰人鼻息，给不给做，做多少，别人说了算。也就是说，命运掐在别人手里。如果想将命运握在自己手中，唯一的办法是创办自己的服装公司，创立自己的品牌。白植富这么想还有一个原因，他觉得创办自己的服装公司和品牌的条件已经成熟，不论是业务能力还是资金能力。所以，从这个角度来讲，白植富一直认为自己是比较务实的人，他认为无论做任何事都要冒一定风险，没有风险的事能叫什么事？但是，在冒风险之前，一定要将所有事情做扎实，做得让人挑不出任何瑕疵。

　　2000年，白植富在上海注册成立了百发制衣有限公司。刚好闵行区在招商引资，白植富去闵行区考察后，在浦江镇购买五十亩工业用地，当时每亩价格是十五万人民币，现在起码翻几十倍。

　　2017年12月22日，我去百发制衣有限公司参观，进入样品室，第一个反应是：白植富这下子将命运牢牢抓在自己手中了。

为什么会有如此感慨？去见白植富之前，我和老二白伟聊天，知道他们的产品主要出口中东。这不奇怪，温州人善做天下生意，伊拉克战争期间，绝大多数商人第一反应是逃离战场，保命最要紧，只有温州人拼命往里冲，因为温州人嗅到战争带来的商机。这倒也符合被奉为中国商业鼻祖范蠡提出的商业规律"旱则资舟，水则资车"，不仅要有预见性，更要有逆向思维。我不知道白植富是否读过《史记》里的这句话，令我惊讶的是，他在实践中完全做到了这一点。他做的中东服装不是西装，更不是休闲装，而是中东的袍子，男女老少，正装休闲，各种颜色，各类款式的袍子。这是我第一次见一家服装企业做这么"单一"的产品。可是，我却为这个"单一"拍案叫绝，因为白植富选择了一条僻径，一条别人不敢走的路。我听白伟介绍，他们公司的袍子，几乎覆盖整个中东市场，销量每年都在上升。最主要的是，他们已在这个行业做到最大，没人能跟他们竞争。也就是说，他们的命运始终是掌握在自己手里。

5

老二白伟 2006 年从上海特警队离职，用白植富的话说是"回归公司"。白伟当时已是中队长，程留忠舍不得白伟离职，但白植富说公司需要白伟回来，白伟也愿意回来。

这一年，白植富正在筹备鑫富红木有限公司，涉足红木家具领域。

这一年，上海的用工成本飞升，工资增加，五险一金绝大部分转移到企业身上。刚好，这段时间，江苏、河南等地政府来上海招商引资，白植富和陈逢友等七个从金乡出去的企业家商量后，一路驱车，往河南方向实地考察。2007年7月，他们联合在南通海安买地。2011年，他们又在河南汝阳圈下一块土地。

在江苏和河南买地后，成立了分公司或者成立新的公司，成为生产基地，上海则成为研发和销售总部。

三个儿子，白植富做了分工，老大白敏负责江苏和河南两个工厂，老二白伟负责中东的销售和市场拓展，老三白君负责鑫富红木。白植富自己呢？用他的话说是：我老了，该退休了。老二白伟私下里跟我说，虽然三兄弟各管一块，但碰到大事，还得跟老爷子商量，得依靠他的人生智慧和商业经验。停了一下，白伟又补充一句，老爷子每做一件事，都要求做得完美，这种工匠精神，年轻一代很稀少了。

我完全同意白伟的话，并且，完全相信白伟的话出于真心。

从我与白植富的接触和观察来看，无论他从事何种工作，无论他身家如何，有一点是不会变的，他首先是个武者，这是他的根本，也是他从僻远的金乡走进上海滩、走向世界赖以的原始力量。最主要的是，他一直以一个武者自居，并以武者要求自己。他的思维是武者思维，行为也是武者行为。这也是他与其他人最为不同的地方。白植富不会主动出手伤人，这点我完全相信。但是他说，如果真要出手，他不会让别人看出来。他说自己跟人动手前，一直是笑嘻嘻的，一点征兆没有，等对手意识到危险，已经迟了。

在我看来，白植富也是一个对人性和人生极富洞察力的人。举一个他生活中的例子：他当年在静安区购房时，一次买了四套，他和老伴住一套，三个儿子各一套。一般老人给孩子买房子，喜欢买在一个小区，这样热闹，照应起来也方便。可白植富不这么干，他要求每套房子的距离起码一公里以上。他一般不去儿子家，一年去一趟，基本上在农历正月初十以前，如果去了老大家，必定也会去老二、老三家。绝不厚此薄彼。

　　白植富生活很有规律，周一到周五，他住闵行区工厂，周末回静安区家里和老伴会合。每晚睡前练气半小时，早上天不亮起来打拳，然后去食堂喝粥，他笑着对我说：喝粥好，舒服。

　　白植富很早养成喝咖啡习惯，他现在喝的是阿拉伯咖啡，黄色，味道有点涩。喝咖啡的同时，他也喝中国绿茶。两种饮料轮流喝，在他这里达到和谐和统一。

　　现在的白植富看起来像个邻居老头，根本意识不到他是个身怀绝技的武林高手。

董事长陈逢友

1

陈逢友虽然在上海办了企业,也和白植富等朋友去南通、汝阳买了地,但他大部分时间在金乡。他是金乡永丰公司董事长,是为数不多依然留在金乡的企业家,上海的企业基本交给三个儿子打理。这一点,他与白植富类似,两人都生了三个儿子,三个儿子都在上海打理他们创下的企业。他和白植富是朋友,他们的友谊也传承给了下一代。

在金乡,我去见陈逢友之前,有人告诉我,陈逢友脾气大,难沟通。

其实,脾气大和难沟通是捆绑在一起的,一个见面三分笑的人,貌似好沟通,但沟通得深入不深入、能不能真正达到共鸣,难说。一个人脾气大,肯定不好沟通,会让人不适,但是,如果有机会坐下来,对上话,或许很快能聊到人生深处,或许能够成为至交。脾气大的人往往朋友不多,因为他们对朋友要求严格,可是,一旦交上朋友，便生死相托。

我更愿意和有脾气的人打交道，有脾气的人有真性情。

每个人的脾气性格，和遗传基因有关，也和个人经历有关。一个内因，一个外因，互为作用。

我觉得，陈逢友的性格和脾气的生成，外因占的成分更多。

陈逢友年轻时扛过木材，做过私酒，贩卖过私货，扛过尸体。他说，为了生存，只要能赚钱的活，没有不干的。

现在来看，可以说陈逢友的人生阅历丰富，可是，作为当时的他来说，几乎就是穷凶极恶。陈逢友说，他一生行为磊落，一不偷二不抢，做生意只是为了养家糊口，难道有错吗？

当然没有错。但是，在那个特殊年代，做生意是违法的，抓住是要坐牢的，甚至枪毙。

1978年的一天，陈逢友正在田里锄草，挂在电线杆上的广播哇啦哇啦叫起来，说村集体可以办工厂。他听得入神，脚下的水稻被铲倒一片。他这时哪里顾得上水稻死活？立即飞奔去找村里头头，申请办厂。头头问他要办什么厂，他哪里知道要办什么厂？他最迫切的是要办一个厂，因为他需要的是一个正式名分，一个不用再偷偷摸摸和提心吊胆的名分。做贼一样的日子他过够了，他要堂堂正正做回一个人。他觉得这是一个机会，只要给他一个机会，他便能打出一片天地来。办什么厂他不怕，怎么办他也不怕，他唯一担心的是不让他办，将他活活困死在不见阳光的地下囚城，那是无边无际无形无状的地下囚城。他急于逃离那座囚城。

于是，他创办了人生第一个能够拿出来见人的工厂——金乡文具厂，当然，法人代表不是他，他没资格。

这一年他三十周岁。

2

陈逢友的原始学历是小学。英雄不问出处，但他还是觉得遗憾，遗憾导致谦逊。至少他在口头表达时是这么认为的。或者，也可以反过来看，他在这样表达时，有意无意走向了谦逊的另一面——自豪，蔑视一切的自豪。

但是，陈逢友已经不是1978年的陈逢友了，四十年过去了，他现在是温州金乡永丰公司董事长，是金乡最出名的企业家之一，甚至在温州和上海，也是有头有脸的人物。所以，他的谦逊和自豪是隐蔽的，是不易察觉的。

他讲一口标准普通话，已经听不出金乡口音了，特别是刚开始交谈时，语速有意放慢，说到"是"字时，翘舌音分外清楚。讲话时面带微笑，高抬着头颅，眼睛微微俯视对方。这也许是他的一种姿态，或者是一种多年来有意无意保持的姿态，更是他这些年来对待这个世界的态度。他总是高昂着头，腰板挺得笔直，像一支引弓待发的利箭。

陈逢友不但外形如一支随时引弓待发的利箭，这也是他内心的真实写照。他七十岁了，依然没有放松对这个世界的锐意进取，这从他的谈话可以感受到，更可以从他企业的实际发展得到印证——他将企业的研发和营销平台转移到了上海，和世界第一流的团队合作，用最新的手段提升不干胶的科技含量和核心竞争力。他做得很好，是金乡企业走向世界的成功代表之一。可是，我也在揣测，他的这种绝不退缩的精神，可能也正是内心不安的具体体现。老实说，他的内心深处，依然有一座巩固的地下囚城，他虽然拿到了办厂的许可证，可这张许可证并没有缓解内心的不安和恐惧，甚至于，这种不安和恐惧，随着他企业的发展而增加，更随着他年岁的增长扩大。

3

如果说年轻时走私货、扛死人是为生活所迫，到了上世纪80年代中后期，他早就解决了生活问题。有一个例子，三十岁那年他摆酒给自己祝寿，用他自己的话说是："已经发财了"。

是的，"发财"来得如此之快，这个"快"至少有三个意思：一是得风气之先，在全国范围内先行一步；二是赚钱相对容易，市场刚打开，无限可能；三是同行跟风快，金乡大批农民摇身一变，一夜之间成了厂长或者供销科长，冒出一大批生产文具和印刷包装的工厂。金乡呈现一派繁忙景象，当然，这种景象背后隐藏着巨大危机。可是，在这一片欣欣向荣的表象之下，在历史车轮欢腾地向前轧碾过去时，有谁会注意并思考流水在悄悄改变方向？有谁会注意并提醒人们脚下的土地正在改变颜色？有谁会注意并呼吁人们天空在变灰、空气在变沉重？当时没有人想过这些问题，陈逢友当然也不会有这个认识。可是，当三十多年过去了，当环保部门强势介入到企业的生产甚至是资金运转时，陈逢友愤怒了，他声调提高了，并且使用了国骂，这种情况在他来说是少见的，他不会轻易将内心的情绪暴露出来，年龄是一个原因，更重要的是他的修养，他的经历成就了他的修养，让他对人生、社会、历史有一个相对比较清醒的判断，也有了一个相对从容和宽容的心态。但是，一谈到环保问题，他立即显出内心的原形：一方面他认为环保部门行为失当，超越了职能范畴；另一方面他也明白，环保问题是当今金乡最大的问题之一，也是当今中国最大的问题之一。也就是说，近四十年来，或者在更长一段时期以来，被中国人长期忽略了的那个巨大危机展现出它毁灭性的杀伤力，到了谁也不能漠视、谁也不能幸免的程度。于是，另一种极端的手段出现了。

谁都知道，没有环境保护，我们就没有未来。

我现在感兴趣的问题是，对于环保的问题，陈逢友有没有，或者说在多大的程度上进行了自我反思，并付诸行动？

我没有专门问过陈逢友这个问题，但是，我相信他早就在有意无意间偿还当年"欠下的债"，他这些年来一直在做慈善，为环境建设做，更为改善人心而做。他是金乡有名的慈善家。

4

陈逢友脸色微黑，少笑容，戴无框眼镜，看起来比实际年龄轻。

看起来显年轻，一方面是因为他的精神气质，无论是站是坐，他都是腰板笔直，一副随时可以进入战斗的状态；另一方面是他的身材，他保养得很好，没有这个年龄男子常见的啤酒肚，这很难。他原来喜欢喝点酒，近来肠胃不好，喝少了。

他是个自制能力很强的人，有天中午，他带我去兄弟排档吃饭，点了很多海鲜，有小黄鱼、龟脚、蟹脚、赤虾、海蜇花等等，主食是水潺烧粉干。他吃了小黄鱼，也吃了两只蟹脚，吃完三小碗水潺烧粉干后，便放下了筷子，直至饭局结束，他没有再动筷子。

这种克制也体现在他的座驾上，他开的是雷克萨斯，黑色。这完全符合我对他的想象，我觉得他应该开黑色的奥迪或者雷克萨斯。在我的个人认知里，这两款车代表着低调和克制。

但陈逢友又是张扬的，主要体现在他对世界的认识和对事物的判断上。我曾经问他，同样属于温州地区的两个镇，金乡和柳市，都是经济先发地区，一个产业是印刷包装，一个是低压电器，为什么差距越拉越大？原因在哪里？他说了两个原因：一是金乡的历史文化因素，六百三十年前，金乡建制，成立金乡卫，成为明朝抗倭重镇之一，按照军事布局筑城。城有两个功能，一攻一守。攻与守的功能现在成为金乡人的精神思维和日常行为，一部分金乡人跳出卫城，拆除心中围墙，与世界为伍；另一部分金乡人退守城内，与自己的灵魂为伴，小富即安；第二个原因是金乡人和柳市人当年选择的不同，柳市人选择了低压电器，而金乡人选择了印刷包装，产品不同，造成了发展差异。

他的回答在意料之中也在意料之外。他是改革开放以后金乡第一代企业家，对金乡的未来当有深思。让我略感意外的是他对金乡历史的思考，也就是金乡人之所以成为金乡人，以及金乡人的何去何从。这样的思考，已超出他作为企业家的范畴。

更让我感到惊奇的是，他从他的角度，对金乡错失历史发展机会表现出的痛惜。他觉得，在上世纪 80 年代中期，金乡曾经有转型做录音机和电视机的机会，如果当时转入这个行业，后来有可能做电话机和手机，甚至更加高端和更高附加值的产品，那么，金乡便可能是另一种金乡。

5

　　陈逢友身上有一股狠劲，体面的说法叫精神。我还是喜欢用"狠劲"这个词，因为更具体，更有力。这个词里包含着偏激、执着、一根筋和认死理，它代表一种品质，一种不屈不挠的追求。大凡成大事者，身上或多或少都有这么一股劲，区别只是有的外露有的内敛而已。

　　陈逢友在1978年之前偷偷办过几个工厂，都以失败告终。失败是可以预料的，冰山里怎么可能取出火种来？可陈逢友屡败屡战。1978年以后，社会环境有了极大改观，陈逢友的办厂经历依然不顺，他前后办了四五个工厂，最后在80年代末创办了温州永丰自粘材料有限公司，他任董事长。自那以后，他一直是永丰公司的董事长，这是他的职务，也是他的身份，更是他的责任。当然，他的身份还是父亲，还有家庭、公司和社会的责任。如果他思考得更深入一些，当然还有历史责任。

　　陈逢友不仅对自己狠，他对儿子也狠。

　　他二儿子留学回来后，上海的公司已开始运作，他要求儿子必须去别人的公司打三年工，去什么公司、从事什么行业，他不管，他要管的是，儿子不能告诉任何人，他们家在上海有自己的公司，家里所有情况都不能透露。这还不算，当三年期满后，儿子进了上海公司,他们家此时已在上海购买了别墅,他却规定儿子必须住在公司地下室,每天晚上与老鼠为伍。

行为能理解,却不是每一个父母都能这么做。我当然能体会陈逢友的苦心,他是一个有抱负的人,同时,他也看到自己身上的局限性,以及历史捆绑在他身上的局限性,那么,他对儿子便有了更多的期许。言谈之中,他对儿子是满意的,对公司的发展和走向也是满意的。那么,对于他来说,便是身在城内,心在世界。这估计是他们这代企业家最理想的选择和愿意看到的图景了。

亦商亦儒杨介生

<u>1</u>

观察和描写杨介生是比较困难的。他和白植富、陈逢友不同,他的个性没有他们两个强烈,再加上他读了很多哲学书,接触了很多历史文化学者,在这个过程中不断提高自身修养。提高自身修养的过程,也是在不断完善自我形象的过程。所以,很难从他身上找出缺点——缺点都被他的修养修正了。一个看不到缺点的人是很难写的。

杨介生和白植富、陈逢友是朋友,虽然他们从事的领域不同,白植富做服装,陈逢友做印刷包装,杨介生主要做房产。他们的人生理念也不同,爱好不同,交往的朋友不同,追求的方向也不同,可这些不妨碍他们做朋友,因为他们都是金乡人,是从金乡走出去的人,从这个角度说,他们是一体的。白植富告诉我,杨介生当上海温州商会会长时,曾经希望他当副会长,他婉言谢绝,但很感念杨介生,说明杨介生心里有他,不当副会长是他性格使然。

关于杨介生,有很多传说,不单单在金乡,在温州城,他也是知名度最高的温商之一。对于温州市民来讲,不一定会知道金乡有白植富、陈逢友,但大多会知道早期造汽车的叶文贵、胆大包天的王均瑶、做徽章的陈加枢,还有就是杨介生。杨介生跟叶文贵他们不同,他跟大部分温商不同,对于那个时代的温商来讲,他走的是一条"另类"的路。像叶文贵,一提到他,人们脑子里就会联想到电动汽车,说起王均瑶,必定会联想到飞机,说起陈加枢肯定会联想到徽章,如果说起南存辉,定然联想到低压电器,这些商人都有一个可以触摸的实体与产品,他们本人与这些产品合而为一。可是,杨介生不同,提到他时,并不会联想到他的某个产品,更多凸显的是他本人。

我很早便听闻杨介生大名,大多是江湖传闻,说他如何神通广大,苍南县和温州市的领导去上海,必定去拜访他,而他如果有求于这些领导,一个电话便能将事情办妥。这些传闻不足信。但我听一位朋友讲过他亲历的一件事:很早以前,他和一位领导从国外考察归来,从上海虹桥机场入关,刚从飞机舷梯下来,便看见杨介生在等候,更让我朋友惊奇的是,站在杨介生身边作陪的竟是海关关长。他们在杨介生和海关关长的陪同下,直接从贵宾通道出关。朋友讲完这件事后,得意地看着我说,你看看,这是什么派头?

在我看来,杨介生要的未必是这个"派头"。以杨介生的修养,"派头"绝非本意,他这么做:一方面说明他平时为人和善交游宽广;另一方面说明他深知世风,深知人性的隐秘部分。

2

截至 2018 年,温州设立在全国各地的大小商会有二百六十八家,全国地级市以上城市,覆盖了百分之八十。上海不是温州商人在外设立最早的商会,但上海温州商会名气最大。这跟上海的地位有关,跟温商在上海活跃有关,与在沪温商团结有关,更与杨介生这个商会会长有关。

杨介生在 2002 年当选上海温州商会会长。他知道,在上海的温商里,很多人企业做得比他大,做得比他好,比他有钱,他说他当这个会长有压力,曾有过犹豫。我问他,既然有犹豫和压力,最后为什么还要接过担子呢?杨介生沉吟了一会儿说:一方面是因为老乡的信任;另一方面是因为责任感。老乡信任他,因为他是最早到上海讨生活的一批温商,更是最早融入上海社会的温商,换一句话讲,他是更像上海人的温州人,他若当上会长,能带领商会更加融洽地融入上海,上海社会也更容易接受这个群体。做生意嘛,首先讲的便是一个"和"字,"和"能生财。关于责任感,他觉得不能辜负老乡的信任。杨介生是一个将别人信任看得很重的人,他在乎别人对自己的信任和评价。这也是促使他不断学习、不断完善自己行为和人格的动力之一。更主要的是,他觉得自己有能力将温州商会带好,让上海以及更宽阔范围的人见识到温州商人这个团体与众不同的精神面貌和开疆辟土的行动力。

从 2002 年到 2009 年,杨介生做了七年上海温州商会会长。他自己评介这七年的商会会长,用了两个词:规矩和细节。一般民间组织是比较松散的，即使制定了章程，大多是章程归章程，行事归行事。杨介生从内到外做了修订，会长应该做什么，常务副会长应该做什么，副会长应该做什么，秘书长应该做什么，都有明确规定。他聘请当时从温州市委宣传部副部长位上辞职的方建宇当副会长兼秘书长，管理商会日常事务。大到领导接待、商会年会召开，小到问候语、接电话的语气，杨介生将世界先进企业管理理念移植入商会管理，商会的运作就如一台优质机器，良性、优质、有效率。杨介生是个特别注重细节的人，这从他的穿着打扮及举止谈吐可以看出来。他保养得很好，皮肤白皙，身材修长，看不出来是个年近六十的人。他穿西装，头发梳得纹丝不乱，讲话语速缓慢，语调温和。

杨介生将个人的行事风格带入温州商会，譬如开会，他会要求会务安排好每一道流程，签到、席位、发言、合影、宴席，甚至突发情况，每一个细节都会在他脑子里演练好多遍，他要求做到从容不迫、恰到好处。这是他为人的要求，也是对商会的要求。

上海温州商会在杨介生主持的七年里，成为一张最响亮的名片，是在沪温州商人的家，是全国其他温州商会学习的榜样。这期间，只有杨介生知道，他为这个商会付出了多少。因为他知道，商会是一个托盘天平，而商会会长是托盘天平上的指针，他如果稍有偏差，必有一个托盘倾斜。所以，他只有做到无欲无私，这个商会才会平衡。

虽然那七年为温州商会付出了时间与精力，但杨介生说自己也从商会得到很多东西，商会拓展了他的视野，也在某种程度上提升了他的人生观，让他知道人之为人的意义，让他深切体会付出的快乐。这种人生观的改变，当然也在很大程度上改变了他的价值观。他很满意和享受这种改变。

3

杨介生是1980年夏天到上海的，身份是金乡标牌厂业务员。这身份跟白植富当年刚到上海时差不多，不同的是，当时白植富已经在金乡办了白云工艺品厂，是个"老板"，而杨介生只是一个初出茅庐的青年。但是，每一个业务员都像一个远征的将军，即使不带一兵一卒，也有一颗征服世界的雄心。杨介生也不例外，他有足够的信心闯荡出一个属于自己的世界。很有可能，杨介生最初想要构建的世界是在金乡，他或许在脑子里描绘过蓝图：一个工厂？两个工厂？几十个工人？住小别墅？开小汽车？几十万存款？他应该未曾预料此生将落户在上海这座著名城市，并与之发生深刻的关系，与这座城市分享属于他的荣耀。谁能料想得到呢？谁敢作如此预想呢？

差不多有十年时间，杨介生奔波在上海与金乡之间，他将上海的业务订单拉到金乡，又将金乡的产品运到上海，在这种穿梭中积累他的人生年轮、经验和财富。1983年，他曾和后来成为慈善家的陈觉因组建了金城实业有限公司，名下挂靠几十家小企业，包括当时"胆大包天"的王均瑶。

1994年，杨介生成立了上海锦丽斯有限公司，任副董事长兼总经理。这一年，对杨介生来讲或许有特殊意义，他与海螺集团携手，将闲置的衬衫三厂厂房，改造为一万多平方米的高级写字楼——海螺大厦。此举的意义在于，于上海而言，实为开风气之先，在此之前，很少有民营企业涉足该领域，国有企业因体制原因，很难有此举动。当然，此举对杨介生个人来讲意义更大，他正因此举，引起了业界和社会的关注。这是他作为一个企业家的开始。如果说此前的杨介生是个南征北战的勇士，那此刻的杨介生终于有了封号，作为一个企业家的杨介生，他的面目开始清晰起来，有了自己的气质与方向，有了自己的符号与旗帜，用一个老词便是"脱颖而出"了。这句话讲起来轻松，无论对于哪个行业，能从重重围困中"脱颖而出"，既要有历史的机遇，更要有自身的天赋以及不懈的努力。对于杨介生来讲，另一个意义在于，他从原来的行业跳到另一个行业，这不仅仅是行业的拓宽，也是认识和理念上的拓宽，更是思维方式的拓宽。这几乎是革命性的。

1997年，他将杨浦区一个四万多平方米旧城改造成锦丽斯花园。

1998年，他将一家中外合资的印务公司改造为锦丽斯印务公司。

他现在名片上的身份是上海锦丽斯投资（集团）有限公司总裁。

杨介生一直说，他算不上一个成功的商人。他这话或许是真实的，确实，便是与金乡老乡相比，他也不是生意做得最好的。当然，这也有他谦虚的成分，是他的修养。生意成功不成功，赚多少钱只是其中一个衡量标准，对杨介生而言，标准应该更多元。他一直说，自己更像个"艺术家"，无论涉足何种行业，做什么产品，第一标准便是"品质"，而不是"利润"。从这一点来讲，他确实不是一个"成功的商人"。是的,他名片背后还有三个名称,除了上海温州商会名誉会长外,另两个是上海市经济法研究会副会长和华东师范大学人才学院客座教授。

与大多数温州商人相比,杨介生走的是另一条路,一条独属于他的梦想之路。

4

在1980年到上海跑业务之前,杨介生曾于1978年在金乡辖下的海口小学代课一年。杨介生说他特别怀念那一年的代课经历,他有时会想,如果不出来跑业务,依然留在海口当老师,人生将会是何种景象?当然,人生没有"如果"。

那时的金乡,已经是一个"蠢蠢欲动"的金乡,地下商业活动暗潮涌动,像陈觉因、陈逢友、白植富等人冒着"坐牢"的危险,早就"私自行动"了。那一年年末中央召开了十一届三中全会,提出"改革开放",经商合法化,东海边的古镇金乡立即"沸腾",变成商业的金乡,经济的金乡。杨介生那年十八岁,他的同学、朋友都去跑业务了,天南地北,吃香喝辣,出手阔绰,风光无限。他再也坐不住了,最主要的是,他对外面的世界充满了期待,他期待自己像个将军去征战,攻城拔寨,成就一番不朽事业。终于,一年之后,他也加入了当年金乡的"供销大军"。

四十年后,因为他的性情、理念、追求、言行,以及他的志趣,杨介生赢得一个"儒商"称号。可是,在我看来,这是一个颇显尴尬的称谓,从中国的历史文化来看,"儒"与"商"最早产生的时代应该在春秋后期，孔子说：富而可求也，虽执鞭之士吾亦为之，如不可求，从吾所好。这是孔子的设想，或者说是他的宣言，真正付诸实践的是孔子的学生子贡，子贡应该是中国最早儒商的代表，近的有晚清温州老乡孙诒让，他既治学又办实业。可是，晚清之后，这样的人物便很少了。与之类似的是中国以前的绅士，"绅"与"士"结合在一起，形成一个阶层，实行小范围的、有限度的地方区域自治。

所以，当杨介生在上海虹桥万豪大酒店与我回顾人生时，我问他，在商人和文化人之间，你更偏向哪一个？他毫不犹豫地说，我更偏向当一个文化人。我完全相信他说的是真心话，因为我感觉得到，在我与他的交谈中，每当谈到文化的话题时，他白皙的脸上总会泛起红晕，声调也不由自主地高起来，眼睛炯炯有神。他也一再地声称，喜欢与文化人在一起，在与文化人交往中提升了自己。更主要的是，在与文化人的交往中，他犹如鱼游水中。是的，在与我的交谈中，从他嘴里报出来的都是上海甚至中国文化界的名人，而鲜有经济界的名人。

对于一般人来讲，杨介生当然是个成功人士，无论是经济基础还是社会声誉。这点毫无疑问。可是，对于杨介生自己呢？他的理想与现实呢？从他的本性来讲，从事经济活动或许并非出于本性，可是，他遇到了一个经济席卷社会的时代，在这个洪流中，他身不由己，也无力自主。话说回来，我们又何尝不是如此？谁都是时代洪流中颠沛流离的一颗尘埃。

苏维锋的大与小

1

苏维锋内心诉求一直是清晰的，虽然多次创业失败，但他的每一次商业行为都是自觉的，甚至是深思熟虑的。他也对时代的发展和经济脉动有着清晰的判断和精确的把握，如果讲得玄乎一点，他天生是个做生意的料。这一点，我估计苏维锋也不会否认，从他坚定的创业决心和行动可以得到印证。

苏维锋的创业起点并不高。从某种角度讲，苏维锋的商业思维和商业梦想来自他的母亲。他父亲是中学教师，家里四姐弟，他是男孩子中的老大，母亲没有工作，做各种小生意补贴家用。金乡街坊对苏维锋母亲做小生意这件事有一个很神奇的传说，他母亲没有上过学，没有学过医，却能开中药店，抓的药分毫不差。更神奇的是，他母亲什么店都能开，什么生意都能做，开得像模像样，做的生意都能赚钱。苏维锋从小便在这种环境中生长，更多时候，他是母亲的帮手，是生意的参与者，耳闻目染，按照苏维锋的话说，他从小"立志"要走这条路。也就是讲，从事经济活动，在商业上有所作为，是苏维锋从小确立的"梦想"。苏维锋自小学习成绩好，他未必是最认真的学生，可脑子灵活，学习效率高，1985年初中毕业，他以温州市第二名的成绩被浙江邮电学校录取。那一年，他十九岁。

对于上不上这所学校，苏维锋是犹豫的，按他的成绩，以后考大学肯定没问题，问题是，如果选择考大学，他必须经过高中三年学习，他"等不起"。最终选择了浙江邮电学校，这种选择并非他预见了以后创业的方向，他绝对想象不到，十多年后，通信网络会深刻地改变这个世界，这一点，从他第一次失败的创业可以得到印证。他当初选择去这所学校读书，仅仅是因为可以早点走上工作岗位，能有一个铁饭碗。或者说，他想尽可能早地走向社会，尽可能早地走向他"立志"要走的那条路。

在杭州读书三年，苏维锋没有向家里要一分钱，他那时便开始承接饭菜票业务。这是金乡的起家业务，他利用学生身份，将浙江邮电学校的饭菜票业务拉到手，同时，通过同学关系，拉到杭州其他学校的饭菜票业务，完满地解决了他在杭州三年的学杂费和生活费。

严格讲来，这不算苏维锋人生的"第一桶金"，那只是他对这个经济社会的试探，一次考验。这次考验增强了他的信心，更坚定了他的"志向"。

2

苏维锋在苍南县邮电局工作了八年。那是邮电系统的黄金时期，家里装个电话机，得找熟人，买个 BP 机得找熟人，买个大哥大更要找熟人。也属于当时高收入行业。苏维锋说自己在单位属于不听话的人，不遵守劳动纪律，自由散漫，喜欢睡懒觉。但他业务能力强，办事有效率，领导不但容忍他的"缺点"，还提拔他当了小头目。其实，这八年他也没有闲着，工作之余，他依然没有忘记当初立下的"志向"，私下里，寻找各种机会，和朋友搭股做生意。

在那个时代，抛下铁饭碗是要一定勇气的，抛下一个高收入的铁饭碗更要大勇气。苏维锋没有对我说明当年离职的原因，其实原因不外乎两个：一，他已经二十七岁了，如果再在这个单位耗下去，几乎可以看见人生的尽头，运气好的话，顶多也就是当个县邮电局的头头吧。这不是他想要的人生；二，这几年朝三暮四的投资，让他欠了一屁股债，他认为这是对他的惩罚，他想要的太多了，既想保住铁饭碗，又想赚大钱，世上哪有这样十全十美的好事？他对自己说，苏维锋，你该醒醒了，不能再犹豫不决了。

1992 年，苏维锋办了辞职手续，正式闯荡"江湖"。

事后想来，所有的生活都不会是"虚度光阴"，苏维锋在苍南县邮电局的八年，从某种程度上影响了他后来的创业。如果说得严重一点，是决定了他此后的创业。不说他后来从事的通信网络，就说他和上海力盛赛车文化股份有限公司董事长夏青的关系，夏青比他大一岁，两人都住金乡北门大街，两家相距不过一百米。他们虽然是少年朋友，真正有较多交集并建立起友谊还是在参加工作以后，他是苍南邮电局团委书记，夏青是苍南工商银行团委书记，两人还在 1987 年一起参加龙港镇团委书记竞选，然后相继"下海"。

他们的友谊一直延续下来，苏维锋在杭州，夏青在上海，他是"上海力盛"的股东之一。"上海力盛"于2017年3月24日敲钟上市，是中国赛车第一股，更是他们友谊的见证。这种友谊的建立和延续，跟邮电局那八年的工作是分不开的。

可是，苏维锋的创业并不顺利，这里面有很多因素，有天时、地利的因素，更有人和的原因。"人和"有很多种含义，对于苏维锋来讲，他当时所想的只是"下海"，只是"创业"，他大概很少甚至没有想过自己的"使命"，或者说，他命中注定的"业"是什么？他苏维锋之所以是苏维锋，对这个时代的意义是什么？他能做什么？能做成什么？以苏维锋当年的修为，他大概没有认真思考过这些问题。所以，他"下海"之后，在龙港办起了饼干厂。我没有问过苏维锋当年为什么选择办饼干厂，苏维锋绝不是莽撞行事之辈，他肯定思考再三，充满信心的，对于这个饼干厂的未来，他肯定是充满希望的，是有把握的，否则他不会那么决绝地辞掉公职。可是，事与愿违，他失败了，一下亏进去五百万。这亏掉的五百万，有投资方向的问题，有判断不当的因素，有生产技术原因，有销售不力的成分，可能也有苏维锋本人行为不当的原因。在上个世纪90年代，五百万是个巨额数字，可以压垮一个人，甚至一个家族。这五百万也将苏维锋逼上了绝境，他没有退路，只有前行，才有翻身的可能。可是，翻身谈何容易？

3

1997年，苏维锋带着妻女举家迁到杭州，杭州是他求学之地，这可能是他当初选择杭州的原因之一，大部分金乡人会选择上海，他的朋友夏青便是一例。因为在当时，杭州还不是中国互联网中心，阿里巴巴1999年才成立，1997年，马云估计还在北京办黄页吧。

到达杭州之后，苏维锋开了一家手机维修服务店。这算是回归到他的专业了。可是，不到半年，手机维修店亏掉了五十万，他见情况不对，赶紧关门大吉。这一年年底，他创办了杭州纵横通信设备有限公司，开始进入电信第三方服务商的业务领域。

从苏维锋成功的例子，我似乎看到了一个人的宿命，他能干什么事，能干成什么事，似乎上天早有安排。另外，我也深切地感受到，时代的潮流之中，在冲洗掉无数的弄潮人之后，也将有志之人推上了浪尖，成为成功者，成为时代英雄。

当然，成功背后的艰辛只有当事者清楚。2000年，苏维锋还清所有债务，加上利息，接近一千万。至于这三年是如何熬过来的，其间辛劳，苏维锋只字不提。其实，对苏维锋有所了解的人都知道，包括金乡坊间也有传言，即使苏维锋的纵横通信已经成为中国移动、中国联通、铁塔公司等大公司的主要通信网络服务提供商，公司在北京、上海、河南、河北、广东、江苏等地设立了分支机构，他依然如履薄冰，因为深深知道一个道理，任何一个政策或者经济的波动，都有可能导致他企业的灭顶之灾。

2017年是苏维锋的关键之年，那一年的3月24日，由他朋友夏青执掌的"上海力盛"敲钟上市，他占有9.91%股份。8月10日，经过多年努力，总部设在杭州东部软件园的"纵横通信"在上海证券交易所顺利上市交易。2018年1月，有人计算了苏维锋所拥有的两家上市公司的股份，身家超过十八亿人民币。

应该说，到了这个时候，作为一个商人，苏维锋"功成名就"了，从他"立志"从商到现在，他"不辱使命"实现了"理想"。从某种意义来讲，他拥有了一个世界，他有能力改造这个世界，实现自己的人生理想。

可是，只有到了这个时候，苏维锋才真正意识到自己的渺小。他多次对我说自己力量微弱。这话至少有两个含义：一，相对于当下中国，苏维锋和他的纵横通信公司，只不过是沧海一粟，无论是社会影响力和经济总量。只有真正拥有力量的人才懂得自己的弱小；二，纵横通信公司上市之前，苏维锋便开始做慈善，他做慈善，可能有宿命的因素，更大的可能是，他感到人在这个世界上的渺小，改变这个世界的无力，所以，他发愿去做力所能及的事，一件一件地做，一点一点地落到实处。

4

苏维锋有一个慈善基金会，是以他和爱人的名义申报的，名为浙江千训爱心慈善基金会，成立于2011年。基金会的使命是帮助他人，成长自己，把爱传递出去。当然，苏维锋做慈善的时间要早得多，自2008年四川汶川地震发生后，苏维锋已连续十年赴川进行专题帮扶活动。对于家乡金乡，甚至包括整个温州，苏维锋都有帮扶计划。在我与金乡人的接触中，谈到苏维锋时，对他的评价惊人一致，四个字：聪明、慈善。而在我和他的接触中，他几乎不谈公司的事，如果谈到，也只是轻描淡写，可是，一谈到慈善，他的小眼睛立即闪射出一道道"精光",脸上的神情也变得肃穆起来。

苏维锋并非不爱他的企业,企业是他的安身立命之本,是他的梦想,是他与这个世界沟通的连接器,是他的动力所在。我坚信,他现在比任何时候更珍爱他的企业,更重视企业的发展,以及股东的利益。可是,人过半百,他这时比任何时候更明白世界之大和自身之小,更明白所有的事情必须从最小处做起。

他对我提起,他和爱人在北京大学人民医院设立了向日葵爱心援助项目,专门救助骨肉瘤患者,因为他们的儿子曾得过这种病,后来在北京大学人民医院得到非常有效的治疗,得以康复,于是,他们和医院商量之后,设立了这个专项援助项目。苏维锋外表看似冷静,说起这件事时,眼眶湿红。那大概是他人生特别艰难的一段日子吧,比当年亏了五百万还要艰难的日子。但他挺过来了,挺过来之后,他对人生有新的发现,对世界有新的认识。这使他重新认识自己,或许,他思考得并没有那么透彻,他只是觉得自己应该做些事情,将有把握的事情做好,从最小的事做起,从身边的事做起,认认真真地做,踏踏实实地做,用感恩的心去做,哪怕只有一个人受到真正的帮助,哪怕对世界只有一点点微弱的改善,他都会为自己的行为感到欣慰,会为受到帮助的对象祝福。

苏维锋说自己是胆大之人,什么事都敢做,他唯一不敢做的事是喝酒,一喝便脸红,心跳加速。我完全相信苏维锋有包天之胆,我也相信他对酒精的排斥。但我更相信苏维锋是个冷静之人,他大胆是因为冷静,冷静是他观察和衡量世界的法宝,而喝酒容易使他失去冷静,他不愿意。

"易经大师"顾金勇

1

顾金勇比苏维锋大两岁，老家在南门大街 57 号，靠近著名的丰乐亭。他们开始有来往，应该在苍南县城上班之时，苏维锋在县邮电局，顾金勇先在派出所，后调到县公安局刑侦大队。都是金乡人，而且是城内人，一口城内话，是很容易抱团的。后来他们都到了杭州，虽然从事的行业不同，交往不会很多，但只要老家有朋友来杭州，会约起来吃顿饭。吃饭时，大家都称呼顾金勇为"易经大师"，顾金勇坦然受之。

顾金勇说，他最早对易经感兴趣，源于他家隔壁一位双目失明的算命先生，虽是盲人，却能知未来算生死，堪称"神奇"，他希望自己也成为"神奇的人"。当然，他当时对"易经"和"算命"没有概念，或者说，他只知道"算命"而不知有"易经"。少年顾金勇对"算命"发生兴趣，他希望以后能"从事"这个职业，算尽天下未知之命。他每天去隔壁找算命先生玩，央求算命先生收他为徒。遗憾的是，那位算命先生对他不感兴趣，因为算命先生有一个年龄和顾金勇差不多的孙子，他要将这门"手艺"传授给孙子。少年顾金勇拜师无门，只能将这个"理想"收存起来，寻找其他生存门道。1982年，顾金勇入伍当兵，当的是海军。1984年复员回原籍，安排在县城灵溪镇双台街派出所当民警。他便是在那期间认识了现在的老婆。

　　顾金勇第二次萌生出给人"算命"的念头是在1986年，他已调到刑侦大队负责侦破，每天跟各种罪犯与案件打交道。他那时已经分清"易经"和"算命"的概念了，但他的概念里，无论是"易经"还是"算命"，最终针对的是人，是人与自然相处的规律，以及人与人相处的规律。这让顾金勇"突发奇想"，他想利用"易经"破案。他的道理很简单，既然"易经"是研究人与自然和人与人之间相处的规律，只要自己将"易经"弄明白了，不就明白罪犯为什么要作案了吗？不就找到破案的最终诀窍了吗？顾金勇很为自己的"发明"兴奋，他觉得只有自己这么"聪明"的脑子才能想明白这么"简单"的道理。于是，顾金勇找遍县城所有书店，买来所有与"易经"有关的书籍，他要读透"易经"，用"易经"来破案。他对自己的智商充满自信。可是，当顾金勇扎下马步，准备"正面强攻"这门将要用来破案的学问时，他发现了一个致命问题——他根本看不懂，每个字都认识，每句话都明白，然而，一旦连成一段，他就被说晕了，一本书啃下来，根本不明白说了什么。这让他想起多年前去隔壁看算命先生算命，他看得懂算命先生的每一张名牌，听得懂他的每一句话，可是，他搞不明白同样一张名牌在不同情况下会有不同解读。现在遇到的问题和当年一模一样，尽管顾金勇不相信自己看不懂，可事实是，他啃完所有有关"易经"的书籍，依然一头雾水。用顾金勇的话讲，没有师父的引领，他找不到进那扇门的钥匙。

2

学"易经"失败，使顾金勇明白一个朴素道理：破案未必是当民警晋升的唯一通道。顾金勇说，对于当时的自己，无论是要求进步也好，还是虚荣也罢，总想求个"一官半职"。当年和他同一批复员回来的战友都是"副股"甚至"正股"了，他自认智商一流，情商也不差，绝不能在晋升问题上落后于人。既然他不能在破案上取得进展，只能另辟蹊径，武的不行，换个文的试试如何？

此后不久，顾金勇申请调到办公室，给局长写材料。顾金勇说自己的材料写得好，好就好在思路开阔和新颖。当然，他运气也不错，遇到一个新来的局长，这个局长欣赏他，信任他。到了1992年，顾金勇如愿以偿晋升"副股"，当上办公室副主任，是局长"身边"的人。跟在领导身边有什么好处？顾金勇觉得最大的好处是得到的信息比别人多比别人快，他很快得到一个信息，当时的望里镇缺少一个分管政法的副书记，望里镇当年以贩毒而恶名在外，时任苍南县委书记要求公安局派一个干部去望里镇抓好这项工作。顾金勇得到这个消息后，认为是一个机会，可是，他刚晋升"副股"不久，再说，望里镇副书记是"副科"，他各方面条件都不够。他便向局长"毛遂自荐"，局长当然是欣赏、信任他的，他有基层派出所经历，又有刑侦破案经历，还有局机关经历，局长对他放心，同意派他去望里镇，可是，报到县里时，书记不同意，认为他"级别"不够，不符合提拔条件。顾金勇的性格优点这时体现出来了，一般人，到了这个分上，也便放弃了，当地的最高长官已经发话了，等于此事已判了"死刑"，何况他的条件确实不够。但顾金勇不放手，他找局长，将自己去望里镇当副书记的优势分析给局长听，他给局长一个信号，一个巨大的理由，他是去望里镇当政法副书记最合适人选，他绝对能将工作做好，同时，他也让局长知道，只有让他下去当副书记，局长才最放心，才不会在县委书记面前丢面子。顾金勇后来对这个局长念念不忘，称对他有知遇之恩，因为局长听了他的话后，亲自去做县委书记的思想工作。1992年，顾金勇晋升"副科"，当上了望里镇副书记。

顾金勇没有让局长失望，他很快将望里镇贩毒"灾情"控制住。当然，这不会是他一个人的功劳，可谁也抹不去他的功劳。可是，谁也没有料到的是，顾金勇在望里镇副书记位置上一坐便是八年，2001年，他调任苍南民政局副局长。接下来几年，他连续调换了几个岗位：2003年任舥艚镇书记。2006年调任县政法委副书记。2007年任苍南县人民政府驻杭州办事处副主任。

3

再一次与"易经"相遇，是在2008年。

顾金勇任驻杭办副主任后，闲暇去钓钓鱼。顾金勇在2000年之后便有钓鱼的爱好，可是，更多时候，他的钓鱼只是一种姿态，他或许只是想告诉别人，这并不是他想要的生活，即使工作任务再繁重,他处理起来依然闲庭信步。

就在此时,顾金勇得到一个消息,浙江大学开设了易经研修班。这个消息顿时激活了他内心沉睡的"梦想",他几乎没有犹豫便赶到浙江大学报名。

顾金勇后来对我讲,学易经,完全靠自学是不行的,那是瞎子摸象,根本找不到门道,必须有老师引导,老师领进门后,修行靠个人的天分。顾金勇觉得自己的天分非常好,这点他从来不谦虚。他的不谦虚因为他确实肯用功,无论何时何地他都可以拿着书本看得入迷,这还不算,看完之后,他能很快以最简单的方法将书本内容归纳出来。连他的老婆也不得不叹服,她说顾金勇脑子好,比别人聪明,有时甚至太聪明了。这点顾金勇也承认,他甚至不无自嘲地说,后来的领导怎么可能重用我呢?领导怎么可能重用比自己聪明的人呢?

"易经"是什么?按照顾金勇的说法,"易经"是一种数学演算,是通过演算,寻找出人在自然界中运行的普遍规律。既然称为规律,必定有兴有败,有起有落,有坦途也有沟壑,有灾祸也有鸿运。顾金勇给一位女子演算过"易经",他算出女子已经结过两次婚,而且,两次都是丈夫死亡。这让女子惊讶,女子问的是未来婚姻,顾金勇接着告诉她,如果她有第三次婚姻,也是丈夫死亡收场。顾金勇说,他只有在十足把握下才说这样肯定的话,没有十足把握,讲话肯定留有余地。在顾金勇看来,"易经"是另一种科学,是来不得半点马虎的。

有一段时间,顾金勇到处讲课,讲企业管理。"易经"和企业管理有什么关系?在顾金勇看来,研究"易经"便是研究天下万物的发展规律,企业要生存,要发展,要顺势而为,要运筹帷幄,当然要了解和掌握它的发展规律,管理企业便要从它的发展规律入手,他从金、木、水、火、土角度分析企业的构成与作用,把五行的生克关系应用到企业实践之中。有时台下坐上千人,他两个小时洋洋洒洒讲下来,连口水也不用喝。

顾金勇说,他给企业开了几百场讲座,最后,经纪公司跑了,他几乎没有赚到什么钱。不过话说回来,他研究"易经"根本目的不在赚钱,他要的是掌握自然界运行的规律,以及人与自然的关系,跟这个命题相比,赚钱不值一提。

4

2014年,顾金勇转正为驻杭办主任,第二年,他办理了退休手续。从某种角度讲,算是功成身退吧。对于顾金勇来讲,他的另一段人生才刚刚开始,这是他自己的人生,是"易经"的人生,是演算的人生,是按照人与自然规律办事的人生。此时,他的身份换成了"易经大师"。

一年之后,亚洲最大的红竹石矿找他合作,他给自己卜了一卦,接受了邀请,出任漳县金地矿业有限公司总经理。当然,顾金勇不会长期待在西北矿区,他的责任只是理顺那边的关系。他说自己在谈笑间便处理完公事,更多的时间用来吹萨克斯。他在追求现在的老婆时自学了萨克斯,一直吹到现在,水平已是业余中的专业了。

顾金勇现在大部分时间在杭州,他在钱江世纪城有一套办公室。2018年1月27日，杭州大雪，我到钱江世纪城办公室拜访他。让我吃惊的是，这个办公室居然是世界环保创业基金会运营中心。这个基金会成立于2015年，总部设在香港。墙壁上是他对基金利率走向的分析，顾金勇告诉我，是他老婆在做，他只不过帮她分析分析，参谋而已。

那天晚上，苏维锋请我们吃饭，顾金勇到得最迟，大家都称他"易经大师"，他点头笑笑。我多年前跟顾金勇喝过酒，知道他好酒量，但那天晚上他喝得很节制，话也不多。他是个很清醒的人。

教授夏敏

1

夏敏出生在金乡，但身上金乡人的痕迹并不明显。

这可能跟他的经历有关，更跟他的职业有关，他是教授，除此之外，他还有众多头衔：集美大学文学院副院长，福建省民间文艺家协会副主席，厦门作家协会副主席，等等。著书立说，桃李芬芳。在集美大学里，人送美称：男神教授。

上面这段文字里暗含着两个信息：关于众多头衔和著书立说，说明他是个有真才实学之人。我看过他的随笔集《客居明月下》，无论是感怀还是观世，特别是他对专业的感想，都有独到之处，成一家之言，绝非浪得虚名；关于男神教授，从该封号可以看出，他在大学是受学生欢喜的。肚子有料的人，难免孤芳自赏，难免孤僻，难免孤傲，难免孤独，而他却能和学生打成一片，可见非同一般。

夏敏是一个温和的人，或者换一个老词：温文尔雅。他给我的第一印象便是如此。后来的接触中，这种印象得以加固。他是个健谈之人，这可能和他一直在大学教书有关，表达已成习惯。他讲话时，眼睛一直温和地看着你，语调一直是舒缓的，讲到激动处，也只是辅以幅度不大的手势，即使在喝了一定数量的酒后，也只是声调稍稍拔高一些而已，绝对不会过头，更不会失态。

夏敏面善，相由心生，面善的人，容易让人心生出安全感。夏敏为人处世也确实如此，他没有攻击性，也不会轻易让别人攻击，与人交往，都能保持在一个合适的维度。这很难得。

一个人要给别人留下好的印象，单单依靠外貌是肯定不够的，还有言谈举止，还有接人待物的态度，更重要的是他流露出来的精神气质。但我总觉得，我见到的夏敏不完全是真实的夏敏，而是一个被教授名号包装起来的夏敏。我这么说，没有一丝诋毁的意思，恰恰相反，我认为这是很大的赞赏，人之所以为人，是因为有了自我约束，愿意将最美的一面呈现出来，这是促使人类不断走向文明的最大动力之一。所以，我觉得，呈现在我面前的夏敏，是一个经过知识洗涤的人，他的一言一行都是有意识的，他知道自己的方向，知道自己想成为什么样的人，知道能成为什么样的人，更知道不想成为什么样的人，当然，他也清楚自己的缺点，并尽量弥补和回避之。

我见到的夏敏，估计便是他想呈现的夏敏。他对自己的自信，对目前的生活状态应该也是满意的。

2

夏敏的经历不同于一般金乡人。

1958年，他父亲夏子朗和母亲汤玉娇随部队入藏，这一去便是二十二年。夏敏是在西藏怀上的，九个月后，1964年1月，母亲回金乡老家生下他。七岁之前，夏敏远离父母，由老家的祖父祖母抚养。在金乡读完半年小学后，转学到西藏。初中又在金乡读了一个学期。所以，他说自己对金乡的同学印象模糊，当属事实，他还没来得及跟同学混熟便离开了。而金乡的同学对他多少有些印象，因为他是孤独的外来户，当然引人注意。

　　西藏的生活影响甚至改变了夏敏的人生，从某种程度来说，也决定了他此生的道路。西藏高中毕业前一年，父母内调回金乡，留在西藏和回到故乡便成了他人生路上的第一选择。在这之前，他的人生不由他选择，选择权在他父母那里，父母在哪里，他便跟随到哪里。其实，他父母哪里有什么选择权？他们只是时代的一颗尘埃，无法决定自身的方向和行程。可是，谁不是时代的一颗浮尘呢。夏敏的第一次人生选择是继续留在西藏，在西藏参加高考。第二年，他以高分考入位于陕西咸阳市的西藏民族学院，就读汉语言文学系。毕业后留校任教，在陕西娶妻生女。1995年，他调到厦门的集美大学，直至今天。

　　到目前为止，夏敏的人生大致可以分为四段，金乡、西藏、陕西、厦门。其实，分析他的人生轨迹和一些蛛丝马迹，几乎可以断定，夏敏从离开金乡的那一天起，他的所有努力都是为了回到故乡，或者，换一句话表达，他的精神一直没有离开故乡——金乡。

　　为什么这么说？夏敏告诉我，当年选择留在西藏读书，并非他不想回金乡，而是他当时在思考一个问题：以什么身份和面目回到故乡？当然，他面临的最直接的问题是参加高考，也就是说，他是以西藏人身份还是以金乡人身份参加高考？从这个意义来说，西藏的生活和身份成就了他，他以西藏人身份考上大学，以西藏语言和金乡方言从事民俗研究，写出第一篇五万来字的论文便是关于金乡方言，并由此走上学术道路。另一个证据是，他妻子卢泰琦是西安人，居然会用标准的金乡方言吟唱童谣《金乡卫城古貌》：一亭二阁三牌坊……女儿夏卢安婕生于陕西，长于厦门，香港中文大学研究生毕业后，现在香港英国保诚保险公司任部门经理，会讲金乡话，喜欢参加温州香港同乡会活动。

这大约也是夏敏返回故乡的一种方式和步骤。

3

我知道夏敏其人很早。夏敏的妹妹夏可可，是我朋友刘德奎的爱人，德奎大约在上世纪 90 年代末期就对我提起夏敏，回想起来，那时夏敏大概调至集美大学不久，印象中匆匆见过一面，没有过多交流。

追溯起来，夏家是金乡大姓之一，富有传奇色彩。

夏敏祖父夏仲明是个传奇人物。夏家祖上有两项传家宝：一是镶牙技术；二是盔头制作。祖宗有遗训，镶牙技术传大房，盔头制作传二房。夏仲明属大房。

夏仲明好武，年轻时走过江湖，为人侠气，脾气暴躁，好打抱不平。令他声名远播的是他另一个爱好——嗜酒如命，他逢酒必醉，醉后喜欢打架。有一次打架后，被一群无赖追打，他慌不择路，逃进金乡人民法院。当时，他儿子夏子朗已从西藏回调，在金乡人民法庭当庭长。实在无架可打,他回家抓住幼小的夏敏便是一顿暴揍。第二天酒醒之后,他绝对不承认自己揍过夏敏。在夏敏的记忆中,祖父虽然出身平民,却极敬重知识和读书人,这种态度深深地影响了年幼的夏敏,或许,夏敏此后从事的职业,便是得益于祖父的这种态度。

我对夏仲明老人怀有深深的好感,虽然不大喜欢他酒后打人的嗜好。可是,谁没有缺点呢?老人的可爱之处在于,第二天酒醒之后,在奶奶的批评教育之下,很不好意思地向夏敏寻求谅解。更有意思的是,老人是个喜欢种花养鱼之人。据夏可可回忆,当年院子里摆满爷爷种植的花,有月季、水仙、牡丹、朝天椒、仙人掌,等等等等。可惜的是,老人在1985年离世,我与他无缘相识,不能喝一场大酒,殊为遗憾。

夏家老宅位于金乡鲤河中街335号,大门口对着菜场。据夏敏父亲夏子朗回忆,鲤河边一排美人靠,可以纳凉,可以闲谈,优哉游哉。鲤河穿菜场而过,当然也穿家门而过,河水潺潺,波光粼粼,直通城外护城河,连接外面世界。夏子朗当年入藏,便是在家门口坐船离家。一晃一个甲子,鲤河不见了,美人靠也不见了,一切烟消云散。菜场还在,失去鲤河的菜场,依然人来人往,依然热气腾腾。可是,没有了鲤河的菜场就像一个失明的人,就像失声的喉咙,身体依然活着,灵魂却已干瘪。

夏家老宅也已失去昔日模样,门台被拆去,原来的院子两边建起杂乱无章的房子,空白处依稀能见旧时砖瓦,更使现场显出凌乱和破旧。在可可和德奎的带领下,我终于在一个厅堂的边间找到335号门牌,可可说,这间房子归属他父亲名下,租给别人当仓库。

正在讲话间，承租人来了，她打开房门，我们进去看了看，房子是木头结构，低矮，昏暗，散发着一股浓浓的霉味。

从老屋出来，可可指着院子，对我描述当年记忆。我可以遥想，门外市井嘈杂，叫卖声被鲤河水清洗之后，变成自然之音。一进门台，如入世外桃源，满院芳菲，杂花生树，亭台如洗，花草笑迎，一老者醉卧花下，鼾声如雷，呼之不醒。

这样的环境一去不复返了。

4

前面说过，夏敏的学术道路得益于金乡和西藏的滋养。当我认真回头思考这个问题时，两者是有区别的，起到的作用也是不同的。

金乡是夏敏的出生地，是他的血脉所在，他身体里流淌着的是金乡的血液。无论他有没有意识到，或者说，无论承认不承认，也无论他走多远，从事何种职业，身体里的血液不会变。这血液是看不见的标签，是无形的胎记，与生俱来，至死方休。感谢金乡这颗无形的胎记，当夏敏还在读大学时，他选择的第一篇论文便是金乡方言研究。我不知道这样的选择，对于当时的夏敏来说是有意识还是无意识，但是，有一点几乎可以肯定，即使他意识到自己是个金乡人，有语言方面的先天便利，也断然不会想到，这是身体里的血脉在推动他做出这样的选择。从这个意义来说，金乡于他，便是他身体和灵魂深处的烙印，将与他此生相伴。那么，他要做的第一件事便是认清这块烙印，尽可能地拓宽自己。也只有认清了这一点，夏敏才可能将金乡对于他的恩赐，转化成搏击于这个困难重重的世界的利器，同时，也让他拥有了认识和观察这个世界独特的视角和眼光。

西藏赋予了夏敏另一种意义，不但在生理上，更是在心理上，让他能够用更高更宽的视野审视这个世界。也可以这么说，西藏的生活经历，让夏敏的思维拥有了一双飞翔的翅膀，这点可以在后来一系列使他在业界声名鹊起的文章中得到印证，如《玄奘取经故事与西藏关系统考》《狗与猴：图腾仪式与文学的接近类型——从瑶族与藏族的图腾文化说开》《沙僧形名与西域民族》《沙僧、大流沙与西域宗教的想象》，等等。在这个时期，夏敏已经将金乡和西藏融进身体和精神里，如果说，金乡是他人生世界的火眼金睛，西藏便是他手中的金箍棒。

应该说，到这个阶段，作为一个学者夏敏已经确立了他的地位。他应该感谢金乡和西藏，金乡的特殊历史在这里起到了作用，他作为一个离开金乡的人，便如一位离开城邦的勇士，真正的勇士只有一个信念：在一个全新的土地上建立自己的城邦。退回城邦颐养天年，是勇士的耻辱。而西藏则给了他一个别人无法企及的起点，这个起点高入云霄。

新世纪以后，夏敏的学术研究有了新的飞跃，他先后写出了《中琉邦交语境中的涉琉文学》《明清中国与琉球文学关系考》等重要论文。

5

不必急于对夏敏的学术成就做总结，夏敏为什么会成为现在的夏敏，或者说，夏敏将成为什么样的夏敏，才是我最感兴趣的问题。

总的来说，夏敏是一个书生。

我在夏敏身上看出儒家的影子，无论是外在的言行，还是内在思想。我没有跟夏敏讨论过这个问题，无从得知他的真实想法。但是，我从他身上看出一个中国知识分子的修养和抱负。儒家学说的核心观点为"仁"，一方面是指对外部世界要有仁慈宽厚之心，更重要的是自身必须拥有高贵的品德。

仁慈宽厚之心不是生而有之的，必须通过不断剖析自我，认识自我，逐渐到达完善自我的目的。

我在文章开头提过，夏敏身上金乡人的痕迹不明显，拥有不同的气质。这种气质便是他自我提炼和升华的结果。

就我掌握的情况来说，从金乡城走出去，或依然留守城里的金乡人，不乏像夏敏这样的儒生，他们是六百多年金乡城结出的另一种奇珍异果。

对"胆大包天"王均瑶的想象

1

近四十年来,在金乡去世的企业家里,有两位极具标杆意义:一是研制电动汽车的叶文贵;一是"胆大包天"的王均瑶。

叶文贵六十八岁逝世,而王均瑶才三十八岁。

对于王均瑶的早逝,最难以接受的当然是他的亲人,这种痛是直接的,是连着骨肉的。对于社会而言,更多的是惋惜,一位风云人物的早逝,宛如一颗流星滑落。

王均瑶去世后,曾经引起社会对企业家健康的讨论,有人说,王均瑶的早逝,一是劳累,二是喝酒,活生生把身体压垮了。可是,不单单是王均瑶,更不单单是企业家,只要能在社会上做出成绩的人,哪有不劳累的?当然,不可否认,王均瑶那一代企业家会更劳累一些,也更不懂得保护自己的身体。

其实,很少有人从另一个角度来思考王均瑶的人生。三十八年的人生确实太过短暂,太让人叹息。可是,世上又有几个人在短短的三十八年里活得和王均瑶一样精彩和风起云涌？更进一步讲，王均瑶短短的三十八年人生何止只是精彩。他二十五岁完成了中国私人承包第一条飞机航线的壮举，也书写了中国商业历史上一个创举——"胆大包天"。从某种意义上来讲，从那一刻开始，王均瑶的名字已经与民营航空融为一体，他的名字已经演化成一个符号，一个在中国商业历史上无人可以替代的符号。从大处讲，中国从春秋晚期开始，涌现了那么多商人，可是，又有几个商人能够在历史长河留下痕迹，并凸现自己的价值？王均瑶做到了，他的名字已经和"胆大包天"融合在一起，和中国民营航空连在一起，进入历史星空。

我还想起一件事。2003年上半年，短篇圣手林斤澜回温州探亲，住在车站大道的均瑶宾馆。我记得至少住了两个月，有时也在宾馆的餐厅吃饭喝酒，都是挂在账上的。林斤澜在宾馆餐厅主要以早餐和中餐为主，晚餐时间，基本是程绍国、吴树乔、我及一班温州朋友轮流安排。林斤澜在温州过得非常愉快，临回北京前，去前台结账，经理说，王均瑶董事长知道林斤澜先生是个大作家，而且是温州走出去的大作家，决定免去林斤澜先生所有费用，以示对林斤澜先生的尊敬。

从这一点也可以看出王均瑶为人的豪爽。

当然不仅仅是豪爽，我后来想，王均瑶之前未必知道林斤澜先生，他决定免去林斤澜先生所有食宿费用，尊重的不仅仅是林斤澜一个作家，而是王均瑶对文学的尊重，也是对中国文化的尊重。王均瑶读书不多，可他是个有胸怀有格局的人。一个不尊重文化的人，不可能有大格局，也不可能走得远。

当然，话讲回来，如果王均瑶长寿，谁也不能预料，他还将给这个世界创造出何种让人惊异的新壮举。可是,斯人已逝。这让我想到了项羽,如果他在鸿门宴中杀了刘邦,坐上皇帝宝座的人应该是他吧。可当不当皇帝对项羽个人来讲已无关紧要,鸿门宴不杀刘邦使他失去了江山,可同时,也完成了项羽这个人物在这个世界上的特殊意义。司马迁在《史记》中不是将他写在"本纪"里了吗?而且位列刘邦之前,项羽在司马迁心中早已是"皇帝"。所以,从某种程度来讲,寿命的长短对王均瑶这样的"英雄"无关紧要,从某种意义上讲,三十八岁的王均瑶将会一直"活着"。

2

1966年9月15日,王均瑶出生在大渔镇渔岙村,大渔镇当时隶属金乡区。

我没有查找到王均瑶刚开始跑业务的相关资料,无从得知他的足迹到达哪些地方。他加入"供销大军"是在1983年,那一年,他二弟王均金十四岁,三弟王均豪九岁。所以,两位弟弟那时应该还在读书。所有关于王均瑶的报道都是从1991年开始的,那一年年关,王均瑶和老乡包大巴车从湖南长沙回温州过年,漫长的一千二百多公里长途跋涉,王均瑶跟老乡抱怨说坐汽车太慢,老乡半开玩笑半挖苦地说,嫌汽车慢,你包一架飞机飞回去啊。正所谓言者无意听者有心,春节过后,王均瑶便去湖南民航局谈包机。民航局的人从来没有听说包机的事,连想也没有想过。其实,这时的王均瑶已对长沙飞温州的航班做了深入细致的了解,他知道,这条航线都是六十来个座位的小飞机,平均起来,每一趟的乘客不到十八位。他对湖南民航局的相关负责人说，让他承包这条航线，他可以先付五十万元押金，每一趟保证乘客是十八位，不到十八位他贴钱，多出的乘客归他赚。湖南民航局的人一听，这是一笔只赚不亏的保险生意啊，没有任何风险，可以跟这个长一双漂亮双眼皮的年轻人做这笔生意。可是，仔细一问，问题出来了，王均瑶那时只是一个个体户，不能跟湖南民航局签协议。王均瑶只好跑回金乡，找到当时已大名鼎鼎的金城实业有限公司董事长陈觉因，以金城实业有限公司的名义出面签协议。那一年，陈觉因四十二岁，他同意让王均瑶挂名，也同意出面签协议，可他认为包机赚不了钱。二十七年过去了，陈觉因和我回忆起此事时还是这么认为，他认为王均瑶做了一件别人没有做过的大事，出了大名，可是，在包机这件事上，王均瑶并没有赚到钱，至少没有赚到大钱。

1991年7月28日，中国第一架由私人承包的长沙—温州航班降落在温州龙湾机场，此时，离温州龙湾机场正式通航刚过一年。包机抵达温州后，当年下午，在机场航站楼二楼举办了一个通航典礼，浙江、湖南民航局与温州市相关领导出席了典礼，代表包机方坐在主席台并讲话的不是王均瑶，而是陈觉因，因为他是金城实业有限公司法人代表，二十五岁的王均瑶坐在台下充当听众。

我相信陈觉因的判断，在包机这桩生意上，王均瑶并没有赚到钱。但是，此事意义非凡，我们抛开此事对王均瑶本人以及对中国商业史的意义不讲，此事对于王均瑶来讲，最直接的效益至少有三个：一，王均瑶出名了，他拥有了"胆大包天"的江湖称呼，成了名人；二，他拥有了对待这个世界和建设世界的自信心，这是建立事业的基石；三，他找到了人生发展方向，知道自己应该干什么。

一年之后，王均瑶成立了温州天龙包机有限公司。在此基础之上，1994年创办温州均瑶乳品公司。1995年创建温州均瑶集团有限公司。1998年位于车站大道的温州均瑶宾馆建成并运营。1998年组建均瑶出租车公司。

　　按照陈觉因的分析，直到此时，王均瑶和他的集团虽然拉开了架势，却未必真正赚到钱。他认为王均瑶真正赚到钱是将公司总部移师上海以后，先是在浦东征地二百亩，建立均瑶集团总部。更主要的是在2002年10月，王均瑶收购了上海肇嘉浜路的"金汇大厦"，俗称"烂尾楼"，改造成"上海均瑶国际广场"，此为上海首座以民营企业命名的甲级写字楼。此楼改造完成，王均瑶成为上海滩一位标杆人物，此时他三十六岁。

　　现在看来，至2004年11月7日王均瑶逝世为止，均瑶集团基本框架已经形成。无论是王均瑶的个人形象和历史意义，还是均瑶集团在当下中国的定位和发展方向，都是鲜明而有个性的，甚至是难得的健康。在近四十年的经济发展中，出现均瑶集团这样健康的企业是很难得的。说到王均瑶的个人形象，所能联想到的，大多是积极正面的，他虽然没读多少书，可他有无比发达的商业嗅觉，更难得的是，他胸中有大格局，他敏锐地将企业发展和国家战略部署结合起来，同时热心公益，设立"均瑶基金"，在企业家群体和社会公众之中具有良好口碑。

3

　　我们无法设想，如果王均瑶没有早逝，现在的均瑶集团会是什么模样。但是，王均瑶在离世之前，将集团托付给两个弟弟掌管，无疑是经过深思熟虑的，那一年，他的大儿子王瀚还不满十六岁，女儿王滢滢和次子王超更是年幼。王均瑶在遗嘱里将公司股份进行了划分，儿子和女儿的股份由弟弟王均金和王均豪代管，直到他们成年。

2017年12月22日我去上海时，曾经通过金乡镇朋友约过王均豪，他刚好出差。其实，我见不见王钧豪或者王瀚都已无关紧要，王均瑶已逝，而均瑶集团的任何动向都有媒体及时报道，对于他们这样的明星企业又是上市公司，几无秘密可言。我最想了解的是，王均瑶在离世之前，是否有对两个弟弟描述过均瑶集团未来的规划？我相信王均瑶有他的规划，那是个什么样的蓝图？我希望从王均金或者王均豪口中得到证实。

从公开的媒体报道可以了解到，王均金是2004年11月18日以均瑶集团董事长的身份出现在公众面前的。2005年，他成立了上海吉祥航空股份有限公司，"吉祥航空"前身便是成立于1992年的温州天龙包机有限公司。在当时，有谁能够预料到，2015年5月27日，"吉祥航空"会在上交所挂牌上市？此时的"吉祥航空"已经是拥有四十五架飞机的国内中型航空公司，是国内唯一一家以双基地、双品牌和双业务模式运营的民营航空公司。从1991年挂靠金城实业有限公司名下包机，到成立自己的航空公司，到A股上市，这中间走了二十四年。这也是在王均金、王均豪两兄弟一步步带领下实现的。我想，这或许也是王均瑶当年曾有的梦想。可是，无可否认的一点是，这二十四年来，王均金和王均豪一直参与其中，特别是在2004年之后，新经济异军突起，传统企业受到前所未有的考验,即使有过之前的周详规划,也难以应付时代激流的震荡。抬眼望去,有多少曾经风光一时的企业,在时代的冲洗中跌下马来。可是,至少从目前来看,均瑶集团在王均金和王均豪的带领下,完成了绝大多数企业家不能完成的任务,依然跑在时代最前列。从这个角度来讲,我们对均瑶集团的未来抱有巨大的信心,对王氏两兄弟以及他们的家族带领的团队抱有巨大的信心。

其实,2015年对于均瑶集团来讲还有一件大事,在同年的1月29日,由上海均瑶(集团)有限公司作为主发起人的上海"华瑞银行"获得开业批复,注册资本为三十亿人民币,机构驻所为——上海自贸区基隆路6号。这是继由腾讯作为第一大股东的深圳前海微众银行获批开业之后,中国获批的第二家民营银行。上海华瑞银行由五家民营企业组建,其中,均瑶集团持股30%,是第一大股东。王均金对此有一句话,称"圆了均瑶集团的金融梦"。

我举这个例子想说明的是,每个民营企业家都有一个"金融梦",当年的叶文贵曾经付诸实践,自行发售股票,一张股票一千元人民币。想必王均瑶当年也曾有过这个"梦想",可是,对于那个时代的企业家,自办银行只能是个美好的"梦",可是,这个"梦"在王均金手里实现了。

对于王均瑶之子王瀚,除了"吉祥航空"上市之时有过报道外,其他时间,王瀚低调得像个隐身人。据说,成年之后的王瀚在均瑶集团任职,绝少在公开场合露脸。可越是如此,外界对他的期待越高,因为他是均瑶集团的大股东,他身上流着王均瑶的血脉,他的未来从某种程度上代表着均瑶集团的未来,金乡的未来,甚至是中国的未来。

郑恩仓和他的鱼豆腐

1

郑恩仓个子不高，略微发福，方脸，表情丰富。他有一对大眼睛，滴溜溜转动，一看便知道是个聪明人。从郑恩仓的言行可以看出他的自信，以及对未来的乐观。在他身上，你能感觉到，他是一个积极向上的人，无论在哪里、无论从事何种职业，他都能闯出一番属于自己的天地。

郑恩仓1970年生于金乡辖下炎亭镇，炎亭靠海，东南沿海一带，靠海处必有妈祖庙，郑恩仓的祖居便在妈祖庙边上。家里三兄弟，他排行最小。郑恩仓从小长得漂亮，人又聪明，读书成绩好。长得漂亮的郑恩仓说，读书时就有女同学给他递纸条，这让他的虚荣心得到很大满足。他中学考上苍南县第一中学，是苍南县最好的中学，成绩不好，不可能考得上。可是，郑恩仓最终没有考上大学，话又讲回来，对于那个年代，即使如苍南县第一中学这样的好学校，能考上大学的学生也不是大多数。郑恩仓没有选择复读，也没有像其他同学选择去读函授，他选择回到炎亭，去水产冷冻厂上班。他父亲便在冷冻厂上班，所谓靠海吃海，渔业是炎亭最大产业。在冷冻厂上了几年班，有了一些积累，1992年，在家人支持下，郑恩仓和人合股，在龙港镇成立了龙港鑫发印刷包装厂。

  这里有一段插曲，郑恩仓选择在社会上打拼，他的同班同学吴家悻等人选择去浙江农业大学读函授。在函授班的同学里，有一个郑恩仓心仪已久的女同学，他很快发现函授班一位男同学对那位女同学也有意思。郑恩仓通过吴家悻牵线，将那位男同学约到县城金乡桥头一家小酒馆里"谈判"，郑恩仓演了一出"苦情戏"，用海碗喝桥墩烧酒，一边喝一边对那位男同学哭诉，称自己不能没有那位女同学，如果没有那位女同学，此生活着没有意义。那位男同学被郑恩仓的"深情"感动，表示一定成全郑恩仓。吴家悻后来对我说，那天晚上他带郑恩仓回自己家，郑恩仓吐了一夜，把胆汁都吐出来了。郑恩仓那一顿酒没有白喝，他心仪的那位女同学名叫夏玉芬，金乡城内人，后来成了他夫人。

2

  郑恩仓在龙港鑫发印刷包装厂负责销售，主要客户是中国名酒，五粮液是其中最大客户。那些年是印刷包装业的黄金时期，郑恩仓在这个行业做得不亦乐乎。

  2003年，郑恩仓原来上班的苍南水产冷冻一厂改制，对外招标拍卖。郑恩仓父亲出面投标，最终以近七百万元，拍下该厂二十二亩的厂房。家里人商量后，决定生产鱼饼，并注册了"炎亭渔夫"

商标。

炎亭渔夫初创阶段,郑恩仓基本无暇顾及,他还在各个白酒厂家之间飞来飞去,和他们推杯换盏,喝的都是他们厂生产的白酒。这是这一行的职业特点,你上白酒厂去拉业务,不喝他们的白酒说不过去。郑恩仓记得很清楚,那一晚,他宴请五粮液公司的人,大概喝了七两白酒,他的酒量最多半斤,当年金乡桥头"谈判"之后,他再没喝过那么多白酒。他将客人送走后,回酒店休息,硬撑到电梯,整个人就不行了,一下瘫坐在电梯里,怎么也站不起来。他的意识还是清醒的,知道自己住在哪个房间,必须回到房间。到了楼层,电梯门开了,他站不起来,只好爬出电梯,一点一点爬到自己房间。

此事之后,郑恩仓重新思考人生,他担心继续下去,自己会"牺牲"在酒场上,即使赚再多的钱也无法享受。在金钱与健康面前,郑恩仓选择了健康,他毅然决然地将龙港鑫发印刷包装厂的股份退掉,回到炎亭,回到"炎亭渔夫"。

3

回归"炎亭渔夫"之后,郑恩仓将他做销售的特长和手段发挥得淋漓尽致,他首先请中国美院的老师设计了LOGO,将现代理念和传统生活有机地统一在一起;其次,他加强对炎亭渔夫的品牌推广。在此之前,他们家人没有对炎亭渔夫品牌进行有意识的塑造和推广,仅限于口口相传。经历过销售行业洗练的郑恩仓知道,品牌的建设和推广对于产品的重要性。同时,也通过品牌的建设,反过来推进企业的自身建设；第三，郑恩仓在做好线下销售的同时，极力将产品推到线上，他当时便意识到，线上是个无限宽广的市场，是未来发展的大方向。

这是郑恩仓的性格，也是他身上最闪亮的地方，他是做一行爱一行的典型，他爱这一行，必定要将这一行做好。通过郑恩仓的努力，炎亭渔夫的销售大有起色，可是，郑恩仓发现一个致命问题，他们炎亭渔夫的鱼饼销售过不了长江，因为长江以北的人群口味不同，而炎亭渔夫鱼饼最开始只考虑南方人的清淡口味。而且，郑恩仓也发现，要改变的不仅仅是炎亭渔夫的口味问题，最需要改变的恰恰是自己的思维。

也就在这段时间，社会上发生了担保链断裂，众多企业因相互担保受到牵连，炎亭渔夫也有牵涉。

温州很多企业倒在这场互保风潮之中，从此退出江湖。也有一些企业跌进互保泥潭，艰难重生。郑恩仓却选择了壮士断腕，他一边快速地处理互保债务，一边将炎亭渔夫的业务转移到杭州余杭区，开始新的征程。

我去过郑恩仓在余杭的工厂，那是一个全新的、现代化的工厂，所有设备都是当下最先进的。其实，在工厂参观之后，我发现，最先进的还是郑恩仓的理念，他将原来的鱼饼，变成了鱼豆腐。

鱼饼和鱼豆腐区别在哪里？从郑恩仓角度来讲，鱼饼是古已有之，鱼豆腐是他的创造。他是鱼豆腐之父。这个区别可就大了，鱼饼是传统食物，而鱼豆腐是现代化食物；鱼饼是菜品，是人们下饭菜或者下酒菜，鱼豆腐是零食，是随时随地可以拿来食用的时尚食物；鱼饼味淡，只适合南方人群，鱼豆腐却有近百个品种，酸甜麻辣，各种口味俱全，适合大江南北各地人群。

温州有多少人做鱼饼？估计不到一万也有大几千。有几个做鱼饼的人想到将其转变成鱼豆腐？温州脑子好用的人也不会少，想到鱼豆腐的肯定大有人在。但是，能够真正付诸行动的人，可能只有郑恩仓。

2014年，炎亭渔夫的鱼豆腐年销量是八千万元。2015年是九千万元。

线上的销售量占总量的四分之三，天猫、阿里巴巴、京东、淘宝网上都有鱼豆腐产品。各个大商店也能见到鱼豆腐的身影，甚至连海底捞火锅连锁店也能吃到炎亭渔夫的鱼豆腐。

我和吴家悻去炎亭渔夫工厂参观时，杭州刚下了一场豪雪，地上积雪十多厘米，雪风刺人。郑恩仓一身黑色西装，围一条黑色围巾，斗志昂扬地走在雪地上，带着我们参观生产车间，又带我们去参观设计中心，他一边走一边充满激情地向我们描绘炎亭渔夫鱼豆腐的过去和未来。过去是真实的，未来是虚幻的。可是，在郑恩仓的描绘里，我分明觉得，过去是虚幻的，未来却稳稳握在他手中。

人物篇(下)

金乡活字典金钦治

1

在金乡城，大家称金钦治为金老师。我开始叫他金先生，后来熟了，也跟大家叫他金老师。他是我在金乡城正式拜访的第一个人，因为来金乡之前，我知道他有一个外号——"金乡活字典"，他是一位历史老人，又因为经历特殊，见证了金乡这几十年风风雨雨，并且参与其中。他的个人经历，从某种角度讲也是金乡这几十年的经历，他见证了金乡这几十年的发展。

我想，称呼他为金老师大概有这么几层意思：一，他年纪大，我见到他时，已经八十六岁了；二，他当过长时间的老师及学校校长，学生众多；三，他为人耿直，做事公正；四，他主政金乡镇期间帮助甚至保护了一些人，这些人后来都成了金乡有名的企业家；五，他主政金乡镇期间，金乡经济刚刚萌芽，他尽最大能力保护了这种经济的生长。他为金乡的发展做过贡献，金乡人记得他，尊敬他，所以，在我接触的金乡人中，无论年龄大小，无论是否依然生活在金乡，都称他金老师。

当然，事情不止于此，我的朋友陈彦柏告诉我，金钦治的爱人季慧声也一样受人尊敬。季慧声是金钦治在金乡小学的同事，用金钦治的话说，两人都是"工作狂"。季慧声退休后，办起了幼儿园，到现在还在办。她天性喜欢孩子，乐于助人，看见孩子就高兴，那种高兴是发自内心的，所有在她幼儿园待过的孩子都能够感受到，所以，她现在上街，不断有人喊她季奶奶。

在小地方，或者说，在中国的乡村，一个长者受人尊敬，除了他自身的条件，还得看他子女是否有出息，不一定是高官巨贾，但必须为人正派诚实，勤勉低调。金家现在是个大家庭，枝繁叶茂。大儿子金立佐原在北京谋职，后定居美国，专心学术研究，是个见识过大风大浪、对历史对现实有清醒认识的人，也是对人生有清晰判断的人。我看过金钦治和季慧声合著的一本回忆录，序言二是金立佐写的，其中有一段话我深以为然，现摘录如下："年轻时，我一心往外奔，想离开家乡去寻求和建立属于自己的世界，并不觉得父母的性格与命运以及家乡一方水土和自己的性格和命运有什么重要关系。随着岁月流逝，现在越来越体会到：一个人其实不仅生理上承传着父母的基因，而且心理上或隐或显也带着父母性格的烙印；生长的地方也与此类似。"二儿子金立峰在金乡镇上班，是个朴实低调的人，现在和父母一起住在第五巷，用他的话讲是，老人年纪大了，住在一起也好有个照应。金家还有两个女儿，大女儿金晓炜，二女儿金晓晴，都已成家立业，在社会上具有不错的口碑。

2

金钦治生于1931年，他父亲金沛棠从平阳萧江搬迁到金乡城定居，以卖中药材为生。1943年，金钦治以优异成绩考取平阳简易师范，是国民党政府办的一所四年制中学，每年学费一千零五十元，金家无力承担这笔费用。时任金乡小学校长陈华民先生得知此事，由他牵头，联系了五位老师，每个捐助三百元，共一千八百元让他去平阳读书。这位陈华民校长也是家境贫寒，由原金乡小学校长黄群觉等人资助读完简易师范，毕业之后，黄群觉校长推荐陈华民当金乡小学校长，薪火相传，金钦治才能去平阳读简易师范。这位陈华民校长命运多舛，晚年有一段时间住在温州，距离我供职的单位不到一公里。

金钦治在平阳简易师范读了两年，到1946年，学校开始增加收取食宿费用，金钦治只能辍学。为了谋生，去金乡王德丰南货店当学徒，三年期满后，成为可以拿工资的雇工。之后不久，便是全国解放，南货店老板被划为地主，关了店门。失业之后的金钦治无事可干，在母亲的建议下，在金乡城内丰乐亭之下（金乡人叫亭子下）摆摊卖香烟，每天上午七点半左右出摊，晚上天黑收摊，风雨无阻。这一卖便是近三年时间。不久之后，全国开始扫盲运动，形式有两种：一为"民校"；一为"冬学"。金乡选择后一种。"冬学"，顾名思义即冬天学习，冬天属于农闲季节，学员才抽得出时间。因为缺教员，村干部找到在"亭子下"卖香烟的金钦治，让他晚上义务去教人认字，白天依然在"亭子下"卖香烟。

让金钦治意想不到的是，他因为教得认真，效果好，被前来巡视的老师发现，1952年2月，推荐去金乡小学当见习老师。下半年转正后，调到第一分部当主任，他便是在第一分部认识了现在的老伴——季慧声，因为是同事，都对工作"狂热"，互相欣赏，两人最终走在一起。这里还有一段插曲，因为金钦治家太贫寒，季慧声母亲担心她嫁过去后受苦，故意对女儿说，如果她一定要嫁给金钦治，就跟她断绝母女关系，后来见季慧声态度坚决，又见金钦治勤劳正直，值得依赖，才同意了这门婚事。

1955年，金钦治调到金乡下辖石坪乡任小学校长。1956年底被调到平阳县肃反办公室，任"专职干部"，主要任务是调查有反革命嫌疑的人。金钦治很快发现，这种调查是给指标的，比如当时给金乡镇的反革命指标是5%，让他没有想到的是，没过多久，他却被人扣上了"勾结反革命"的"帽子"，先是"发配"郑楼小学"代课"，其实就是"管制"，实行"五不准"，"不准请假、不准会客、不准回家、不准通信、不准随便走动"。第二个学期，调到宋埠小学继续"管制"。金钦治说，即使在那样的环境，他也没有失去对未来的信心，因为即使在他失去自由的时段里，依然有温暖和光明的灯火照耀着他。在宋埠小学时，乡党委书记认为他政治上没有问题，每次开党员会议让他参加，甚至让他主持。如果有人没有参加，他便在会上喊，老金，你看看谁没来，记下名字，下次再不来你直接宣布开除他党籍。金钦治笑着说，书记，我连党员都不是，哪有权力开除别人党籍？书记哈哈一笑，说，没关系，我授权你。

1962年夏天，扣在金钦治头上五年的"帽子"摘掉了。来得突然，去得也突然。当然，这五年里，金钦治从没有放弃向浙江省委申诉，陈述冤屈。

同年8月，金钦治任大渔中心小学校长（后来被称为中国私人包机第一人的王均瑶便是大渔人，金钦治去当校长时，他还没有出生）。他本以为这次可以安心教学，过上踏实的日子，可谁想得到，"文化大革命"来了，他被打发到厨房劳动，每星期被拉出去斗争一次，必须"坦白交代"。

从1966年至1976年，金钦治的母亲有家不能回，岳父岳母被拉去游街，大儿子金立佐被迫休学一年，家被抄，一家人被赶到金乡小学，住在一间教室里。

金钦治说，那十年，如一个噩梦。

3

1977年，金钦治被调到金乡区委公所，1982年担任金乡区宣传委员，1983年任金乡镇镇委书记。

他刚上任不久，立即迎来两场巨大的"运动"：一是"严打运动"；二是"文明结扎"。对于"严打"，金钦治以办学习班为主，没有采取强制措施，因为金乡就那么大，大部分人都认识。金钦治说，没有采取强制措施，便是没有给人留下污点，以后依然可以清白做人。他一直认为这个做法是对的，当年学习班成员，许多人后来成了知名企业家，成了他的"忘年交"。说起"文明结扎"，金钦治说自己是有愧疚的，大女儿金晓炜那时已结婚，生了女儿，大女儿和女婿都想再生个儿子，可他是镇委书记，他如果不起这个头，谁会听他的话呢？结果，他的大女儿被他动员去做了"结扎"。2017年7

月 8 日下午，我在第五巷的金钦治家，问他后来辞职跟女儿结扎有没有关系，他犹豫了一下，最后点了点头。

金钦治在金乡镇委书记任上的时间从 1983 年底至 1986 年，那段时间，正是"温州模式"开始叫响的时期，与金乡相呼应的是乐清的柳市低压电器，后来成为中国低压电器之都。在这之前，乐清曾经发生过"八大王事件"，十几个经济能人被抓坐牢或逃匿。而在金乡，叶文贵、陈觉因、陈逢友、胡长润、林永志等一批经济能人能够安然无恙，叶文贵甚至当了"副区长"，从当时政策角度来讲，决策的领导是要承担风险的，是有魄力的。2018 年 5 月 5 日，我在金乡拜访陈加枢和陈觉因等人，刚好当年任苍南县委书记的胡万里在金乡，虽然胡万里后来调任杭州市副市长，但金乡人谈起胡万里，总是充满感情，说他当县委书记时，每个星期都跑金乡，跟每个企业家交朋友，他对金乡的发展是有贡献的。

所谓"温州模式"，是与当年的"苏南模式"相对应而言的，"苏南模式"主要是政府主导，大投入，大产出。而"温州模式"则以民间为主要力量，遍地开花，万涓成流。所以，后来有人总结，"苏南模式"富在政府，而"温州模式"富了民间。这是有一定道理的。

当然，在此期间，温州以及"温州模式"是姓"社"还是姓"资"一直争论不休。来温州参观的人一拨接着一拨，有政府官员，有专家学者，有媒体记者，有企业家。来的目的不一，有来学习的，有来挑刺的，有来打探的，也有来找反面典型的。金乡作为温州地区当时经济最发达的乡镇之一，也是"温州模式"的策源地之一，来参观的人也最多。接待来访人员也是金钦治当时的任务之一，甚至是比较重要的任务,因为这也是宣传"温州模式"的一种方式,让更多人了解"温州模式",并且理解"温州模式",为"温州模式"说好话,甚至鼓劲,这对当时的温州执政者以及企业家是非常重要的,只有得到政策的支持,"温州模式"才能继续发展下去,温州经济才能一步步向上走。金钦治很好地完成了这项工作,他当老师出身,有很好的演讲能力,反应快,无论来访者提出多么刁钻的问题,他都能对答自如。最主要的是,他对金乡的情况了如指掌,和金乡各个企业家都有不错的私人交情,他从心里认为他们做得对,做得好。他是穷困过来的人,当年便是因为穷困而不能完成简易师范的学业,他知道发展经济对一个地区的重要性,更知道经济对一个家庭、对一个人的重要性。所以,除了做好"外交"工作,金钦治"对内"的政策便是"支持",支持金乡大力发展"四小商品",主要指"徽标类、证卡类、塑膜类、商标类",从"小"字做文章。支持金乡农民挂靠在工厂经营,农民挂靠在村办工厂里,分户立账,自己跑业务,自己当老板。支持金乡工厂雇佣工人,在当时的环境,是不能私自雇佣工人的,那是资本主义,是剥削,国务院曾派四十五人规模的调查团来金乡调查此事。金钦治很清楚自己的"责任",他这个镇委书记是一个"服务员",他的服务对象便是金乡,因为金乡处在改革开放第一线,很多禁区要尝试着去突破,而这种突破,是有政治风险的。

现在回望金钦治主政金乡镇那几年,总结起来,他只做了一件事:维持金乡作为改革开放的试验田,让金乡突破一些"禁区",帮金乡讲几句公道话。可是,认真一想,能够做到这一点又是何其难?这期间得冒多少政治风险?所以,从这个角度也可以看出来,金乡的企业家为什么那么感念当年的县委书记胡万里，他们对金钦治的感情和胡万里有相似之处。

4

对于提前离任，除了有对大女儿"文明结扎"的内疚，金钦治还讲了几个原因：一是在政府机关工作压力大，每天神经绷得紧紧的，劳心劳力；二是他脾气倔，碰到与领导意见不一致时，会为了坚持自己认为正确的原则顶撞上级，这在官场是大忌；三是生了几场大病，身体大不如前，而镇里的工作繁重复杂，他担心身体吃不消。所以，他决定1985年退下来，报告打给县里，县里不批，他便去县里"做工作"，书记、县长以及各个常委，一个个去"申请"，最终在1987年离任，时年五十六岁。

金钦治对主政金乡镇期间有两句自我评价：一，我所做的事都问心无愧；二，金乡人一定会明白我的殚精竭虑。

退休之后，金钦治先去北京大儿子金立佐家住了两个月，回来之后，去金乡信息协会任职，主办《金乡信息报》。讲起这个金乡信息协会，可是个新鲜事物，它成立于1980年，理事长是当时的镇长林邦川，秘书长是钱明锵，理事有陈觉因、叶文贵、缪存良、胡长润等当时金乡最活跃的经济能人。因为当时是计划经济时代，信息不通畅，信息便是赚钱的机会，金乡的经济能人和政府看到了这点，成立了信息协会，订阅全国近一百份报刊杂志，专门雇人从这些报刊杂志上将可能有用的信息剪裁下来，重新排版，印发给各家企业。这是当时金乡能承接到全国各地订单的原因之一，信息协会大大地扩展了金乡在那个时代里的触角。后来，我在陈觉因家里聊起这件事时，陈觉因也很激动，他觉得，在当时，金乡信息协会这种组织，在全国是很少有的。他说时任苍南县委书记胡万里对信息协会极其感兴趣，每次来金乡都会到信息协会看看。

用金钦治自己的话说，2008年，他的"人生开始了新的篇章"。他所讲的"新的篇章"指的是正式投身慈善和公益事业。早在1989年，苍南县慈善总会会长便找到他，让他当金乡慈善分会会长，当时他思想上没有转过弯来，认为慈善就是募捐，就是向人要钱，向人开口要钱是多么难为情的事啊。

解开他思想上疙瘩的是他的孩子们，孩子们劝他接下这个担子，只要一心为了慈善，没存私心，向有经济能力的人开口募捐也不是什么丢人的事。这个道理金钦治当然懂，但孩子们的支持才是他最大的动力，他才愿意接过这个担子，虽然他知道这个担子不好担。

上任之初，金钦治将大儿子金立佐给他的十万元捐献给慈善分会。他这么做当然有他的想法：第一，他既然要当这个会长，总得有所行动，否则讲话声音也不响亮；第二，他也是做给别人看，他来当这个会长，并非图个人私利，图私利的人怎么可能无偿捐出十万元？第三，通过自己的捐献行动，让社会对慈善分会产生信任；第四，他知道当慈善分会会长肯定免不了向社会募捐，他如果不带头这么做，怎么好意思向别人开口？

5

2018年，金钦治八十七岁了，他得帕金森已经十几年，腰椎不好，走路困难。但他没有讲错，从2008年到慈善分会之后，他的"生命价值再一次被无限地拓宽"了。从2008年至2013年，短短五年间，金乡慈善分会便捐出一千二百八十余万元。慈善分会实行专款专用，每年公开账目，并经过审计。

做慈善以来，金钦治得到很多人的称赞，无论是政府还是民间，都称他为"慈善老人"。这是多么高尚的赞美。当然，金钦治也遇到一些质疑：质疑之一是认为他到慈善分会上班是为了赚钱；质疑之二是认为他当年没有过足"官瘾"，才来当会长；质疑之三是他办事不公，为什么有的人申请补助没有通过？对于这些质疑，金钦治称自己都能坦然面对：第一，他从未因为做慈善而谋得半分钱财，他和家人倒是捐出了三十多万，所以，他内心坦荡，问心无愧；第二，他记得《孟子》有一句话："取诸人以为善，是与人为善者也，故君子莫大乎与人为善。"

金钦治自称"丐帮帮主"，他笑着对我说，金乡曾经流行一句话："天不怕地不怕，只怕金钦治来电话。"意思是金钦治的电话一来，便是来要钱。

当然，这只是金钦治的自我调侃，他向金乡企业家募捐是事实，可从来不是硬性摊派。金乡有许多在上海、杭州、深圳的企业家，生意做得非常好，光上市企业便有七家。金钦治每到一地，先摆一桌酒，将企业家请过来，向他们说明家乡情况，遇到什么难处，希望给予帮助，如果企业表示有困难，他绝对不会纠缠。因为他深知，做慈善必须发自内心，人家不愿意，强扭的瓜一定不甜。做慈善和做人一样，必须堂堂正正，要活得有尊严。

这是金钦治一直坚持的做人信念，他半开玩笑半认真地对我说，做人的结果大致有两个：一个是"哦"；另一个是"啊"。在他看来，一个生命终结时，得到别人一声"哦"，那是漠然的，无足轻重的，甚至是早该如此的。而一个生命终结时，得到别人一声"啊"，那是惊讶的，是惋惜的，甚至是痛心疾首的，说明这个人对别人是有用的，别人是怀念的。他希望自己是后者。

与时代赛跑的陈觉因

1

陈觉因编过一本名为《浮生噩梦》的书，是他父亲陈华民的回忆录，陈觉因作序，书末附有金钦治、叶文贵等人纪念陈华民的文章。我看了文章，才知道陈华民便是当年牵头捐助金钦治去读简易师范的金乡小学校长。

我和陈觉因的聊天是从他父亲开始的，他在鲤河南街76号家的客厅右手边挂着四张巨幅镶框画像，从左至右分别是祖父，祖母，父亲，母亲。陈觉因少年出道，在社会上摸爬滚打，大富大贵过，见多风雨，早就练出处事不惊的过人毅力，他的眼神是淡定的，面容是淡然的。可是，当我和他聊起父亲陈华民时，我发现他说话的声音突然变轻了，变迟缓了，眼眶里有晶莹的东西在闪烁。由此可见，父亲在他心中的位置。

陈觉因生于1949年，他父亲已于1948到宁波慈溪中学任教。1950年蒙冤被诬为"反革命"，行刑前法庭审判他无罪释放。几个月后，又被人重新诬陷，发配去内蒙古劳改，直至1967才回到原籍金乡。陈觉因说他十八岁那年才见到父亲的面，这话我也从叶文贵怀念陈华民文章中得到印证，叶文贵和陈觉因是同学，陈家后门外河水清澈，夏天可以游水戏耍，叶文贵说他当年暑假经常到陈觉因家玩耍，见到的都是以修族谱为生的陈觉因爷爷，而不见他父亲。而陈觉因也从不在人前谈起父亲，叶文贵说他是在1974年从黑龙江七台河回金乡探亲才第一次见到陈觉因父亲，那时，陈华民在南门大街开了家"华民诊所"。直到此时，叶文贵才知道陈觉因的父亲"原来是医生"。而他根本不知道陈觉因父亲曾经是金乡小学校长，是宁波慈溪中学教员，是浙江省文教厅官员，是差一点被枪决的"历史反革命"，是有十五年牢龄的劳改犯。这个秘密一直埋藏在陈觉因心中，也可能是这个秘密，使陈觉因比同龄人更早知晓了时世之艰，对自己的人生之路有了更早的绸缪。

不愿意对外人提起父亲，并非陈觉因不想父亲，恰恰相反，正因为从没有见过父亲，他比平常人更加想念父亲。父亲在他脑子里占据着最主要部位，用他的话说是"朝思暮想"，在他的脑子里父亲成了一个符号，一个清晰又模糊的符号，是一个他看不见摸不着，却又无时无刻不跟他发生关系的符号。他从小聪明，家里有"不为良相即为良医"的祖训，祖父陈荣柯想培养他读书，可是，父亲是"历史反革命"，又值"文革"，读书只能是个泡影。学医也不可能，谁会收一个"历史反革命"的儿子当徒弟呢？谁也不敢啊。所以，陈觉因说他从小便"立志挣钱"。这可能是没有出路的出路，也是陈觉因当时所能想到，或者可以改变自己命运的一条路。

他这个"志向"注定是一条荆棘之路，是一条布满风险之路，因为那个时代不允许个人发财致富，当时的政府和社会没有提供这样的通道和机会。可是，对于当时的陈觉因来讲，他没有退路，以他当时的人生阅历，也不可能对世事有更高远的判断，那么，摆在他面前的只有一个字，那就是：搏。

2

陈觉因的"志向"得到祖父祖母的支持，祖父将修宗谱赚来的钱一点点积累起来，祖母将当"赤脚医生"赚来的钱一点点省下来，他们将多年的积蓄交给陈觉因，让他去"创业"。那一年，陈觉因十八岁。

所谓的"创业"，便是和几个人合伙在金乡城外的山里搭起几个棚子，办起了开花机厂，生产再生棉。说是工厂，其实是个小作坊。可是，再小的作坊也是不允许的，开没多久，镇里便来人查封，不让办。他们只好将小作坊搬到另一个更偏僻更隐蔽的地方。这样的生活过了差不多三年，陈觉因觉得不是办法：一是他不能接受总是被人"追杀"的生活；更主要的是，他认为办开花机没有技术含量，他能做，别人也能做。刚好，他这时遇到一个在瑞安城关办电器修理厂的远亲，远亲见他聪明勤快，带他去瑞安当学徒。

不到三个月，陈觉因便掌握了电器修理所有技术。这一点，陈觉因每一次提起都很自豪，他认为自己做事用心，只要一用心，学什么东西都特别快。更主要的是，陈觉因觉得自己的触觉灵敏，这种灵敏完全出于本能，出自他的天性。学会电器修理技术后，他可以留在远亲工厂做工，远亲承诺给他高额的工资，另一个选择是回金乡办工厂。陈觉因内心几乎没有任何犹豫,他当然要回金乡办工厂,他从来没有忘记自己的"志向"。

陈觉因自小跟祖父祖母长大,感情极深。他上面有两个姐姐,他是家里唯一男丁,祖父祖母的疼爱是自然的,难得的是,祖父祖母对他的理解,更难得的是对他的信任。他办工厂的资金来自祖父祖母的省吃俭用,他说祖母去海边出诊,翻山越岭,口渴难忍,路过凉亭,却舍不得喝一分钱一杯的茶,而是去水井舀一碗水解渴,而他们却将一笔当时看起来不少的钱拿给他办工厂,这种信任和理解,陈觉因终生难忘。

他和人合伙办了三年金乡电器修造厂,虽然还是偷偷摸摸,但他已经小有名气。陈觉因说,当年金乡一带懂电器修理的人几乎没有,很多工厂电器坏了都跑来找他,而他一到,电器便起死回生。他的名气便在更大范围流传开来,大家都说,金乡有一个叫陈觉因的年轻人,修理电器技术好,管理工厂更是一把好手。

陈觉因说,三年电器修造厂办下来,他已经积累了一定资金,自觉小有成就。可是,他总有一个遗憾,他想办一家名正言顺的工厂,属于他陈觉因的工厂,他要赚钱,更要堂堂正正赚钱。1973年,一个叫项金增的朋友找他商量,想和他合作办一家塑化商标厂,挂靠同春酒厂,属于有正式"名分"的工厂。很快,他们的同春塑化商标厂成立了,他们的工厂主要生产和销售饭菜票和证册。这是金乡最早的一批生产"四小商品"企业,"四小商品"中的徽章、塑片卷票、塑膜证册和商标,他们工厂占了两项。一段时间后,当其他人也开始办塑化商标厂时,陈觉因的技术优势体现出来了,他率先使用了当时最先进的科技,利用pvc材料制作饭菜票和各类证书。纸质的饭菜票和各类证书容易污损，而 pvc 材质经久耐用，如果脏了，放在肥皂水里冲洗一下，消毒后便如新的一般。由于产品新颖，价格合理，同春塑化商标厂当时是金乡最红火的企业之一。

陈觉因不仅技术上有专长，在销售上也有自己的招数。金乡的供销员都是去各个机关和工厂跑业务，而他却另辟蹊径，盯上上海几家大的文化用品商场，如淮海路的泰山文化用品商场、战斗文化商店、旗帜文化用品商店等，他跟商店经理谈条件，将样品放在他们商店橱柜展示，让商店替他接订单，然后他和商店利润分成。商店不用一分钱成本，却可以赚钱，而陈觉因因为有上海大商场替他拉业务，订单多得只能不断地加班赶工。

陈觉因对我讲，同春塑化商标厂差不多办了十年，加上金乡电器修理厂三年，再加上三年左右办开花机厂的时间，前后大约十六年。这十六年，是他的起步阶段，也是打基础阶段，他以技术开路，以管理巩固，紧跟时代步伐，从一个东躲西藏的地下小作坊合伙人，成长为一个受人尊敬的企业家。他一点一点实现当初立下的"志向"。

3

我不知道，当时的陈觉因对时代的发展是否进行过理性的预判，或者说，他对自己在时代洪流中所处的角色是否进行过定位。但因为父亲陈华民的特殊遭遇，必定会影响陈觉因对人对事的看法，对于时代的发展他一定也有自己的认识和判断，他一定比一般人更能敏感地捕捉到社会上的轻微颤动，并且做出自己的反应。

1983年，陈觉因牵头成立了金城实业有限公司，任董事长，人称陈董。成立金城实业有限公司有很多原因：首先是当时金乡社会发展需要，金乡当时的"供销大军"，全国各地跑订单拉业务，他们需要"正当的身份"。当时的社会环境，个体户是拉不到业务的，没人会相信一个没有单位的人，没有一个国营单位会将业务交给个体户去做，必须有一个挂靠单位，要有公章才行；其次，当时正是金钦治任金乡镇镇委书记，他和镇里的其他领导也看到了这个问题，也要解决金乡"供销大军"的挂靠问题，因为他们是金乡的触角，有了他们，金乡才不仅是东海边的一个不起眼小镇，而是中国的金乡，甚至是世界的金乡。是他们将金乡与外部接连起来的，他们功不可没。所以，镇里希望有一个能够担此重任的社会能人站出来，组建一个公司，让这些散布在外的"供销大军"有一个"家"，他们想到了陈觉因，找他谈话，希望他率先组建。对于陈觉因来讲，组建金城实业有限公司，首先是义务，他十八岁办地下小作坊开始，到处被"追剿"，深知个中滋味，那是一种没有尊严的生活，他不希望他的父老乡亲重蹈他当年的覆辙，从这个角度来讲，他愿意担起这个担子。我猜想，另一种重要的原因是，陈觉因敏锐地意识到，组建公司不仅是一件创举，更是时代的一股潮流，作为一个"有志于此"的人，当这种机会出现时，是绝不会让机会溜走的。这也是所有成功者之所以成功的最直接原因。于是，陈觉因拿出自己居住的鲤河南街76号作为公司的办公地点，和杨介生等人组建了金城实业有限公司。成立不久，名下便有近五十家小作坊挂靠经营，这些小作坊对外统一使用金城实业有限公司的名称，使用统一的银行账号，而金城公司则从中收取一定的管理费和提成。成立当年，公司年产值便超过一百万，成为当时金乡数一数二的企业。

讲起挂靠企业，不能不提的一个人便是"胆大包天"的王均瑶，王均瑶当时还是个体户，在湖南一带跑业务。他承包湖南长沙——温州的航线时，便是挂靠在金城实业有限公司名下，王均瑶虽是包机的直接催生者，可代表金城实业有限公司和湖南民航局签字的却是陈觉因，因为他是公司的法人代表。1991年7月28日通航之后，那天下午，在温州机场航站楼二楼的通航典礼上，代表包机方坐在主席台上的是陈觉因。可以说，那时候的陈觉因已经风光无限，他是成功企业家，是财富拥有者，是金乡的大人物，是到处受人拥戴的英雄。这种感觉很容易让人陶醉，也很容易让人麻痹，甚至失去了再向上攀登的动力，而陈觉因却很清晰地知道自己要的是什么，他从来没有放松对"志向"的追求。

1993年，陈觉因将企业发展重心转移到温州，成立金城房地产公司。刚开始公司设在黎明西路的海螺大厦，后来搬迁到机场大道。不久以后，将父亲陈华民也接到温州，居住当时最繁华的路段之一——车站大道，共享天伦之乐。

1993年，是温州房地产业的萌芽期，全国的房地产业还未苏醒。那一年，我刚参加工作，单位地址在学院西路，往东三站公交车便有一个新开发的上陡门住宅小区，当时每平方米售价是八百元，最小的套型约五十平方米，也就是说，四万元便可以买一套房子。可当时市场反应冷淡，乏人问津。由此可见，当时进入房地产行业是有一定风险的，而陈觉因却敏锐地意识到新一波经济浪潮的到来，他甚至提醒过王均瑶，叫他尽早涉足房地产。

陈觉因在温州从事房地产开发时间一直到2000年。2000年，温州房地产已经开始热闹起来，温州人已将投资概念应用到房地产。在这之前，温州人买房子大多属于"刚需"，没有"炒楼"概念。

可以肯定，如果金城房地产公司继续发展下去，陈觉因会赚到更多钱，多到连他自己也无法想象。但是，令人意外的是，这个时候，陈觉因移师上海了，更令人意外的是，他离开了房地产行业，建立新公司，进入生物基因领域。

陈觉因离开被他认为最有前途的房地产行业，对于他来说，可以有无数种理由，你可以说他已经完成了人生"志向"，也可以说他看淡了金钱，或者说他已经厌烦了这种经济生活，也或者他的内心有另一种更为重要的需求，无论哪一种理由都是成立的。我感兴趣的是，陈觉因为什么选择进入完全陌生的生物基因领域，而且是投入巨资。我当面问过陈觉因这个问题，他略作沉吟说，他看好生物基因领域的未来性。

如果我没有和陈觉因有过深入的交谈，会对他这句话的真实性产生怀疑，我会怀疑他何以得出这种判断，更会怀疑他判断的准确性。但是，当我和他见了面，了解他的人生轨迹后，我便完全相信他的判断和选择是基于他的人生经验，基于他对这个时代发展脉搏的把握，基于他对社会潮流的精确研判。他从十八岁开始，一直到六十一岁，一直站在时代发展的浪尖，他能够预感到风往哪里吹，下一个浪潮会从哪里打过来。对于陈觉因来讲，这大概已经变成了本能，他的每一次转身，未必都是深思熟虑的结果，也未必能讲出高深的理论，但他的嗅觉无比发达，这是他无与伦比的优势。

2000年，陈觉因移师上海，在松江购买地一百亩，家安在浦东，透过他家硕大的落地玻璃窗，可以鸟瞰完整的黄浦江外滩。一切安排妥当后，他将父亲陈华民接到上海安度晚年。这估计是陈觉因与其他企业家最不同的地方，自父亲从内蒙古回来之后，他似乎要补上之前所有缺失的相处时间，无论在金乡、温州还是上海，他到哪里便将父亲带到哪里。父亲离世后，陈觉因将他的骨灰带回故土，埋葬在祖籍地繁枝，与陈觉因母亲肖新声葬在一起。我在陈觉因身上看到一种稀有品质，他从童年到青少年生活的困顿和不幸，从某种程度上说，也可以看作是他父亲陈华民造成的（虽然陈华民的蒙冤完全是身不由己，完全是被时代潮流席卷进去的），可是，他非但没有埋怨父亲，反而将此视为自己的责任，甚至过错。

4

2002年，陈觉因将上海的企业交给两个孩子，返回金乡，他说自己是"裸退"，什么也不管了。他相信两个孩子能将企业经营好。

对于返回金乡，陈觉因的想法很明确，他想为金乡做点事，这是他给自己的人生定位：他将人生的前半段投入到经济建设之中，完成了从小立下的"志向"，他通过自己的努力，从社会获取了不菲的财富和名誉。那么，他的人生下半段要做的便只有一件事，他要回报社会，回报生他养他的金乡。

这是陈觉因的人生定位，他的这个定位和金钦治晚年对自己的人生定位有相似之处。我发现，在金乡，或者已经离开金乡的金乡人，到了一定年龄之后，都会思考同一个命题：如何以自己的力量来完善这个社会，特别是生养他们的故土金乡。而他们几乎所有的行为，都会借用慈善的名义来进行。譬如苏维锋、夏青、陈加枢、叶文贵、王均瑶、王均金、王钧豪……这个名单可以拉得很长很长。

如果不讲人生定位，陈觉因回金乡的目的大概只有两个：一是他要回到生养之地安享晚年。他当然也可以在温州或上海安度晚年，但是，可以肯定的一点是，无论陈觉因在温州或者上海创下多少面积的地盘，也抵不过埋在金乡地底下的一块老城砖。他的心一直在金乡，在他心中，金乡便是中国，便是世界；二是用余生的力量建设金乡，回报金乡。他的朋友胡长润对我说，陈觉因是个慈善家，而陈觉因连忙否认，他说自己只是在做力所能及的事，都是微小的事，称不上慈善家。

我不知如何完善地定义"慈善家"这个称谓，但我在陈觉因、金钦治、苏维锋以及众多的金乡人身上看到了一种精神，那是一种担当的精神，一种奉献的精神，一种践行的精神。他们的行为里有一种使命感，有一种归属感。我觉得，他们的这种行为背后肯定和金乡的历史有关，和金乡的文化有关，和金乡的风土人情有关，是从金乡的泥土里生长出来的。在我了解的金乡里，这种民间精神从未断裂过，恰恰相反，在经济越来越发达的今天，金乡的这种民间精神反而越来越旺盛，渐成燎原之势。这也是金乡最让我惊诧的地方之一。

陈觉因的父亲陈华民于 2010 年 6 月 23 日清晨 5 时，在上海东方医院逝世，享年八十九岁。父亲终于走完了他动荡苦难的一生，而陈觉因给了他一个安闲的晚年，给了他人间最美好的天伦之乐。

在繁枝祖籍安葬完父母后，陈觉因开始了他人生新的征途。

2013年，陈觉因出资六百三十万，将东北门外护城河上四十多亩荒地建设成迎旭岛公园。2018年5月5日中午，林华忠老师带我去参观迎旭岛公园，他感佩陈觉因义举的同时，也对迎旭岛所辖的村民心存感激，如果村民不同意建公园，而是将这块地拿去建房子，对于村集体是一笔大收入。所以，林华忠对我说，在金乡，所有的好事都是相互的，只有多方的认识达成一致，好事才能促成，如果有一方意见不统一，则什么事情也办不成。林华忠老师原是金乡第四小学校长，退居二线后，受陈觉因感召，参与慈善公益活动。

2017年值金乡建制六百三十周年，由政府牵头，成立了"美丽金乡建设促进会"，陈觉因被众人一致推选为会长。镇里专门腾出办公场所给陈觉因和林华忠，而他们也成了镇里不拿工资的专职人员。林华忠说，他们一周上七天班，有时夜里还要加班。促进会成立仪式上，广邀乡贤，半天时间认捐四千三百万元。促进会提出建设金乡镇环城绿道工程、狮山公园提升工程、卫城文化客厅、文德书院、西门城墙城楼修复工程和奖教助学六大工程。这也是金乡让我惊诧的一个地方，很多市政建设，政府只是引导和审批，具体事务都是由民间组织来承担的。这恐怕在全中国也是少见的吧。

陈觉因告诉我，他还有一个恢复鲤河工程的设想。鲤河是金乡的内河，穿城而过，到达护城河，再通往外面的世界。我觉得这是一个美妙的想法。

徽章大王陈加枢

1

陈加枢在金乡是一张金名片。陈加枢名气很大,他的徽章厂名气也很大。在金乡,提起徽章,肯定是指陈加枢的金乡徽章厂,当然,提起陈加枢,也必定是指金乡的徽章。也就是讲,陈加枢和金乡徽章是一体的。

陈加枢有很多头衔。在企业界,他是陈董,是功成名就的企业家,他不但积累了物质财富,同时也创造了一段传奇。在金乡,他不是最早生产和销售徽章的人,却是将金乡徽章发扬光大的人。他是金乡徽章的化身。

在政府官员的称呼里,他是"陈主席"。我开始以为是金乡舞蹈协会主席,因为陈加枢原来当过文艺兵,练过舞蹈。后来一问,他原来是金乡镇文学艺术联合会主席。一个镇成立文联已不是什么稀奇的事,一般情况,文联主席都是官方任命,有相应级别,是体制内的人,而陈加枢是个企业家,不在政府拿工资。这种情况不多见。

朋友都叫他加枢,因为他在朋友圈里年龄小,他和陈觉因、叶文贵、胡长润等人相差七岁,和金钦治相差更大,他和金钦治大儿子金立佐是同学。叫他加枢,也有亲昵、疼爱的意味,他虽然是个企业家,在外面是个大老板,可是,在朋友眼中,他只是个需要爱护的小兄弟。朋友爱护他,并不完全因为陈加枢年龄小,而是他性格中单纯的部分,他是个有艺术气质的人,为人处世有率性可爱的一面。

说到陈加枢的艺术气质,这也是金乡坊间谈论的一个话题。他有一头浓密乌黑的头发,微卷,包裹着耳朵。这使他显得年轻。他喜欢穿颜色浓烈的衣服,黄色不怕,红色也行。这使他在人群中显得与众不同。我猜想,他喜欢穿色彩鲜艳的服装,大概和他当过文艺兵、跳过舞蹈有关,那种审美观根深蒂固地嵌入他的内心,难以磨灭。

陈加枢的皮肤很好,光滑、细腻、红润,脸上几乎见不到皱纹,看不出他是年过六旬的人。他的身材也保持得很好,苗条,有型,依然可以看出当年练习舞蹈打下的底子。坊间有传言,陈加枢会保养,每天吃人参滋补,吃羊胎素胶囊养颜,打玻尿酸塑容。可是,你到他的别墅看看,网球场、健身房、游泳池,各种健身设施和器材应有尽有。我一点也不奇怪陈加枢刻意保持身材和容貌的举动,他是一个对自己有特别要求的人,包括他生产的徽章,包括他的容颜和身材。

关于陈加枢的家,也是坊间一个话题。他家在南门,门口有一铁门,站在门外看,只是一户普通人家而已。可是,一进门,里面却是别有洞天。他的家一共占地四亩，铁门进来是座小楼，一楼用来会客，二楼是餐厅。小楼进去是游泳池。游泳池进去是一座小花园，其实，整座院子就是花园，有园丁在修剪和洒水。花园进去是主楼，是起居之所。主楼右边是健身房，左边是个相对独立的小花园，有座亭子。主楼后面是网球场。

金乡人传言陈加枢会享受，并且懂得享受。这点从他对住处的装置可以得到印证。他的房子装置豪华精致，却没有给我奢侈的感觉，我倒觉得到处体现出陈加枢的审美趣味，体现出特有的艺术气质。

从他的家，到他的着装打扮，再到他的企业，陈加枢会给人一种另类的感觉。我觉得恰恰是这种"另类"，才是陈加枢身上最珍贵的品质，是陈加枢区别于其他企业家的地方。我甚至认为，这也是陈加枢能够成功的最主要因素。因为"另类"，陈加枢做出了别人做不到的事，成就了别人成就不了的事业，当然，也因为"另类"，他才个性鲜明，与众不同。

2

如果一定要在陈加枢身上寻找成功秘籍的话，我认为只有两个字：坚持。"坚持"几乎是世上最有力量的两个字，当然，也是最困难的两个字。世界上几乎所有伟大的事物都成就于"坚持"，同时，世界上所有事物的失败或者说消失，也源于没有"坚持"。我们可以从陈加枢的身上看到"坚持"带来的成功，也可以从他的人生经历中看到他在"坚持"过程中的摇摆。

陈加枢生于1956年1月20日。他很在意自己的岁数，我在百度上查到，他生于1950年，第一次见到，他立即纠正说，不对，是1956年。他十九岁应征入伍，在北京当文艺兵，练习舞蹈，去山西、河北等地演出，去得特别多的是山西，深入各个矿区。当然，他当时不会料到，到山西矿区演出会对他以后的人生造成重大影响。1979年退伍后，他当过代课老师，他那时最想要的工作是在文化馆当舞蹈干部，他参加过文化馆招干考试，其中有一次，只剩下他和对方一个竞争对手，最后他被刷了下来。到了1981年，他灰心了，不想再参加这类招考。那时，金乡的四小商品已经热火朝天，供销大军漫天飞舞，可在这之前，陈加枢并不关心金乡经济的发展，他的心不在这里，他的心属于文艺，属于舞蹈。这时，一个叫李方权的朋友来找他，叫陈加枢和他一起跑业务。陈加枢说自己从来没有跑过，也不知道怎么跑。李方权以前跑过供销，他说我知道怎么跑，你跟着我就行。陈加枢被他说得动心，反正在家也没事做，出去试试也未尝不可。至于去哪里，李方权也没有主意，陈加枢想起当文艺兵时，在山西各个矿区演出，各个矿区都有熟人，两人商定后，带着样品，直奔山西。

陈加枢说，他和李方权到了山西矿区，找到熟人，将徽章、证册、饭菜票的样品拿给他们看，要不要对方来决定，确定后，也不收对方一分钱，他们会将订单发回金乡，等金乡将产品发到山西矿区后，让对方拿货、验收之后才付钱。

这是陈加枢第一次做生意，他当时只有一个朴素的想法：就是想让对方相信自己，让对方明白，跟他做生意可以放心，验货之后才付款，货不好不要钱，没有任何风险。此后几十年，小到一枚徽章的业务，大到几个亿的订单，陈加枢依然践行着这个朴素的想法，他要让对方放心，让对方没有风险。所有的风险由他来承担，他觉得这样的生意才会做得长久。

那一趟业务做了九千多元，除掉所有费用，纯利润四千多元。陈加枢觉得自己突然成了富翁，钱多得没处花。他们回程途经上海，陈加枢文艺的一面表现出来了，他出手阔绰，买了一台"三用机"，当时金乡还没有人用过"三用机"。从这一点也可以看出来，陈加枢一直是很"懂生活"的。

3

1983年，陈加枢和四位朋友合办了一家徽章厂。

这一年，陈觉因成立了金城实业有限公司，成为金乡风云人物。叶文贵已经建成了底层高达七米的红膜厂，被誉为"温州第一能人"。金乡小商品已经声名鹊起，成为温州地区甚至更大范围的"热点"。陈加枢起步已经迟了，但他知道起点不能低，徽章厂成立后，他们去上海购来二手设备，这在当时的金乡已算最先进了，更主要的是，他们不惜血本去上海徽章厂"挖人"。所谓的"挖人"，便是偷偷请上海徽章厂的老师傅来金乡做业务指导，老师傅向厂里请假，短则三五天，多则十来天，收取一定数额的报酬。陈加枢笑着对我说，那段时间，最恨他的人便是上海徽章厂厂长了，一见到他便说他是来"挖墙脚"。上海徽章厂厂长退休后，陈加枢聘请他来当顾问，他欣然答应。

1985年，金乡徽章厂正式登记挂牌。

1986年，为了扩大金乡徽章厂的知名度，陈加枢和其他几位股东商量后，决定在上海搞一件"大事"——当时徽章最有名的是上海徽章厂，品多，质优，而金乡徽章厂寂寂无名，如果想出名，最直接的办法便是在上海徽章厂的眼皮底下"摆擂台"，喊出"一比质量、二比价格、三比信誉、四比速度"的口号。所谓的"摆擂台"，实质是产品展示。谁也别小看这种展示，一个乡镇企业，起家不过三年，居然敢在上海徽章厂面前"叫板"，居然敢闯上海滩，得有多大的自信心啊。其实，陈加枢他们心里也很明白，拿金乡徽章厂的产品和上海徽章厂的产品没法比，人家是国营大厂，是庞然大物，他们只是名不见经传的乡镇小企业，输了是"理所当然"，如果"打个平手"便是赢了，万一真有几个产品让人叫好，那便是"大获全胜"。但是，陈加枢他们很清楚，小企业有国营大厂没有的优势，至少价格相对优惠，至少服务比他们周到，如果客户急着要货，他们可以连夜加班，国营大厂不可能这么灵活。

　　展示地点选在上海外滩的如意酒家，他们包了一个大厅，陈加枢负责联系了一百多个使用徽章的工厂和商家，以及一些在上海工作的温州人，摆了三十桌酒席，一共花了四万元。

　　第二天，上海各大媒体都报道了这件事，称金乡一家乡镇企业叫板上海国营大厂。上海电视台连续三天播出展示盛况。其实，陈加枢他们心里清楚，为了这次展示，特意邀请上海徽章厂的老师傅在其中几款产品上下了硬功夫，这几款产品基本达到上海徽章厂的水平。

　　名声是打出去了，徽章厂的业务量却没有跟着多起来。陈加枢后来分析：第一，徽章的生产和销售有一个周期，特别是在那个年代，商品的销售比较缓慢；第二，绝大部分商家处在观望状态，他们在考量这家乡镇企业能否坚持下去；更主要的原因是，在办金乡徽章厂同时，几个合伙人还办了温州市交通设置厂以及苍南县胶印厂，工厂多了，精力分散了，年终结算时，徽章厂亏损了三十五万元。

大家在讨论徽章厂何去何从时，陈加枢提出来，徽章厂由他接手，亏损的三十五万也由他承担。他的提议获得其他几个股东一致同意，当场签了协议。第二天，也有股东找到他，表示还想保留徽章厂股份，陈加枢说，既然签了协议，就按照协议办吧。那个股东见他这么说，也就没有再提此事。

于是，从1987年开始，陈加枢正式成为金乡徽章厂厂长。他不断邀请上海徽章厂老师傅来金乡，研发新产品，提高产品质量，另一方面，他一直坚持先发货后付款的方式，慢慢积累客户资源。通过一年半时间，陈加枢将徽章厂扭亏为盈。更为可喜的是，陈加枢发现，去年参加上海如意酒家"摆擂台"的商家慢慢向他下订单了，他的销售活起来了。

陈加枢告诉我，他当时敢于接手徽章厂，是因为有信心将这个工厂办好，参加上海"摆擂台"的一百多个使用徽章的工厂和商家都是他联系的，他事后一直跟他们保持着联系，一直给他们寄样品。陈加枢相信，只要他坚持下去，徽章厂生产的产品质量过硬，价格合理，这些人最终都会成为他的客户。

4

如果按照我对陈加枢的分析，他人生中最关键的时刻是1986

年在上海外滩如意酒家的"摆擂台"。这次"摆擂台"的意义在于，陈加枢此后在成为徽章大王的路上，一直与此有关，有的直接，有的间接。从这个意义上来讲，那次"摆擂台"是陈加枢人生的真正开始，也是陈加枢成为徽章大王的开始，是他成为中国经济领域一个具有标志性符号的开始，更是他传奇人生的开始。如果没有那次"摆擂台"，以陈加枢的性格和人生追求，他同样会成功，但肯定不是现在我们见到的这个陈加枢。

1991年，一个重要的人物出现在陈加枢的商业生活中，这个人便是美国军需品公司董事长巴力·丁斯坦。巴力·丁斯坦最早知道陈加枢便是1986年那场在如意酒家举办的"摆擂台"。巴力·丁斯坦并没有去如意酒家，他是从上海电视台的专题新闻上知道这个消息，并记住了金乡徽章厂的名字。五年过去了，他不知道那个名叫金乡徽章厂的乡镇企业还在不在，他让上海公司的负责人张勤女士和陈加枢取得联系，并让她去金乡实地考察。张勤带来了两个景泰蓝样品让陈加枢开发，陈加枢根据她带来的样品做了两个景泰蓝，张勤女士看了之后比较满意，将样品带回上海给巴力·丁斯坦。第二次是巴力·丁斯坦亲自来金乡，他带来了一笔五万个徽章（景泰蓝）订单。巴力·丁斯坦离开金乡后，陈加枢立即请上海徽章厂的老师傅火速赶来金乡，根据巴力提供的样品，研制生产。产品发到上海不久，陈加枢接到反馈，这批产品不符合美国公司要求，必须退货。

陈加枢其实早有心理准备，以他徽章厂当时的技术能力和生产水平，做几个高质量的样品没有问题，可是，批量生产是另一回事，那才是考量一个工厂的真实水平。那批五万个徽章已经是陈加枢徽章厂当时最高水平，他只能做到这一点。应该说，他将这批货发给上海，多少抱有一点侥幸心理。这点侥幸心理很快被现实击得粉碎。这件事给陈加枢上了深刻一课，从那以后，他绝对不会再在产品的研制和生产上抱有哪怕丝毫的侥幸心理。同时，他也对自己有了新的认识——他并没有尽到最大的努力，对自己还不够狠，还没有将自己逼到绝境，没有置之死地而后生。

陈加枢收回五万个徽章，承担所有损失，他请求巴力·丁斯坦再给他一次机会，让他试一次。巴力·丁斯坦被他的真诚所感动，答应让他再试一次。我估计巴力·丁斯坦当时也没有完全信任陈加枢，他给陈加枢五万个徽章的小订单，也是试试他的"斤两"，既然陈加枢想再试一次，他顺水推舟。

陈加枢当然不会预料到这笔订单对他人生的意义，他一定要将这笔订单做成，无非是要争一口气，他不能让自己做出的徽章在美国人眼里是个次品。陈加枢再一次将上海徽章厂的老师傅请到金乡，他和老师傅一起，一次又一次地研试，一个流程一个流程地观察，产品出厂前，他又增加一道质检关口。第二批货终于发出去了，陈加枢心里是忐忑的，可他知道，这一次自己尽力了。

消息很快传来，这批货美国方面验收"过关"。

对于陈加枢的人生来讲，这批十五万元人民币的货实在无足轻重，只是一笔普通的小业务而已。可是，如果从另一个角度来讲，这一批货对陈加枢来讲又是至关重要，因为从这一刻开始，陈加枢生产的徽章进入了美国，进入了美国军队。更为重要的是，由此开始，才有此后联合国维和部队及英国、俄罗斯、日本、沙特等五十六个国家的军警服饰用上了他的徽章，他的产品进入了美国迪斯尼乐园，进入了亚运会，进入了世界杯足球赛，进入了联合国所有成员国。也便是从这笔业务开始，陈加枢慢慢地转变了，当然，这种转变连陈加枢本人也是不自觉的，他不只是一个生意人了，他和他的徽章慢慢变成了一个改革开放的标签和符号。他和他的徽章慢慢合二为一，成为某种象征，某种物质和精神意义上的象征。

5

　　1991年，金乡徽章厂还是个小厂，可是，这个地处东海边的小厂居然把生意做到了美国军队。这便成了一个不大不小的新闻，浙江媒体对此做了报道，外地媒体也做了转载。因为此事涉及美国军队，《解放军报》也转载了这篇报道。当然，陈加枢是后来才知道这些周折。

　　1993年的一天，陈加枢的办公室来了两个军人，一个中年人，一个年轻人。这种情况陈加枢已经见得多了，大多是推销手套或保健品。他们自称来自总后勤部，陈加枢不以为意，让他们出示介绍信，陈加枢的意图很明确，只是不想跟他们多费口舌，拿不出介绍信，让他们知难而退便是。当陈加枢见到总后勤部的介绍信后，有点被吓住了，他不知道这两位"总后"来人想干什么。来人倒是相当客气，他们直接跟陈加枢说明来意，他们是"总后"研究所的工程师，主要负责部队徽章的设计，年纪大的叫岳忠波，年纪轻的叫徐新和，他们见到《解放军报》转载的新闻，认为他的产品既然能够进入美国军方，设计和生产一定有自己独到之处，他们向所领导请示后，决定前来一探究竟。可报道上只说徽章厂在温州，具体在温州什么地点,他们打听不到。于是,他们从北京一路辗转到了温州,在温州汽车站向人打听金乡徽章厂,刚好问到一个金乡人,才跟随那个金乡人找到陈加枢。他们带来了几张设计图纸,希望能在陈加枢的徽章厂里将图纸上的设计变成样品。他们也坦白地告诉陈加枢,样品做出来后,也不一定能在他的徽章厂生产,因为"总后"有专门的生产机构。他们只能给一点点设计和制作费用,只能是"意思意思"。听明白岳忠波和徐新和的意思后,陈加枢心里放松了,不但放松,而且高兴,"总后"慕名而来,这不是一件值得高兴的事吗?他当然希望"总后"所有徽章都在他的工厂生产,可是,老实说,在岳忠波和徐新和来之前,他还没有考虑过这个问题,不是没有考虑过,而是不敢想,因为他知道,一个乡镇企业想插手中国军队的业务,几乎是不可能的事。但陈加枢非常高兴"总后"看到关于他的徽章厂的报道,他非常高兴岳忠波和徐新和能够千里迢迢找到金乡,也极其乐意为"总后"设计和制作样品,因为他曾经是一名军人,现在能够为部队做一点力所能及的事,这是他的本分,也是他的梦想之一。

从那之后,岳忠波和徐新和隔一段时间便会来一趟金乡,他们住在东门一家宾馆里,白天在陈加枢徽章厂的设计室里,或者在徽章厂的生产车间。晚上,陈加枢会陪他们吃吃饭,有时也喝点小酒。每一次来,他们长则半个月,短则一周,离开时,带走研制好的新样品。

陈加枢说,岳忠波和徐新和后来和他成了朋友,现在,岳忠波已经退休,徐新和还在"总后"服役,但已经从小徐变成了老徐,他们一直保持联系。因为他们两人的关系,陈加枢和"总后"挂上了钩,"总后"对他也越来越信任,对他不计报酬支持部队建设的行为表示肯定,更重要的是,对他徽章厂的技术和生产充满信心,慢慢地将一些业务移交给他来做。1997年驻港和1999年驻澳部队的服饰上,中国海关、最高人民法院、中国人民警察的制服上,徽章都出自金乡徽章厂。

我可以肯定地猜想,陈加枢在创办徽章厂之初,未曾预想过会有如此激动人心的局面。他更未曾想过,退伍十多年之后,他还能与军队续上前缘,他当年军装上佩戴的徽章现在竟然出自己手,而且,几乎全世界军人都佩戴他生产的徽章,这种成就感根本不是可以用金钱来衡量的。而且,这种意义也远远超出了他作为一个商人的价值。我觉得,在2000年之前,陈加枢和他的徽章已经完成了一项壮举,他虽然没有能力改变世界,但至少在徽章领域里,世界因为他而发生了巨大的改变。如果从这个意义上来讲,我觉得陈加枢完全有资格对着世界喊出一句话:让世界通过我们的徽章了解中国,也让我们的企业通过徽章走向世界,让世界因为我们的徽章而发生改变。

6

以现在的眼光来审视陈加枢的人生历程,从军的经历是至关重要的。文艺兵的经历为他打下艺术的底色和审美追求,对部队的感情是他付出与坚持的最大动力,而他不知道,这些付出和坚持最终成就了他,使他成为一个与众不同的生意人,一个具有历史意义的人。

陈加枢对部队的付出是始终如一的,只要部队有需求,哪怕是亏钱的订单,他没有任何犹豫。这一点,"总后"的人是最清楚的。

1999年,"总后"曾经接到跨世纪换装的任务,他们将各个军种的徽章设计样品任务交给陈加枢。由于任务是临时下来的,时间紧迫,陈加枢以最快的速度,按照要求研制出所有样品。1999年7月3日晚,他背着一包沉甸甸的徽章,准备乘坐七点从温州机场飞往北京首都机场的航班。他知道,在北京总后的会议室里,有五十多位将校、专家、高级工程师要对这批样品进行会审,7月4日上报中央军委最后审定。可是,正在候机的陈加枢接到了航班延误无起飞时间的通知。陈加枢心急如焚,不停与北京"总后"通话。四个小时后,广播里终于传来可以登机的消息。当陈加枢背着包裹跑进"总后"会议室时,已是凌晨三点多,会议室里灯火通明,"总后"军代局局长看着满头大汗的陈加枢,紧紧握着他的双手。

我不相信陈加枢没对跨世纪换装的业务动过心,对于一个企业家来讲,他当然知道跨世纪军队大换装这一笔业务意味着什么。可是,他作为一个"老兵",更清楚这样的业务不可能落到他这样一个乡镇企业头上,按照惯例,这肯定是"总后"直属的军工厂的事。所以,从这个意义来讲,陈加枢对部队做的事,更多出于他作为一个"老兵"的情怀,更多的是考虑付出。

2000年的跨世纪大换装最后没有换成。对于陈加枢来讲,他的任务已经完成,他按时保质地完成了"总后"交付的任务,得到了"总后"领导的肯定和表扬,已经心满意足。当然,如果大换装能够成功,他能看到自己设计研制的徽章出现在军人的身上,那将是一件更加激动人心的事。所以，从这个角度来讲，他希望大换装能够如期举行，因为那有他一份功劳在里面，也有他一份情怀在里面。

事情到了2007年出现了转机，跨世纪大换装又被提上了议事日程。因为陈加枢多年来的付出，也因为此时的金乡徽章厂已经坐上中国徽章行业第一把交椅，陈加枢也成为中国徽章行业领军人物，他的社会声誉和企业能力谁也无法忽视，所以，"总后"在考虑生产企业时，提出让他的徽章厂负责，当然，也有人提出不同意见，对陈加枢能否在那么短的时间里，保质保量地设计、生产出换装的军徽、帽徽、领花表示怀疑。当然，这些事陈加枢是事后才知道的。"总后"相关领导于2007年6月到金乡徽章厂考察，考察完后，他和陈加枢谈了一次话，他要求必须在四个月内将几亿个军徽、帽徽和领花保质保量做出来，顺利交给"总后"验收，不能有任何纰漏。谈话最后，他给陈加枢两个选择：一，不接这笔业务；二，接这笔业务。不接，什么事情也没有，他和"总后"依然保持以前的"鱼水之情"；接了，他得做好最坏的思想准备。其实是两个选择：一是发财；二是破产，甚至坐牢。陈加枢第二任妻子王淑芽当时在边上，听到这句话后，吓得当场哭了。

陈加枢当然不会放过这样的机会，或者从内心里，他一直期待这个机会的降临。可是，当这个机会真正降临时，他发现，无论之前他做了多少准备，无论他之前预想出多少套应对方案，这些准备和方案立即变得不堪重负，因为他没有想过，这笔业务的数量会如此之大，时间又是如此之紧迫，最最重要的是，这批产品最终要佩戴到中国所有军人身上,他必须确保发出去的产品万无一失。陈加枢此时对徽章厂的技术已经很有信心,让他担心的是如何在那么短的时间里生产出那么大批量的产品,这可能也是"总后"最担心的问题。

陈加枢决定接下这笔业务,来考察的领导问他如何安排生产,因为他考察了徽章厂之后,清楚地知道,以徽章厂一百来号的工人,不可能在四个月内保质保量地将所有产品交付到他手中。陈加枢提了一个方案:以他的金乡徽章厂为核心,将其中部分业务分给金乡其他徽章厂生产,最后由金乡徽章厂统一验收。另外,他临时招募社会工人,集中培训,统一上岗。保证在规定时间内,保质保量地交货。

前来考察的相关领导最终同意了陈加枢的方案,但他还是不放心,他让陈加枢将参加徽章生产的一千多个工人召集起来,亲自开了一个动员会,讲明了这项工作的意义,更讲明了这项工作可能带来的严重的、毁灭性的后果。

考察人员离开金乡后,所有压力落到陈加枢一个人肩上。陈加枢说,那四个月是他一生中漫长的日子,他希望这四个月快速过去,却又希望这四个月可以无限漫长。他每天过得提心吊胆,睡不好觉,如果睡着了便做梦,梦里都是徽章的事。

四个月时间,陈加枢寸步不离地守在金乡,盯着每一个流程,他几乎患上了强迫症,每一枚徽章只有亲自验收后才能放心。

四个月后,陈加枢如期完成任务,他亲自将产品送到北京,让"总后"的专家验收。验收通过后,陈加枢一颗心才落到实处,他很想找个地方好好睡一觉,可是,这一刻,他反而睡不着了。

7

现在看来，2007年世纪大换装的业务，对陈加枢和他的徽章厂来讲至关重要。这笔业务不仅给陈加枢带来了巨大的荣誉和信心，从资金角度来讲，也是挽救陈加枢于危难之际。

前面讲过，陈加枢在人生和创业路上有过"摇摆"，这个"摇摆"始于1994年。那一年，陈加枢在香港出差，通过朋友介绍，认识了英国伯明翰一家纽扣厂老板，对方想关掉英国的工厂，到中国寻找一家企业合资。陈加枢听了之后动心了，他的心也并非这一刻才动，"多元发展"对每一个企业家都会是鲜美的诱惑，而中外合资又是当年最时髦的方式，正是"时代的洪流"，陈加枢身在"洪流"之中，有"分一杯羹"的念头再正常不过。他不久之后便去英国实地考察，双方很快谈成合约，由对方出设备，陈加枢出资金，在温州成立"温州利民工艺品有限公司"。随后，按照协议，英国的设备也顺利运抵，公司如期进入运行状态。

然而，陈加枢不久之后便发现，有两个问题无法跨越：一，英国运过来的设备"水土不服"，英国的设备是原来纽扣厂的老设备，生产成本远远高于国内市场价；二，因为设备接近淘汰，生产出来的产品不符合出口标准。出现这种情况，完全出乎陈加枢的意料，怎么办？关掉工厂还是继续办下去？关掉工厂，等于承认此次投资失败。如果继续办下去，困难重重，前途未卜。

陈加枢选择继续前行。我能理解他当时的选择，这是他的性格，也是他成功的主要原因之一，他不会在困难前面退缩，不会因为困难而放弃前行，如果他是那样的人，是那样的性格，便不会有金乡徽章厂。他是一个不到山穷水尽不会低头认输的人。他相信天无绝人之路，他相信柳暗花明又一村，他相信路是人用脚一步一步走出来的，他相信自己的能力，甚至相信自己有比别人更好的运气。

然而，这一次，好运气没有站在陈加枢一边，他在温州利民工艺品有限公司的"泥潭"里越陷越深，亏损越来越大，金乡徽章厂的利润根本无法填补这个巨大的窟窿，他到处举债，直至家里无法开锅。让他最为心酸的是，他的老母亲居然为他出去借钱，并且遭人嘲笑。

最困难的时候，他的一个盟兄弟让他去杭州，租厂房让他东山再起。陈加枢当然知道自己的处境，也理解盟兄弟的一片真诚，可他回绝了盟兄弟伸出来的援手，他不会离开金乡，他是在金乡倒下来的，也一定要在金乡站起来，只要他的人还在，只要金乡徽章厂还在，他相信自己一定能站起来。

从这个意义上来讲，是2007年"大换装"那笔大订单挽救了陈加枢，不仅让他还清了所有欠债，让他认识了人性的恶与善，同时，也让他更加清晰地认识到自己的局限性。更为主要的是，经此一事，陈加枢更加清醒地知道自己的人生价值所在，他的价值便是徽章，离开了徽章，作为个体的陈加枢便失去了光彩和标杆意义。反过来，徽章如果离开了他陈加枢，只能够体现它的商品属性，而失去了历史赋予的丰富含义。可以这么讲，徽章是他的历史使命，而他是徽章的现实传奇。两者互为表里，相得益彰。

8

在最困难的时候，陈加枢没有离开金乡。他后来的行为也兑现了绝不离开金乡的诺言。金乡是他的家，是他的根本所在。他的徽章厂到现在依然叫金乡徽章厂。

不离开金乡，陈加枢并非死守金乡。2010年，他在上海中信广场买下一套四百平方米的写字间，成立了上海金徽国际贸易有限公司。现在，上海贸易公司的年产值和金乡徽章厂的年产值旗鼓相当。但他的家在金乡，他的大儿子陈彦弘2017年英国留学归来，他让儿子去金乡徽章厂上班，从车间工人做起。小儿子陈彦伟才六岁，他现在是唯一可以对陈加枢吆三喝四的人。

没有离开金乡，依然心怀天下，这可能是陈加枢能够成功的原因之一，而他之所以能够成功，是因为双肋插上了徽章这对翅膀。其实，很多人忽略了最重要的一点，在徽章选择了陈加枢和陈加枢也选择了徽章之后，是什么东西使他们走到今天？我不知道陈加枢有没有想过这个问题，或者说，他有没有对自己今天能够成功的原因进行总结和反思？不可否认，陈加枢的成功，当然有时代的原因，时代造就了他这一辈的众多企业家：叶文贵、王均瑶、杨介生、陈觉因、缪存良，还有年龄稍轻的苏维锋、夏青和缪新颖他们。可是，如果从我的角度来分析，我认为，陈加枢之所以能够在徽章领域做出前人没有做出的成绩，一个主要的原因是他身上有一股一以贯之的品质，这种品质便是"坚持"。回顾他的创业历程，"坚持"两字贯穿始终，坚硬如铁，无论是当初他坚持一人揽下徽章厂，还是他坚持做出让美国人满意的徽章，或者是他在最困难时候依然留守金乡，更别说他十四年近乎无偿为"总后"提供服务，如果没有这些坚持，哪来如今的徽章大王陈加枢？可是，世间有时最难的便是"坚持"两个字，多少英雄豪杰便是败倒在这两个字上面。从这一点来讲，陈加枢是真正的英雄。他以"坚持"两字与时间握手言和，成就一生的事业，同时，在世界徽章制造历史上写下重要一笔。

"金乡闲人"胡长润

1

胡长润自称糊涂,他微信名称是"胡涂"。这当然是自嘲。能够自嘲的人都是聪明人。

胡长润说自己从来不当第一把手,确实,他出道早,1966年便和几个少年朋友创办金乡塑料厂,他当的是管供销的副厂长,后来在金乡二轻公司当副经理,再后来和朋友陈逢友合办温州永丰自粘材料有限公司,他是副董事长、副总经理,现在是金乡镇文联副主席,他就是这么一路"副"下来的。"副"当然有"副"的好处,不用挑大梁,天塌下来有"正"的顶着;当"副"的可进可退,游刃有余;当"副"的相对自由,可以散漫,可以松懈;当然,当"副"的把握不了大方向,没有决策权,没有生死予夺的权力,没有睥睨群雄的霸气。我觉得,这大概是胡长润的天性,也是他的追求。他不要生死予夺,不要睥睨群雄,他要的是谈笑风生,要的是诗酒人生,要的是风流倜傥和优哉游哉。

当然，胡长润也不是从来没有当过"正"的，他在家里是"正"家长，他一手创办的狮山园艺场，当然是一把手，他现在还是金乡玄坛庙的非物质传承人，是理所当然的"正职"。有目共睹，这些"正职"胡长润都做得很好，别的不说，单说他的大女儿胡梅村，温州中学毕业后，考上浙江财经学校，现在是杭州民生银行财务总监。女儿出息，家庭教育成功，可见他这个"正"家长当得好。

所以，于胡长润来讲，自嘲只不过是一种表达方式，是他的一种人生态度。于他来讲，糊涂只不过是一种表演，或者说是一种姿态，他内心是极其清醒的，知道自己能干什么，也知道自己想干什么，更知道自己能干成什么。

因为他能自嘲，因为他能装糊涂，说话真真假假，尽显机智，有胡长润在的场合，大多是热闹的，是风起云涌的，是谈笑风生的。他喜欢这种场合，甚至是有点迫不及待，他有次组织了一个酒局，叫我参加，座上有陈觉因、陈加枢等人，那是一个大活动，摆了几十桌酒席，我见人多，和几个朋友悄悄去了一家小酒馆，他每隔两分钟给我打一个电话，直到我赶过去为止，快到时，发现他已经站在路边等我。有酒的场合胡长润显得特别快乐，他年轻时必定是个有大酒量的人，现在白酒六两估计没问题，葡萄酒应该有一瓶半。酒过三巡，他喜欢"开炮"，他所谓的"开炮"，便是向人敬酒，有时是三杯，有时是一壶。他对别人的喝酒是有要求的，甚至有点孩子气似的顶真。当然，他对自己喝酒也是有要求的，喝不喝，或者喝多少，他事先都会说明，说喝多少便喝多少，这一点，他是硬马的。他与陈觉因同龄，两个人的性格完全不同，无论是在酒桌上还是平时，陈觉因是稳重的，寡言的，特别是在酒桌上，我很少见陈觉因开口。而这时候，满桌都是胡长润的话和笑声，风生水起。

2

在金乡，胡须是胡长润的一个标志。走在街上，碰见一个长须挂胸之人，非胡长润莫属。

关于胡须，有一个故事，跟胡长润小女儿有关，小女儿师范毕业后，工作没有落实好，分配去了一个相对偏僻的地方，胡长润多方交涉，教育局局长给了一个调动期限，他半开玩笑半认真地对教育局局长说，你讲话算数，我说到做到，从今天起蓄须，直到你兑现诺言为止。半年之后，局长兑现了诺言，他却舍不得将胡须剃掉，可又不好意思完全不剪，最后采取折中办法，他将上唇胡须剪去，下巴胡须留了下来。这一留便留出了金乡一道风景，除了名字之外，胡须成了他第二个标识。

现在很少有人蓄须了。这可能是时代潮流，也是审美趋势。可是，不管当初胡长润蓄须是否有赌气的成分，最终，他把胡须蓄了起来，成为一个与时代审美背道而驰的人。这是需要一点勇气的。从这一点也可以看出来，胡长润不是一个人云亦云的人，他有自己的人生判断，知道自己适合走哪条道路，更知道哪条道路适合自己。

别以为蓄了长须的胡长润邋里邋遢，不讲究形象，恰恰相反，正因为他注意自己的形象，才特意将长须蓄了起来。他的长须每天都修理得干干净净、整整齐齐，他穿衣打扮也是如此，干干净净、整整齐齐。

有一个细节或许可以佐证胡长润对形象的在意，2017年8月9日，苏维锋的杭州纵横通信股份有限公司在上交所敲钟上市，作为多年朋友，胡长润是被邀请去现场的嘉宾之一，邀请函里有一句"请着正装出席"，他几次三番问我，什么是正装？中山装还是正西装？得到我的答复后，他又问，穿西装不打领带算不算着正装？我后来知道，那段时间金钦治先生的大儿子金立佐回金乡省亲，金立佐平时生活在美国，是个学者，对正装的理解肯定比我更准确，他立即赶去咨询。

我觉得这正是胡长润的可爱之处，他对形象有要求，说明他是个对自己有要求的人。人最怕的是对自己没要求，没有要求便没有底线。当然，可以广义地讲，他对自我形象的要求，也体现了他对他人的尊重、对整个社会的尊重。

3

在金乡，胡长润另一个标志性建筑是他的座驾——一辆江苏益高生产的黄色四轮电动车。

金乡街道上，多是装了电动马达的三轮车，突突突，穿街走巷。在城内，一般一次收费五元。四轮电动车属于自备车，不参加营运，在金乡城内也不少见，颜色和装置比胡长润好的电动车不少，但他的电动车是最特别的，可以在万众之中一眼认出来，因为他的电动车顶上装了一盏巨大的警灯，左边蓝色，中间银灰色，右边红色，两边长中间短。但我从来没有见他的警灯亮过，也没有鸣笛，更多只是一种装饰，或者说是一种象征。

他对我说，这盏警灯不是自己装上去的，而是交警中队帮他安装上去的，当然，警灯是从警车上退休下来的。交警为什么要在他的电动车上安装一盏退休的警灯呢？胡长润说，让一盏退休的警灯依然发挥作用，何乐而不为？

我在金乡时，胡长润开着他的电动车载着我到处跑，有时，他会停下来指挥一下交通，秩序正常了，他继续上路。我想，这大概是交警给他装一个退休的警灯的原因之一吧。

有一天下午，我看见他开着四轮电动车，载着八十七岁高龄的金钦治先生，跑到陈加枢的金乡徽章厂。他经过我身边时，身上有酒气。我问他，喝酒啦？他昂着头说，中午来了客人，高兴。我说，喝了酒还开车？他摆摆手说，没事，电动车没事。我说，还载着金老师？他一听，便在边上哈哈笑起来。金钦治先生也在边上笑起来。回去时，金老师还是坐他的电动车，我替金老师开了车门，叫胡长润开慢一点，他又对我摆摆手说，没事。

胡长润开车是小心谨慎的，他一般不上大道，只在金乡城内和周边一带游走。他知道，如果上了大道，小不小心便不是他说了算了。他安全意识比别人强。

其实，在金乡城内，胡长润完全可以不用开车，绕护城河一圈只有四点五公里，这个范围实在不算大，胡长润家在玄坛庙附近，属城内中心位置，他无论到城内任何地方，步行不会超过半个钟头，恰好是闲庭信步。我觉得，四轮电动车包括车上的警灯，无非是胡长润一个玩具，他需要这么一个大玩具陪他玩。所以，有时候，他会调侃自己是个老顽童。从这个角度来讲，他确是童心未泯。

4

胡长润十七岁和朋友创办金乡塑料厂,他负责采购和销售,官封副厂长。

胡长润生在一个殷实商人家庭,祖父曾下南洋,后归国,是金乡有名的慈善家。胡长润跑供销有先天优势,当年,他大伯父胡启宣是上海大可颜料厂供销科长。当时是计划经济时代,原材料按计划分配,私营企业想拿到原材料,必须有"非常渠道"。胡长润的大伯父便是"非常渠道"。胡长润挑着行李去上海,行李里有川资和换洗衣服,还有送给大伯父的海货,大伯父到上海十六铺码头接他,安顿他在旅馆住下。胡长润需要的原材料,如果大伯父自己工厂没有,他也会通过关系,从别的工厂匀一点给胡长润。因为有这个"靠山",胡长润成了当时金乡在上海跑供销跑得最好的人,也是日子过得最滋润的人。陈逢友曾经跟我讲起一件事,他有一年出去跑业务,回来路经上海,买完回温州的船票后,连吃饭的钱也没有了。不幸的是接到通知,由于遇到台风,轮船不能按时起航,何时起航请耐心等待通知。陈逢友那时和一个朋友在一起,他们轮流躺在候船室的长椅上睡觉,其实两个人都想睡,因为睡觉可以对抗饥饿,可是,他们又担心两人昏睡过去,错过开船时间。他们在上海十六铺码头的候船室等了三天,饿得头晕眼花,产生幻觉。陈逢友说,他躺在长椅上,在最无助的时候,突然想起在上海跑供销的胡长润,他知道胡长润在上海混得很好,如果这时能够碰到他就有救了。正这么想时,他眼前出现了胡长润的倒影,他不敢相信自己的眼睛,以为是幻觉,一骨碌爬起来,擦擦眼睛一看,果然是胡长润。胡长润知道他们的情况后,马上带他们去饭馆饱吃一顿,然后带他们回十六铺码头,他跟码头管理人员很熟悉,交代他们照顾好陈逢友和另一个朋友,离开前,胡长润摸出十元钱递给陈逢友,让他在路上用。陈逢友说,他一直记得这件事,记得胡长润这个朋友,后来,他要创办温州永丰自粘材料有限公司时,力邀胡长润合股,就是为了感谢胡长润当年在患难之时的无私援手。在我与胡长润的交往中,他没有提过这件事,他开着电动车送我去陈逢友公司时也没有透露过半句,他只是轻描淡写地说,当年曾和陈逢友一起办厂,2004年退出来。

我觉得这正是胡长润的聪明之处,他知道这话如果从他嘴里讲出来,便是一种炫耀,是自我吹嘘。而且,我觉得以胡长润的聪明,他一定猜到,陈逢友见到我之后肯定会讲这件事,这话从陈逢友嘴里讲出来,更能打动人。

从某种角度讲,一个成功的供销员是一个心理学家,他能够洞悉人类的心思,知道一个人的优缺点,能根据对象的不同,采用不同的方式,包括讲话方式和行事方式,最终达到他们的目的。胡长润十几岁便去上海跑供销,他深谙此道,他有一双锐利的眼,似乎能看透人心,一眼能分辨对方是哪种类型的人。胡长润是一个合格的供销员,这点毋庸置疑,我甚至怀疑,他成功的供销员生涯影响了他的人生观,以及他的行事方式,因为对于胡长润来讲,世界似乎是分明可控的,是条理清晰的,是泾渭分明的,甚至是可以掐指计算出来的。

5

　　胡长润2010年才接手玄坛庙的财神祭,他对我讲,之前有人好几次叫他出来主事,他没有出来。

　　玄坛庙位于卫前大街147号,供奉的是玄坛真君赵公明,为天下四大财神之一。距乐丰亭不过百步之遥。

　　胡长润的家距离玄坛庙只有几步之遥,坐在家里便可闻到庙里的香火味。胡长润主事玄坛庙后,推出了每年九月半的财神祭,举行盛大的祭祀财神活动。这种活动是民间自发组织的,带着民众向往美好生活的蓬勃愿望,也是积极向上的愿望,只要在安全条件许可的范围内,政府不会过多干涉。胡长润的不同之处在于,他有能力将这个纯粹的民间活动办成了半官方性质的盛典。他找到了一条途径,这条途径便是和台湾的财神祭联手,举办两岸财神论坛,将活动提升到学术高度。这真是一条意想不到的途径,一条只有胡长润才能想象出来的途径。他曾经带队去台湾,参加台湾的财神祭,并和台湾达成轮流举办论坛的协议。他说到做到,第二年,他邀请台湾客人来金乡,举办了欢乐又严肃的祭祀活动和学术论坛,并且,将学术成果结集成册,以备后人做更深入的研究。

　　不仅如此,胡长润将财神祭相关内容整理成规范文本,申报非物质文化遗产,申报成功后,他成了财神祭非遗传承人。这是一个从学术到文化的华美转身。

　　说到文化,胡长润有天晚上邀请我参加他们一个聚会,我当时没有听清楚是什么聚会,以为是他和几个老朋友的酒局,到了玄坛庙斜对面的卫城排档才知道是金乡楹诗联协会聚餐（也叫瀛洲诗友沙龙），那天晚上是他们协会成立后的第一次聚会，座上十来人，皆为协会头头。胡长润一一为我介绍，其中有一位张敦武先生，少胡长润一岁，是他学写古诗的老师，据说张先生有很深厚的家学底子。

在写古诗方面，胡长润比较谦虚，他说自己五十九岁才开始学古诗，目前水平属于二流。他说，能够达到二流，也是因为张先生。我不知道胡长润的诗歌造诣是不是二流，但他讲话的水平肯定是一流，讲得在座的人都开心，都高兴，他在酒桌上会照顾到所有人。这种能力不是每个人都拥有的。

胡长润还有一个头衔是金乡文联副主席，据说，金乡许多晚会和活动都是他策划的。他对我说过，温州市第一届模特儿大奖赛便是他拉的赞助，这我倒真是不知道，我知道的是，温州市第一届模特儿大奖赛是温州电视台主办的，一共办了十届左右，第一届冠军叫周斯拉，后来去北京电影学院进修，改名周韵，再后来嫁给导演姜文。

我有时在想，胡长润到底是个什么样的人？他是如何定位自己的？我觉得我说不好他到底是个什么样的人，他的人生阅历既丰富又精彩，他的思维方式异于常人，是一个很难定位的人。可是，我又觉得，胡长润对自己的人生定位是清晰的，他在十七岁去上海当供销员时便有了人生规划。或许他没有料想到的是，自己有一天会成为玄坛庙财神祭的非遗传承人，成为一个连接天地与人神之间的人。

"天下第一盔"第七代传人夏法允

1

夏法允给我的第一印象是个个性很强的人。他有一个抿着嘴的习惯性动作,不讲话或者沉思时,两片嘴唇紧紧抿在一起,好像嘴里有一根铁丝,他正咬紧牙关将这根铁丝咬成两段。脸上有副不咬断决不罢休的表情。夏法允个头不高,但他长得浓眉大眼,年轻时定是个英俊人物。他总是眉头微皱,表情严肃。说到开心或者得意处,他也会咧嘴而笑,但这种情况不多。

个性强的另一个叫法是倔强,或者叫一根筋,也叫认死理。千万不要认为这种叫法含有贬义,恰恰相反,从某种意义上讲,个性便是一个人的血性,是一个人的脊梁骨,是一个人的灵魂姿态,是一个人称之为人的立身之本。当然,个性的体现多种多样,有的坚硬,有的柔软,有的外露,有的隐秘。夏法允的性格属于坚硬而外露,如果放在春秋战国时代,估计他是侠客一类的人物。

从历史的角度看,这种性格大多在文人身上体现出来,无论他们身居庙堂还是隐迹江湖,即使委身市井,依然保留着相对完整而独立的人格,这种人格,也便是魅力。可是,我发现,这种人格慢慢从中国文人身上消退了,几乎到了无迹可寻的地步。然而,我却从像夏法允这样的民间传统手艺人身上找到了这种弥足珍贵的基因,他们身上有一种不妥协的精神,有一种傲气,有一种脾气,有一种"老子怕你个鸟"的劲头。这个问题很令人深思。我想,文人人格的衰退,与他们所处的环境有关,与他们的身份有关,与他们的知识结构有关,最重要的是,文人太聪明了,太想表现自己了,太想成功了,太想实现自己的抱负了,因此,恰恰忘了人之为人的根本,忘记了作为一个人如何活得简单,活得笨拙,活得正当,活得自我,活得有脾气。而手艺人生活在民间,山高海阔,没有波澜壮阔的理想,没有不切实际的幻想。他们对自己的手艺心怀敬意,也对世界心怀敬意。他们不求于任何人,也没有不应有的非分之想。他们所有的支点是身上的手艺,以手艺谋生,以手艺立名,并传诸后世。你或许会觉得他们狭隘,没错,他们的世界就是狭隘的,他们的认识也是狭隘的,甚至他们的行为也是狭隘的,可正是因为这份狭隘,使他们保持住了做人的基本尊严。这多么可贵。

2

算起来,夏法允是夏敏的堂叔。夏法允属于二房,二房的传家宝是京剧盔头制作,传到夏法允已是第七代。我看过夏法允父亲夏逢兰的晚年照片,身上除了拥有匠人特有的坚定气质外,更有一份仙风道骨，实在令人称奇。

夏家的手艺只传大儿子，夏法允不是二房大儿子，可他自小对此手艺情有独钟。也可能他身上自带匠人特质，也可能是他天生的脾气，明知不可为而为之，自己认定的事绝不回头，他在父亲不允许的情况下偷偷学艺。父亲大约是知道他在偷师学艺的，没有点头同意，但也没有明确反对。夏法允心里或许会有不平，但我估计他大致是能理解父亲的苦衷，手艺传给大儿子是祖训，对于手艺人来讲，祖训便是规矩，是颠扑不破的真理。夏法允与人不同之处大概也在这里，他不管结果如何，只问自己内心喜欢不喜欢，如果喜欢，他便一直偷偷学下去，即使见不得天日也在所不惜。令人意外的是大哥溺水身亡，父亲夏逢兰伤心欲绝，病卧床上，茶饭不进。夏法允走到父亲床上，安慰他说，还有我呢。父亲拉着他的手，点了点头。从那以后，夏法允算是正式接过父亲的衣钵，成为夏益锦盔头制作第七代传人。

讲起夏益锦盔头，有一个流传很广的传奇故事。相传明朝灭亡后，大约在1728年，宫廷里有一个御用工匠叫金益锦，专门制作京剧盔头，清廷怀疑他是反清复明组织匿藏在宫廷的内应，正准备捉拿归案时，金益锦预先听到了风声，只身逃出皇宫，一路南下。到了浙江，遇到夏法允的祖先，并成为至交。金益锦在金乡夏家生活六年，将盔头制作手艺传授给夏法允祖先，并将脑中四十八种盔头样式、一百二十八道工序绘于纸上，交给夏法允祖先。清廷并没有放松对金益锦的追捕，金益锦听到风声后，又离开金乡夏家，后在逃亡中被清兵抓住，他至死没有说出藏躲于夏家六年的经历，夏家才得以免受一场灭顶之灾。夏家后人为了感念他，将盔头的商标定名为：夏益锦。

3

夏家一楼墙壁最显眼处，挂着一幅装裱起来的大字，上书"天下第一盔"。从这幅字可以看出夏法允的性格，也可看出他的自信，他对夏家制作的盔头怀有绝对的信心。

我想，这信心一部分来自家传的四十八种盔头样式和一百二十八道工序图谱，夏法允说，全天下再也没有比他夏家更完整的图谱了，更主要的是，他对四十八种盔头样式和一百二十八道工序了然于胸，只要给他足够时间，便能制作出天下最漂亮最舒适最经久耐用的盔头。另一部分信心可能来自他的见识，他去了北京戏曲学院，去了京剧博物馆，去了上海京剧院，武汉京剧院，发现他们的盔头漏洞百出。他说自己看古装电视剧，随便看一眼，便能发现剧中盔头的错误之处，有的是张冠李戴，如状元郎的盔头没有"公花"，八贤王的"平天盔"错戴在判官头上；有的是缺斤少两，如杨四郎的"驸马盔"少了"驸马圈"，包拯的"黑刁帽""后桶"又矮又扁。说起这些话题时，夏法允既痛心又得意。痛心的是这个行业的凋零，居然到了如此马虎随便和不顾常识的程度；得意的是因为夏家传统手艺的完整保存，即使经历了浩劫，夏家的传统手艺依然得以存活，而且愈来愈显出它的珍贵。

夏法允自信的还有他的酒量，他去北京中央电视台录制"家有传家宝"节目时，彩排前的中午，喝了半斤"牛栏山"，他觉得自己思路更清晰了，表达更流畅，连普通话也比平时标准。导演也非常惊异，问他能喝多少。他说再喝半斤没问题。夏法允说，正式录制时，导演问他要不要喝一点。他倒是想喝，结果随去的女儿不让他喝了。

夏法允的自信还来自他对祖宗规矩的突破，他不但让儿子夏霖继承了盔头制作手艺，还让他爱人也学会了盔头制作，并且，他的四个已经出嫁的女儿也会制作盔头。我没有问过夏法允，这个突破，与他当年的"偷艺"经历有没有关系。他未必会正面回答，或者他并没有对此问题深究，但我相信，那段时间的"偷艺"经历，必将影响他的人生观，也必将影响他看待世界的角度。夏法允对爱人和子女的手艺并不满意，我问他，他们得了你的多少真传？他说，他们单独制作都没有问题。停了一会儿，他接着又补充了一句，他们大概只得了我百分之五十真传。

说这句话时，夏法允脸上的表情既得意又失落。

4

夏法允儿子夏霖生于1978年，长相白净，穿着时髦。他身上已看不出手艺人的影子了，他的思维也不是手艺人的思维，更接近商人思维。他说，夏家的盔头制作被评上非物质文化遗产后，两年了还不给牌匾，为什么不给牌匾？相对来说，夏法允对此事显得淡然，或许，对于他来说，评不评非遗，给不给牌匾，都是外在的虚名，他更看重的还是技艺本身，更重视的还是技艺带给他的荣誉感。

只有父亲忙不过来时，夏霖才参与盔头制作，其他时间主要做台挂历生意。夏霖的台挂历生意想必比制作盔头赚钱多。这可能是手艺人在当下社会遇到最现实的问题了。夏法允说,盔头制作这门手艺维持生活没问题,但绝对赚不了大钱,因为它是纯手工活,不可能像皮鞋、眼镜、打火机一样在机器上批量生产,而且,盔头的使用范围决定了销售数量,也决定了生产数量。这可能是夏霖去做台挂历生意的主要原因吧,他一再说自己已经掌握了四十八种盔头制作样式和一百二十八道工序,只不过现在没有时间和心情专心做这件事;同时,他也一再强调自己不会放下盔头制作的手艺,因为这是老祖宗留下来的宝贝,不可能在他手中断掉。但是,我在夏家的那个下午,夏霖始终没有对夏家的盔头制作提出明确的发展计划。或者,他心中已有计划,只不过没有讲出来而已。

其实,我希望能听到夏霖心中的计划。可以肯定地说,无论是谁,只要到了金乡,进了夏家,听了夏益锦的故事,见了夏益锦盔头,都会认为夏益锦的盔头制作是个奇迹,它不只是京剧盔头,从某种程度来说,它代表的是中国的文化,一种正以极快速度淡出人们视野的文化。那么,从这个角度来讲,夏霖作为夏家后代,更有责任将这种文化延续下去,并且发扬光大。这是他的责任和使命。当然,这不单单是夏霖一个人的责任和使命,从某种意义上讲,是所有中国人的责任和使命,我甚至觉得可以将这个范围扩大到整个人类。

5

夏益锦盔头申报非遗成功,从某种程度上说,算是得到官方认可,最主要的是,夏法允也认这块牌子,至少这块牌子是在他手头拿到的,而不是被他弄砸了。他对祖先有个交代了。上了中央电视台"家有传家宝"栏目后,在很大程度上扩大了夏益锦盔头的影响力。这种影响力最先应该体现在夏家人心里,特别是夏法允心里,在原本自信的内心,多少生出些许自豪,他的底气更足,更加认识到自己和夏益锦品牌的价值。

金乡镇计划拿出一块地,给夏益锦做工厂和产品展示。当然,那块地上不只是夏益锦一家,据说还有朱广和糕饼这样的传统名小吃,可能还有其他一些有金乡特色的传统项目。镇里这么做自然有镇里的想法,金乡是座抗倭古城,如何将辖地打造成一个具有独特优势的旅游景点,是所有地方官感兴趣的问题,也是必须考虑的问题,金乡恰好具备这个优势。所以,在发展经济同时,镇里也想大力发展旅游业,提出了恢复金乡古卫城风貌的设想和计划,并付诸了实际行动。在这个设想和计划里,夏益锦是一个组成部分,对于镇里来讲,肯定是看中了夏益锦的文化品牌和传奇故事,可以将夏益锦打造成一个旅游景点,甚至可以将夏益锦盔头打造成一份独特的文化商品,成为游客感兴趣的纪念品。

因为是镇里的项目,必须做好规划,再说,批一块土地镇里说了不算,要上报给县土地局,要走流程,所以,这块地一直没有落实下来。夏法允有意见了,他对我说,镇里说话不算。他甚至赌气似地对我说,我要那块地干什么呢?我家里一间六层楼,房间多得用不了。

我知道夏法允是在说气话,对于他来说,夏益锦盔头是他人生"头等大事",这个世界上,如果要找出一个最爱夏益锦盔头的人,必定是夏法允。所以,他当然是最希望夏益锦盔头有更好的传承,更好的发展。他肯定也明白，镇里这个计划，对夏益锦盔头的未来必将起到推动作用，之所以说这样的气话，一方面说明他对夏益锦盔头的爱，另一方面，可能也说明他对夏益锦盔头未来的焦虑。我觉得，这种焦虑是夏法允的，也是金乡镇的，也是我们的，如果往更大的范围说，整个中国都处于这种焦虑之中。

税务官陈彦柏坚定而温暖的小理想

1

陈彦柏是个税务官。他说,如果要在金乡找一个自己崇拜的人,那就是叶文贵。陈彦柏跟我说过这句话后,还补充了一句,叶文贵当年的成功与失败只有一个原因,他比普通人超前太多,就像牙买加闪电博尔特参加的田径比赛,他比同时代的人超出太多,田径比赛的博尔特成功了,研制电动汽车的叶文贵失败了。虽然造电动汽车最后没有成功,陈彦柏也不认为叶文贵是个失败者,恰恰相反,他认为叶文贵的晚年是个成功者,除了他儿子叶茂光,叶文贵的生活近乎完美。每年有一百来万稳定收入,养天鹅,绘图纸,制锡壶,喝茅台,吃时令海鲜,晚上喝到尽兴,白天睡到酒醒,过着神仙一样的日子。

这也是陈彦柏理想中的日子,所以,叶文贵是陈彦柏的偶像:第一,他佩服叶文贵强大的市场意识,工厂办一个火一个,赚钱如流水;第二,他佩服叶文贵超前的战略意识,在中国私人汽车还没普及之前，他开始研制电动汽车；第三，他佩服叶文贵跌倒后重新爬起来的顽强能力，还清所有欠款，有余钱做慈善。马上征战多年，脱下战袍，拂去灰尘，壮士安度晚年。

我在写叶文贵的文章里提到过陈彦柏，叶文贵的企业在他分管的片区，他们有过交集。当然，陈彦柏知道，叶文贵的时代已经过去，他不可能也不想成为第二个叶文贵，叶文贵走的是只属于叶文贵的路，谁也无法重复。而他只想成为陈彦柏，走陈彦柏想走的路，过陈彦柏该过的人生。有一点他始终清楚，无论是叶文贵还是自己，所有理想实现的基础是经济，如果没有经济基础，所有的理想都是泡沫和幻影。所以，在陈彦柏最初的人生信条里，经济基础是他一生的追求。这种信条和追求到现在依然有效，而且，可以想见，在他以后的岁月里依然有效。

陈彦柏的经济意识始于小学时代，他一个舅父在金乡鲤河菜场卖豆腐泡，放假期间，陈彦柏便去舅父那里打工，假期结束，舅父会给他一笔零钱，或者给他买一件他想念已久的衣服。陈彦柏依然清晰地记得一件事，那是一个暑假，他帮舅父看摊，一个老年妇女来买豆腐泡，他在过秤时做了手脚，故意少给了一分钱的豆腐泡，他心里蓄谋已久，打算拿这一分钱去买一根油条吃。让他没有料到的是，没有多久，那个老年妇女去而复回，将豆腐泡摔在摊位上，指着他的鼻子骂，骂他小小年纪，居然会做这种缺斤少两断子绝孙的缺德事。多年以后，陈彦柏对我讲，当时，他没有逃跑，低着头，任由老年妇女谩骂，他知道自己做错了事，应该接受这样的"惩罚"。他心里不仅没有怨恨那个老年妇女，恰恰相反，他认为正是那个老年妇女的一顿痛骂，给他这一生的行为竖起了一面镜子,让他时时警醒,时时提醒自己做什么样子的人。也就在那时,他下了一个决心:此生坦坦荡荡赚钱,绝不做见不得人的动作。

2

部队回来之后,陈彦柏被安置在苍南县财政局办公室当文书。那时,他另一个舅父在县财政局当局长,舅妈住金乡,他晚上寄宿在舅父家。他觉得不自由。办公室上班太死板,下班回家还被舅父管束。他当时有过思想斗争,如果在机关坐几年办公室,在舅父的关照下,应该能有一官半职。可是,他受不了这种约束,与自由相比,他宁愿不要一官半职。所以,他强烈要求去基层,他要下去"锻炼"。

他终于如愿以偿,去了龙港大桥收费站,值一次班,休息两天。这种工作方式他喜欢。值班的工作就是检查,查各种走私,丰富又刺激。更重要的是自由,一次值班之后,换来两天轮休,想干什么都行。他就是从那时学会了钓鱼。

值夜班有补贴,检查时会有灰色收入,不是钱,那时谁也不敢收钱,但接受检查的司机会发一两包香烟,他不抽烟,积少成多,便拿这些香烟去卖,数目可观。

后来陈彦柏调到肥艚镇税务所,不久又调到宜山镇税务所,然后是钱库镇税务所、石砰税务所,在下面绕了一圈,最终回到金乡镇国税分局,依然是个税务干部,依然没有一官半职。

我去过陈彦柏在二楼的办公室,一个科室四个人,他的办公桌在靠门位置,干干净净,连一张纸片也没有。倒有一副简单的茶具，四个小茶杯。他每天一大早到办公室应卯，处理完分内之事，便溜之大吉。

我问陈彦柏，真没想过当个小头目？他点点头说，想，谁不想呢？他马上接着说，如果为了升职而去领导家里送礼，我还是选择不升，只要在领导面前弯过一次腰，这辈子再也别想直起来。

这当然是个理由，而且，我完全相信陈彦柏内心就是这么想的。不仅仅在单位，便是在社会上，他也是这么做。这是他的人生准则，这个"准则"，那年小学暑假在鲤河菜场便已成立。然而，我觉得陈彦柏这么做还有一个理由，在他的人生追求里，晋升并非最重要的，最重要的是发展他的经济，过好他的小日子。这才是他的"理想"。

那么，另一个问题来了，既然他对体制并无热情，为何不离开体制，专心从事经济生产？陈彦柏的回答是：第一，他没有主动离开体制的勇气，这是他的懦弱之处，也是他性格中庸的体现，从这个角度来看，他命中注定成不了叶文贵那样的大人物；第二，坦率地讲，体制有时可以成为他的保护层，他不会用体制内的身份去谋私事，可是，别人会因为他的身份而信任他，办起事来，至少不会有人故意刁难他。这就是便利。

在单位，他甘愿当一个隐身人，领一份薪水，做好对得起薪水的本分工作，如果没有意外，他愿意这样做到光荣退休。

3

在金乡，最多的还是印刷包装企业，这和金乡的发展历史有关，金乡是依靠印刷包装起家的，基础比较扎实，最主要的是，金乡早就形成了一条完整的印刷包装产业链，产、供、销一条龙，办印刷包装企业容易上手。

陈彦柏办过两个印刷包装厂，当然，是他爱人叶慧芬办的，他属于"帮忙"。有一个是特种纸厂，在金灵路上，距离陈加枢的金乡徽章厂不过百米，厂房是很早以前买下来的，现在价值已经翻了好几番。陈彦柏带我去过这个厂房，大门进去有一条大黑狗，一看见陌生人就嗷嗷嗷乱叫，陈彦柏喊它，它依然嗷嗷嗷乱叫。可见，这个工厂陈彦柏来得也不多。

两个工厂效益都一般，远远没有达到陈彦柏当初立下的"目标"，他的"目标"并不宏伟，只是随着岁月流逝，他有时不我待之感。他生于1970年，年近五十，有点紧迫感是正常的。

他告诉我，最近在帮叶慧芬跑一件"大事"。他所谓的"大事"是一家新筹建的工厂，也是一家包装厂，他这段时间经常到营房1号报到，营房1号是他朋友刘维钢的镭达包装厂所在地。刘维钢是陈彦柏最要好的几位朋友之一，每次喝酒都在。刘维钢办镭达包装厂已近二十年，有固定的客户，每年产值一千万左右。刘维钢是个逍遥派，办公室也是茶室，是朋友们聚会的场所。还有一张牌桌，朋友们来了兴趣，也可以玩几局，谁输谁付晚上的酒钱。陈彦柏是刘维钢办公室常客，这段时间去得更加勤快，因为他的新工厂就办在刘维钢的工厂里。刘维钢无意再扩大生产规模，有一半厂房空着。

陈彦柏对这个工厂寄予厚望，他进的机器是目前国内最先进的，因此投进去很多资金。他有点"孤注一掷"的意思。他的紧迫感是有原因的，他弟弟陈彦松，小他三岁，1999年去广州发展，做的也是印刷包装，现在在北京、成都、武汉都有分公司，唯品会的包装盒大部分是他弟弟做的。说到唯品会，这里顺便讲一句，这是个总部设在广州的电商企业，2012年3月25日在美国纽交所上市，五个原始股东中，有四位是温州人，分别是沈亚、洪晓波、彭星、徐宇。最大股东沈亚，他哥哥沈迦是个作家，写过《寻找苏慧廉》一书，他父亲沈克成，是电脑沈码创始人。陈彦柏说他弟弟公司一年产值差不多是两个亿，他觉得弟弟比他有魄力，比他成功，他为弟弟感到骄傲。他祝福弟弟。

4

陈彦柏是个杰出酒友，酒量好，酒风也好，最主要的是喜欢喝，屁股沉，坐得住。也能聊，聊的话题不庸俗，他即使聊钱也不显得庸俗，因为他大方，知道钱是用来花才有意义的。

我在金乡期间，每到下午五点，他都会发个微信问：贵叔，饭点到了，工作完成了没？贵叔是他对我的昵称。

陈彦柏酒桌上会吹牛，闭着眼睛瞎点，谁谁谁都是他女朋友。有一次来了个漂亮女人，他也说是他女朋友，坐下来喝了几杯酒，立即露馅，他和那个漂亮女人还是第二次见面。大家都笑，都知道他在开玩笑。而且，他的玩笑也只开到女朋友多为止，没有具体内容。实事求是地讲，陈彦柏的女人缘不错，因为他和女人交往是坦荡的，什么话都可以放在桌面上讲，没有藏着小心思。我想，女人都是敏感的，她们对男人的判断尤其敏感。她们知道陈彦柏是个没有攻击性的男人，是个值得信赖的男人。还有一点，他不是一个小气的男人。男人这点很重要。这样的男人当然有女人缘。

他酒场多，酒场多跟他好讲话有关系。我们经常去的一个地方是北门外倒桥，阿程排档老板娘是他一个远房亲戚，绰号小龙虾。陈彦柏告诉我，她是外地人，嫁给他一个做厨师的远房表弟，先是卖小龙虾，后来升级了才做排档。小龙虾年轻、漂亮、酒量好，我们每次去，她都会带着自己的啤酒来敬酒，有时陈彦柏会叫她坐下来一起吃。有一次，她对陈彦柏说，如果她碰到什么事，第一个想到打电话的就是他，因为她知道陈彦柏肯定会接她电话，而且，如果事情紧急，陈彦柏肯定会赶来，包括临时向他借钱。是不是这样呢？我想了一下，陈彦柏确实是一个让朋友想起来感到温暖的人。可是，我又觉得，陈彦柏性格里还有让人不放心的一面，有时候，你交代他一件事，他很爽快地答应了，到了第二天，或者是当天晚上，你会接到他电话或者微信，说那个事情他办不了。办不了有多种情况：一是他临时有急事，只能抱歉；二是他的托词，他想逃避这件事。至于当时答应过去，也是他性格的一面，他不想让别人下不来台，什么事先答应了再说；有时是第三种情况，他确实去办了，但没办成。

是不是陈彦柏一直这么好讲话，是一个标准的好好先生呢？也不是，对于人与事，他心中自有一杆秤，他有时碰见不对路的人，脸上没有表情，转身就走。可是，走过之后，内心不安，觉得伤害到人了，心里想着下次如何补偿和挽回。

应酬多，还有一个原因是他结交的朋友杂，三教九流，什么人都有。有一次，我们在南门外孔亮排档喝酒，席间来了两个四川人。来人年纪都在二十出头,一胖一瘦,瘦的不是特别瘦,胖的却是真胖,比陈彦柏还胖一圈半。瘦的介绍,他是姐夫,胖的是妻弟。瘦的不能喝酒,胖的自称代姐夫打通圈。其实,他们一进来,胖的舌头已经大了,但他坚持要打通圈,"因为在座的都是'胖哥'朋友",他们叫陈彦柏"胖哥"。一边喝酒,一边具言"胖哥"对他们的帮助。

陈彦柏后来告诉我,那两个四川小孩原来在金乡一带混社会,是这一带外地人的头。后来"改邪归正",办起了小企业。办企业有时比混社会更难,各路神仙都要拜,各处关节要打点。有时候,他们碰到解决不了的事,会找陈彦柏商量。陈彦柏觉得这是件好事,至少可以维持社会稳定,再说,他知道办企业的难处,所以,只要能帮,他顺手就帮。而这些小孩唯一表达感激的方式便是请他喝酒,有时甚至是用强迫的方式请他喝酒。

当然,和陈彦柏喝酒最多的还是他的几个朋友,向阳、刘维钢、张春、道梁等人,去得最多的酒店有孔亮排档、开前海鲜楼等几家海鲜店,去这几个地方的原因是随便,也因为那里的海鲜好。只有来了重要的客人,才去阿福大酒店,那里排场大一些。

陈彦柏说,有时连续一周没有在家吃晚饭。没有在家吃晚饭,肯定在外面喝酒。一个细节可以证明,他至少有一半时间没在家里吃晚饭。他家是幢四层通天楼,一楼的前面是客厅,后面是厨房和吃饭间,他喝完酒回来之后,一般会在客厅沙发靠一下,一是夜里太晚担心上楼影响爱人叶慧芬睡眠,二是酒后乏力,储备些力气才能爬上楼梯。很多情况是,他一靠便睡过去了,直到叶慧芬给他打电话才醒过来,如果慧芬没有打电话,他可能睡到天亮。陈彦柏告诉我，最严重的一次，他在楼下睡了一晚，第二天醒来一看，一楼大门大开——他昨夜回来忘记关门了。我去他家，专门观察过他家的沙发，还特意在那张著名的沙发坐了一下，发现沙发的扶手果然被陈彦柏的大脑袋睡得发黑，油光发亮。

陈彦柏得过一次小中风，嘴巴轻微向右歪，笑起来歪得严重一些。他说是喝酒喝中风的，因为歪得不厉害，他也不以为意，还是继续喝酒。当然，这也给了他一个借口，当他不想喝酒时，他会以此为借口说，不能喝了，嘴巴都喝歪了。

5

陈彦柏没有想过离开金乡，从来没有，即使他弟弟陈彦松在广州生意做得那么好，也没有对他产生诱惑。他讲，他这辈子不会离开金乡，留在金乡城是他的理想之一。

金乡人喜欢离乡创业，在上海的金乡人最多，其次是杭州、广州、深圳等地。这或许与金乡曾经是座卫城有一定关系。卫城的一个功能便是出击，点兵远征。金乡人大多是当年卫戍军人后代，远征是军人的天职，这种天职造就了金乡人喜欢攻城略地闯天下的性格。卫城的另一个功能便是守卫，有人冲锋陷阵，必须有人坚守后方城池，这是保障，也是根本。只有后方坚固，前方的将士才会心中无虞，更加奋勇前行。

在我了解的金乡人之中，杨介生、苏维锋、王均瑶、白植富、夏敏、球星张玉宁等人属于主动出击的勇士，他们身上流淌着冲锋陷阵的基因，以开疆拓土为己任，心系金乡，四海为家。而坚守城池的金乡人也不少,如金钦治、陈觉因、陈加枢、胡长润、史秀敏等人,他们是金乡这座城池的守卫者。我觉得,陈彦柏便是这批守卫者中的一员,而且是很坚决的一员。他当兵时曾经离开过金乡,在部队里,他就千方百计想回来,参加工作后,在金乡周围绕了一大圈,到最后,他突然发现,之所以绕了这么大一圈,就是为了回到金乡,回到这座生他养他的城池。

讲起金乡,陈彦柏的言谈之间不全是赞美,有时甚至颇有微词。可是,这正是他爱这片土地的表现,他希望这片土地变得更好,才会将内心真实的想法流露出来。

陈彦柏平时的表现有点懵懵懂懂,穿衣随随便便,夏天最常见的打扮是圆领T恤、短裤,脚上一双夹趾拖鞋,看人微微斜着眼睛,一副没睡醒的样子。可是,我知道,即使在酒醉之际,他的内心也是极其清醒的,他知道自己想做什么,知道自己不能做什么。他只想做一个金乡人。

那么,对于陈彦柏来讲,他的问题是做一个什么样的金乡人。这可能才是他一生的命题。

或许,在他内心,早就有了做一个什么样金乡人的概念,他一直以行动来证明自己是个什么样的金乡人。有一次,我们两人在阿程排档喝酒,夜深了,叶慧芬电话催了好几次,他舍不得离去,喝了一听又一听蓝带啤酒。我突然发现,他两只眼睛非常明显的一大一小,大的眼白多,小的眼白少。我知道他不能再喝了。喝最后一听,他突然深情地对我说:贵叔,我只想做一个金乡人,做一个金乡小人物,有经济保障、过温暖小日子的金乡人。

我知道陈彦柏一直为这个目标而努力,大概在他心目中,做一个坚定而温暖的金乡人才是最重要的，是金乡最坚实的基础，是对金乡最大的爱。

陈彦柏另一件让人意外的事是，他收了四个徒弟，大徒弟彭瑞府，二徒弟郭永共，三徒弟张广人，四徒弟陈志杰，四个徒弟都是"80后"，都是办企业的。大徒弟彭瑞府我见过多次，也喝过多次酒，是个热情外露的年轻人。他办的是徽章厂，已有上千万年产值。另外三个徒弟我都没见过。陈彦柏说，四个徒弟都正式拜过师，按照老辈的规矩，挑着猪脚蹄来他家。可是，他从来没有利用职务给四个徒弟提供任何方便，他能教给他们的只是如何做人，如何做生意。还有一点，每年除夕之前，他会给每个徒弟打电话，问他们账目都结清了没有，如果有需要，他手头还有几万元余钱可以挪用。当然，过一段时间，他会请徒弟喝一顿酒，聊一聊近况。他只能做这么多。

他儿子陈晔就读于绍兴文理学院，学的是环境设计专业。对于儿子，陈彦柏说自己对他过于放松了，陈晔中学在杭州读，是叶慧芬在照料。他说如果自己抓得紧一点，陈晔或许可以考上好一点的大学。不过，他觉得绍兴文理学院也不错，专业也是陈晔自己选的。

至于儿子毕业以后何去何从，陈彦柏没有硬性规定，他可以留杭州，可以去广州找他叔叔，也可以在温州找份工作，当然，陈晔如果选择回金乡，他也不会反对。不过，陈彦柏也认为，金乡毕竟太小，如果陈晔回来，可以施展的机会不会很多。大概都是出于这个相同的原因吧，回金乡的年轻人越来越少。

这也是陈彦柏的一个疑虑，他这一辈金乡人已步入中年，他的徒弟比他小十来岁，陈晔比他徒弟又要小十来岁，他们是金乡的生力军，是金乡的未来所在。这可能是他对四个徒弟特别照顾的原因之一吧。

讲到陈彦柏对徒弟的好，我想起一件事：有一次，陈彦柏给朋友吴家悻打电话，借十五万元急用，承诺三天归还。吴家悻出差在外，他给他表姐打电话，借十五万元，承诺一周归还。两周之后，表姐给吴家悻打电话，问钱的事，吴家悻无地自容，赶紧给陈彦柏打电话。陈彦柏才在电话里讲，钱是为他徒弟借的，徒弟一时周转不过来。过了一个多月后，我和吴家悻通电话，问起钱的事，他说只归还了十万元，还差五万元。吴家悻补充了一句说，这十万估计是陈彦柏掏钱垫付的。吴家悻说出了我心所想，这完全符合我对陈彦柏为人处世的想象和判断。

他就是这样的人。

市井奇人沈宝春

1

在金乡，猪蹄是一绝。说起金乡猪蹄，西门大街沈氏猪蹄是一绝。外地客人到金乡，金乡人会略带自豪地建议你尝尝金乡猪蹄。有时在酒店里吃饭，会特意让人顺道打包带一大份猪蹄过来。他们带来的，十有八九是西门大街的沈氏猪蹄。而很多金乡人外出回到金乡，第一时间会去趟西门大街2号，吃一碗沈氏猪蹄。我见过好几位前来解馋的金乡人，他们说，从小吃到大，味道刻进脑子里了，一想到金乡，就会想起沈氏猪蹄的味道。

金乡靠海，金乡人以喜吃海鲜、对海鲜挑剔著称。为什么中间竟然杀出一个猪蹄？沈氏猪蹄又是凭何特色成为金乡一绝？有何独门秘籍？

金乡的猪蹄主要分西门沈氏猪蹄和南门桥头猪蹄，相对来讲，西门沈氏猪蹄名声大一些。据沈氏猪蹄老板沈宝春说，西门沈氏猪蹄和南门猪蹄源出一家，南门猪蹄老板原来是沈宝春父亲沈培国的徒弟，后来自立门户，在南门桥头开了一家猪蹄店。

除了这两家猪蹄店外，龙港和钱库各有一家，老板是沈宝春的二哥和三哥，据说生意不如金乡火爆，名声也不如金乡这两家响亮。

沈氏猪蹄最早是沈宝春父亲沈培国创办的，创办地点在西门大街2号斜对面的大仓桥2号，现在是水果店。沈培国原来主要卖油锅和油渣，猪蹄只是附带。他凭两口锅，养活沈家十口人。沈宝春初中毕业后便在父亲店里帮工，从某种意义上讲，猪蹄是沈宝春的创造——在他父亲沈培国基础上的创造。

沈宝春认为自己脑子转得快，手艺好，会经营，沈氏猪蹄才有今天。认真一想，他说的也有一定道理。西门沈氏猪蹄确实是在他手上火起来的，成了金乡一张名片。这是事实。

那么，沈氏猪蹄好吃在哪里呢？如果拿这个问题去问一千个金乡人，可能有一千个答案，就像一千个读者眼中有一千个林黛玉。这或许正是沈氏猪蹄的魅力所在。沈氏猪蹄的好吃是概念性的，是整体性的，是模糊的，是美感的。如果一句话能够概括清楚，便显得过于单薄和直白了。混沌有时是一种境界，最接近中国人传统的政治和艺术。

2

沈宝春在金乡城内可称市井奇人。他的言行时有异于常人之处，属于非常人行非常事。理解的人称他奇人，不理解的人称他神经。但沈宝春不管，他行事自有他的逻辑，他只按照自己的逻辑来对待这个世界，至于外人对他的不同评价，他才懒得理会。我觉得，这就是奇人。奇人都有一个强大的内心世界，他们活在自己的内心世界里。

沈宝春生于1964年，属龙。他觉得属龙的人都是不安于现状的，都是喜欢搞事的，而且，能搞成事。他讲自己从小调皮，属于"不乖"的孩子。他上面三个哥哥四个姐姐，他是老小。一般老小都顽皮。他读初中时，喜欢上"打鸟"，骑着家里买给他的自行车，背着鸟枪，像军人出征一样，去山上打鸟。在父母和外界看来，沈宝春属于"不良"少年。他脑子转得快，可对读书没兴趣，心思不在上面，他的心思主要在"玩"。他"玩"得挺过火。十六岁时，他突然想买一辆摩托车玩玩，那时候，一辆嘉陵牌摩托车大概六百元，是一个巨大数目。他父亲每天起早贪黑赚钱，大部分用来维持家里十口人的日常生活，所剩有限，让他一下子拿出六百元来，不要说没有，即使有，也舍不得。沈宝春见父亲不给钱，二话不讲，将父亲的店门封了起来。他的意思很明显，你不给我钱，也别想做生意了。这一招几近无赖，却很有效。做生意的人最怕店门被封，而且是被自己的儿子封掉。父亲生气，要揍他，他就跑。父亲一进店，他又将店门封起来。这还怎么做生意？父亲无奈，只得向别人借钱，凑了六百元给他买摩托车。沈宝春说，江陵牌摩托车骑了三个月，转手卖给别人，还小赚了一笔，因为他看上了更好玩的摩托车。

沈宝春说，他从小就不听话，喜欢闹腾，一出又一出，以前，最担心他的人是母亲，担心他以后娶不到老婆。现在，最担心他的人是老婆，怕他喝酒后闹事。

初中毕业后,沈宝春再不上学了。他觉得自己的知识够了,比哥哥姐姐读的书都多,是他们沈家读书最多的人。当然,最主要的原因是他不想上学。他不上学谁也拿他没办法,那就跟父亲做买卖吧,好歹挣一口饭吃。

沈宝春说自己脑子转得快并非全是自夸,他学一门技艺确实比别人快,因为他专注,他是一个玩起来特别疯,静下来特别专注的人,有点天赋异禀的样子。譬如做油锅,别人摇两遍也不一定摇得圆,他只要一遍即可。他说自己比哥哥做得好,比父亲也做得好。我见过沈宝春在店里干活的场面,他的动作又快又利索。西门大街2号的店面不大,但每天被他收拾得干干净净,像他这种小吃店,居然没有一点油腻的痕迹,这是绝对少有的。所以,沈宝春确实有过人之处。

在父亲店里帮忙后,沈宝春也没有丢掉玩性,干完活后,骑着摩托车到处飞,戴蛤蟆镜,穿喇叭裤,在别人家门口挂死蛇,专门做恶作剧。母亲张罗着给他找老婆,希望他成家后把心收回来。那一年,沈宝春十九岁。

沈宝春告诉我,他的老婆黄小芳比他大一岁,原来是家里人介绍给三哥的,家里人不知道,三哥那时已经在谈恋爱。知道之后,家里人便想将黄小芳介绍给沈宝春。讲起来真是一段奇特姻缘,黄小芳是广西南宁人,她姐姐嫁到这边,她只是过来探亲,没想到探亲变成了相亲。母亲了解沈宝春的性格,她身体不好,躺在床上,将沈宝春叫到床头,对他说,自己没多少时间了,希望去世前能看到宝春成家,有一个叫黄小芳的姑娘,在父亲店里帮忙,让宝春去看看。沈宝春是个吃软不吃硬的人,如果家里强制让他成亲,他一定不干，母亲这么说，倒让他心软了。他去父亲店里一看，果然有一个漂亮的姑娘在帮忙。这似乎便是一见钟情了。

事情就这么定下来了。那时母亲身体情况已经很不好了，家里人为了冲喜，让沈宝春和三哥同时成亲。沈宝春没有反对。婚房简陋，沈宝春也没有意见。沈宝春有意见的是，成亲后，他发现三哥的婚房里有电视机，而他婚房里没有。这不行。沈宝春二话不讲，到三哥房间抱了电视机就走。三哥当然不同意，他讲这电视机是他嫂嫂陪嫁过来的，并不是家里买给他。沈宝春不管是不是陪嫁，他脑子里只有一个道理：两个亲兄弟，同一天成亲，一个有电视机，而另一个没有，这道理到哪里都说不通。这就僵住了。

后来还是父亲拿了五百元给沈宝春，沈宝春拿了钱，到了温州，住在五马街一个旅馆里，在温州第一百货商店排了七天队，终于买到一台十四英寸的金星牌电视机。他抱着电视机，心满意足地回到金乡。

这样的奇事，沈宝春年轻时可没少干。

3

沈宝春二十岁开始自立门户，先是在玄坛庙边摆摊卖油锅、油渣和猪蹄，后来将摊位搬迁到小仓桥。沈宝春开始创业之时，正是金乡小商品起步和发展之际。在这个过程中，沈宝春也在寻找自己的位置和方向。包括他多次搬迁，包括产品的调整，他刚开始是以油锅和油渣为主，猪蹄为辅，后来才逐渐将猪蹄作为主打产品。

最主要的是，沈宝春在店里的位置也慢慢发生了变化，他原来是"绝对主力",黄小芳是"副攻"。后来,"绝对主力"换成了黄小芳,沈宝春变成了"指导"。用黄小芳的话讲:他脾气不好,在店里容易和客人吵架,喝了点酒后更容易吵架。

沈宝春原来对喝酒不感兴趣,他晋升为"指导"后,晚上不用守在猪蹄店里,空闲了很多时间,便跟一帮朋友去打牌。

沈宝春说自己很多坏习惯都是在那段时间养成的,譬如在卡拉OK厅唱歌,譬如打牌。沈宝春是个喜欢潮流的人,他觉得卡拉OK和打牌都是潮流,不跟住就是落伍。当然,潮流也包括社会上其他方面,譬如当时流行的BP传呼机、小灵通、大哥大,沈宝春都要"引领时髦"。这是他从小的习惯。

家里的经济大权掌控在黄小芬手中,沈宝春平时需要钱就向黄小芬"申请"。这可能是他们夫妻的默契,按照沈宝春以前的性格,他不可能将家里经济大权交给黄小芬掌管,可是,如果他来管账,大事小事都要过问,却是烦不胜烦,所以,还不如让黄小芬掌管来得干净。沈宝春和黄小芬生二女一子,儿子沈珠银,现年二十五岁。

关于沈宝春的酒事,坊间多有流传。他是个喜欢喝但酒量并不高的人,最主要的是,他喝高之后会闹事。黄小芬有一次当面笑着劝他,你别喝了酒后又去指挥交通。我后来才知道,她是有所指。她指的是有一次,沈宝春喝酒之后,搬一张椅子横在第五巷中央,第五巷是金乡城内一条很著名的巷弄,金钦治老师就住在这条巷。沈宝春将椅子一横,身体往椅子上一躺,立即造成"交通堵塞"。沈宝春对被堵住的人说,这条路是我建的,如果你们想从这里过去,就把过路费缴来,否则别想过去。这事成为一个街坊笑谈。

我觉得，沈宝春在金乡城内成为奇人，他的性格和行为只占三分之一原因。有三分之一是因为沈氏猪蹄，像他这种性格的人，如果没有一技在身，容易沦为市井无赖。另外三分之一是因为他老婆黄小芬，她在成就沈宝春的同时，也成就了自己，她才是真正的传奇人物。

经常光顾沈氏猪蹄店的客人，都赞赏黄小芬的勤劳。暑往冬来，黄小芬站在店门口忙碌的身影没变。其实，除了勤劳之外，更为优秀的品质是她对沈宝春的爱护和宽容。她深知沈宝春的优点和缺点，也爱他的优缺点，从而将这种爱化作动力，几十年如一日，硬生生地在金乡西门大街街头，站成一道特殊风景。

4

西门大街2号的店面是沈宝春在2006年买下来的，从那以后，沈氏猪蹄才正式"定居"下来。那一年刚好有一场名叫桑美的超级台风，大量房屋坍塌，金乡损失惨重，死了几十条生命。沈宝春记忆深刻。

沈氏猪蹄能够在沈宝春手上成为金乡著名小吃，成为一个符号，他与黄小芬付出了三十多年辛勤的劳动。沈氏猪蹄在他们的手里一点一滴成长起来，他们一家因为沈氏猪蹄而过上了富裕日子，从另一个方面讲，也丰富了金乡的民间文化。

他们以前的营业时间很长，早上开门，深夜打烊，一天营业时间接近十八个钟头。现在调整了营业时间，下午五点开门，晚上十二点打烊。差不多缩短了十个钟头。现在一天大约可以卖出一百个猪蹄,正月那段时间,很多金乡人回家过年,一天大约能卖二百个。从营业时间的变化,至少可以看出两点:一是沈氏猪蹄的生意确实好,他们不需要再像以前那样长时间营业;二是利润可观,按照沈宝春的说法,每月利润大约五万元,我觉得沈宝春说得有点保守。

有一点是肯定的,沈宝春和黄小芬赚的是辛苦钱,他们店里只雇了一个讲闽南话的女工,帮着端盘和收拾碗箸,其他事情都是他们夫妻亲力亲为,日复一日,全年几乎无休。每一分钱都是用汗水换来的,赚的是世界上最清白的钱。

我前面讲过,沈宝春和黄小芬有分工,黄小芬是"绝对主力",主外,沈宝春"指导",主内。一般情况,主内的沈宝春"指导"凌晨三点多就起床,去菜场固定采购点选好货,购买好家里吃的菜配,然后骑车锻炼,一般骑一个钟头左右,天刚蒙蒙亮,沈"指导"收工回家睡个回笼觉。上午十一点左右,凌晨选好的猪蹄送来了,已经过前期剃毛处理。拿来之后,只需后期稍微处理一下即可。白天的时光,沈宝春野鹤闲云,他有手机带身边,但基本不接听,要找到他,得碰运气。我有次去找他,在门口等了半个钟头,才见他从外面悠然回来。还有一次约好去他家碰头,遍寻不着,后来是黄小芬帮我找到他,他居然躺在隔壁厅堂的沙发里呼呼大睡。真是神仙一样的逍遥自在。下午三点半左右,沈宝春会准时出现在西门大街2号沈氏猪蹄店,这时离营业时间还有一个半钟头,沈宝春有大量工作要做,他得保证黄小芬五点钟可以正式营业。沈宝春对该项工作抱有极大的信心,他确实做得很好,有条不紊。我有一天下午四点半专门去西门大街2号看他,他已经将店里店外收拾得一尘不染，我特意用脚在地板摩擦一下，脚下发出清脆的吱吱声。锅里的水已经沸腾，锅上架着蒸笼，蒸笼里的猪蹄正散发出诱人的香味。沈宝春一边和我讲话，手里的活没有丝毫松懈。

沈氏猪蹄能够在金乡成为名牌，肯定有其深刻的社会原因，而这其中，除了沈宝春之外，必定有黄小芬一份功劳，甚至是重要的功劳。当然，整个社会经济发展的大环境是沈氏猪蹄成功最大的外因，沈宝春自立门户之时，恰逢金乡经济飞速上升，金乡人的生活水平节节升高，这从一定程度上带动了沈氏猪蹄的发展。如果金乡的社会经济依然停留在沈宝春父亲那个年代，即使沈宝春有强于父亲十倍的手艺，也未必能成就这一份事业。

在我与沈宝春的接触中，他身上多有异于常人之处，其中之一便是不按常理出牌，在他的思维里，大概没有一成不变的模式，他要办一件事，必定是按照他的方式来。沈宝春向我透露了一个"机密"：为什么他家的猪蹄不会油腻？因为别人的猪蹄是用高压锅打出来的，而他家的猪蹄是用蒸笼蒸出来的，在蒸的过程中，处理掉了油腻。这只是原因之一，另一个原因是他家猪蹄里添加了从广西专门运来的药材，至于是什么药材，沈宝春没有告诉我，他表示这才是沈氏猪蹄的独门秘籍。

小镇歌唱家史秀敏的现实与理想

1

史秀敏生于 1982 年，她说自己从小喜欢唱歌，小学开始便是班级文娱委员，学校有什么唱歌比赛都派她参加。我问她，是不是那时便埋下当歌唱家的种子？史秀敏否认说，当时唱歌完全是爱好，可能有点天分，受到一些鼓励，便一直唱下来了。史秀敏的掩饰，大概出于不好意思，或者说，是现实和理想的差距，让她不愿承认当时有过这样的梦想。我能理解她的心情，如果换成我，估计也会和史秀敏一样的反应，因为金乡镇太小，小到几乎整个小镇都是熟人，绕几个弯便可以攀上亲戚，在这样的环境里，怎么好意思说自己想当歌唱家呢？还有，金乡镇太偏僻了，偏僻到几乎到了世界的边沿，歌唱家都是生活在北京、上海等中心城市，至少也要在省城杭州，因为那里有歌厅，有舞台，有鲜花和掌声，而在金乡这样偏僻的弹丸之地，唱歌给谁听？谁会来听她的歌唱？最主要的，还是史秀敏生活的环境，虽然是一个建制六百多年的古镇，有着深厚的历史和文化，可是，近四十年来，金乡是以经济为人所知的，经济发展成了所有人生活中的头等大事，甚至是唯一的大事。毫无疑问，经济的发展已经是大部分中国人的头等大事，也是大部分中国人衡量人生是否成功的唯一标准。而在金乡这个古镇，可能是地处边陲，人多地少，有太多的饥饿和贫穷的经历和记忆，人们对财富的渴求显得尤为迫切和猛烈。所以，在1978年改革开放后，金乡人四处出击，以饭菜票、徽章、证册以及商标为产品的乡镇企业四处开花，一跃成为温州地区第一个年产值超亿的乡镇，金乡人成了温州最富裕的人。经济是社会的基础，这个基础是坚实甚至是生硬的，是用数字堆砌起来的，是可以触摸的。而艺术是虚无缥缈的，是用来感受的，于现实而言，并无直接益处。所以，像当过文艺兵的陈加枢，在当不上文化馆舞蹈创作干部之后，只能面对现实，去山西跑供销，在经济活动中寻找与艺术的结合点。史秀敏在这样的社会氛围中长大，即使有梦想估计也难以启齿。

2

读高中时，史秀敏才开始接受专业的音乐训练，因为她想考音乐学院，以后从事与音乐相关的职业。这是一个名正言顺的理由。十八岁那一年，她顺利考上温州师范学院音乐系，进行了两年系统的乐音学习和训练。二十岁的她从温州师范学院音乐系毕业，回到小镇，成了金乡镇第二中学一名音乐老师。史秀敏在金乡工作之后，结婚、生子，每天为日常事务奔波。他的爱人是同行，在另一所学校任教务主任，是个办事能力很强的男人，将家庭经营得很好，不用史秀敏担心经济问题，让她没有后顾之忧。在学校，史秀敏是好老师，不断获得教学荣誉，深受学生喜欢。在家里，她是好妻子好母亲，家庭和睦，生活富足。她还是苍南县政协委员，对于一个小镇的音乐老师来讲，是一项不小的荣誉。

史秀敏与人不同之处是她有一个音乐梦想。对于一个有音乐梦想的人来讲，一个面积只有八十四平方公里的小镇显然过于狭小。2002年温州师范毕业后，她刚到金乡二中报到不久，便得到一个去北京进修音乐的机会，时间是一年半。史秀敏做通了家人的思想工作，让她感动的是，她的想法也得到学校的支持。

北京学习结束后，一部分同学选择留下来，成为"北漂"。史秀敏选择回到金乡，因为她离开之前，答应学校回来。我想，史秀敏当时肯定也犹豫过，她肯定知道回来意味着什么，不说放弃梦想，至少是放弃做一个纯粹的艺术家。留在北京，虽然未必便能成为纯粹的艺术家，至少是一种希望，一种生活状态。选择回到金乡，可以讲是兑现当初的诺言，也可以讲是史秀敏的人生选择。她在北京和金乡之间选择了金乡，等于在漂泊和安定之间选择了后者。

回金乡的生活是可以预料的，相对于北京而言，金乡是一种坚实的世俗生活，每一个人生环节是固定的，按部就班，上班下班，成家立业，生儿育女，人情往来，社会应酬，一环紧扣一环。这些环节史秀敏一个也没有漏掉，当然，她也没有觉得这有什么问题，这就是生活，就是世俗人生，她理解并且享受这种人生。可是，问题便出在"可是"这两个字上，有时候，在与朋友欢聚的间隙，突然会有一种深深的失落，这种失落使她深感孤独，在人群之中无所适从，不知道自己到底想要的是什么，更迷茫于何去何从，好像天地间只剩下孤零零的自己。

当然，这些年来，她没有荒废了专业，她先后获得了苍南县优秀教师、温州市学科骨干教师、苍南县文化先进工作者、浙江省千名群众文艺骨干等荣誉称号。她也参加了金乡和苍南县很多文艺晚会，得到很多积极的评价。可是，越是如此，她内心的遗憾越大，像个迷路的孩子，找不到家门，甚至不知道自己姓甚名谁。

3

史秀敏知道，她的遗憾和迷茫与音乐有关，与理想有关，与曾经的梦想有关。但她又是一个对现实有清醒认识和认同的人，她知道现实对自己的重要意义，甚至享受现实对她的馈赠。可是，即使如此，那种突然而至的孤独感还是深深刺痛了她，让她挣扎着想从坚硬的现实里拔地而起，脱离地面，做短暂飞翔。

史秀敏的想法首先得到她爱人的同意，也得到儿子的支持，她找到浙江音乐学院的老师，在老师的指点下，她从原来的美声唱法改为民族唱法。史秀敏说，这种改变是她之前没有想过的，如此突然，又如此让她惊喜。她说自己虽然还未能完成这种改变，但已感受到这种改变对于她的意义，这种改变在某种意义上让她重新认识自己，认识自己身上所隐含的力量，也从某种程度上提升了她对音乐与自己关系的认识。

有了这种认识之后，她在老师的帮助下，参加了第三届浙江省群众歌手大赛，2017年9月，她过关斩将，最后拿到大赛铜奖。之后,又取得了杭州市三江歌手大赛优秀歌手称号。

我听过史秀敏自己录的参赛歌曲,也见过她在舞台上的演唱视频,音乐里的史秀敏与现实中的史秀敏有很大的反差。在现实中,史秀敏是清秀的、娇小的,是笃定的,是和现实达成和解的,她将所有锋芒收敛起来,精明中带着懵懂,世故中透着天真。可是,舞台上的史秀敏是锋利的,是霸气的,如一头猛虎,气贯长虹,似乎那个小小舞台容纳不了她的身子和歌声。那是另一个史秀敏,可能也是她想象中的史秀敏。

自从重新拜师学艺后,史秀敏说以前突如其来的焦虑感减少了,生活变得忙碌而充实,她现在三地跑:金乡、灵溪、杭州。金乡是她的家乡,是上班的地方,也是她的家。儿子现在灵溪读书,她在县城灵溪安了另一个家,下班之后,她得赶到灵溪,照顾上初中的儿子。周末赶去杭州,去浙江音乐学院,去寻找她的理想。所以,她说自己现在是个"飞车手",前段时间她因超速被扣超过12分,驾驶证被吊销了,现在是个无证之人,不能开车。

但我可以看出来,史秀敏对目前的生活状态是满意的,对这种忙碌是享受的。她对未来充满信心和期待,因为她在音乐中找到了自我,找到了实现理想的可能。

缪存钿面对失败的勇气

1

我在南门外鑫福养老院见到缪存钿,他住在大门进去左边最里边。一个房间两张床,和他同住的是他老母亲。

我进去时,他正盘腿坐在床上。因为事前知道我的来意,他对我点点头,让我自己找椅子坐下。我知道他下半身瘫痪,无法起身,而且,以他当下的状况,内心肯定是不愿意见我的——谁愿意将不完美的人生展示给别人观看呢?他愿意见我,当然是因为带我去的人的面子。带我去的人叫林仙仙,是我朋友陈彦柏的妈妈,她和缪存钿是小学同学。更主要的是,缪存钿和陈彦柏爸爸也是小学同学,还是盟兄弟。缪存钿住在养老院,林仙仙常来探望,每一次都会带些他喜欢吃的食物过来。他们是贫贱之交。

缪存钿梳着大背头,他的头发依然茂盛、乌黑,看不见银丝,梳理得近乎一丝不苟。可见是精心打理过的。不过,我想,这大约是他的常态,因为他衣着干净,一点不像长期不能站立的人。他讲话声音洪亮，中气十足。如果之前不知道他身体有疾，他给我的感觉是一个精力充沛、乐观积极的人。

了解缪存钿的人都认为，他确实是个精力充沛、乐观积极的人。也正因为他拥有这种精神，他才不甘沉寂，锐意拼搏。即使遇到意想不到的打击，他也并没有将不幸变成余生的口粮，而是积极面对，寻找各种可能，奔跑在时代前列。正是这种奔跑，才使他的人生变得与众不同，变得风起云涌。当然，每个人的成与败、得与失都可以在事后找出诸多理由，也可以在每个人的性格里找出各种早就预埋的迹象。缪存钿在回忆往事时，也会分析成败原因，但我从他的神态和口气里感受到，他没有埋怨任何人，他坦然对面失败，独自面对残局，即使他明知这个残局无法破解，也绝不退缩。这是缪存钿给我最深刻的印象。

2

缪存钿生于 1950 年，1969 年去黑龙江支边，曾经和叶文贵一起在七台河农场办铁锹柄厂。1970 年，他和妻子韩秋英结婚。次年大儿子缪新宇出生。

缪存钿记得很清楚，出事时间是 1975 年 5 月 12 日，他在七台河新兴煤矿发生事故，被送往医院，医生诊断为腰椎压缩性骨折。这个诊断结果意味着他将面对下半身瘫痪的事实。

如果没有这场事故，缪存钿大概会像叶文贵一样，在 1979 年前后返回金乡，落实一个工作，或者，像叶文贵一样，放弃工作，自主创业，成为一个企业家，过上正常的生活。当然，这个世界最严酷和虚妄的一个词便是如果，如果一词犹如梦幻泡影，一触即破。现实的状况是，缪存钿因为下半身瘫痪，于1976年返回金乡，因为致残，无法工作，每月领取五十元的安置费。

缪存钿承认，对于当时的生活水平来讲，每月五十元的安置费已属不低。可是，随着第二个儿子缪新元的出生，家庭各项开支逐渐增多，负担越来越重。不过，最主要的原因是，缪存钿是个闲不住的人，是一个静下来就难受的人，他不满足于现状，不甘依靠每月领取五十元安置费打发日子。对于他来讲，这便是虚度光阴。

此时，已是他返回金乡五年之后。他眼看着朋友们在忙活着各自的生意，看着他们奔向无限光明的未来，他按捺不住了，虽然失去了双腿，但他的双手还在，他愿意用双手，打拼出一个属于自己的未来。更主要的是，他内心有一个强烈的愿望：他预感到社会正在发生巨大的变动，而他不愿意在历史性时刻坐以待毙，他希望体现自己的价值。

3

缪存钿的创业起点很低，他清楚自己身体有疾，只能选择力所能及的事情来做。他刚开始做的并不是金乡当时最热门的包装印刷，而是开了家织毛线衣的小店，后来还开过服装店。属于过日子的小生意。1984年，他转行开铝板店，因为金乡有很多徽章厂，需要大量的铝板。他从路桥购进铝锭，运到江西赣州铝板厂加工成铝板，再运回金乡，卖给金乡大大小小的徽章厂。

他的第一桶金源于铝板生意。1988年6月份，他得到一个消息，接下来铝板可能会涨价。消息真假不知,他决定一试,立即筹钱购买了一百多万元铝锭库存在赣州铝板厂,需要多少,电话通知他们加工多少,然后发货过来。果然,在此后一段时间里,铝板价格一路翻滚上涨,到1989年6月份,他将库存的铝板全部卖光,赚到了翻倍的利润。

1992年,东门外的金乡第一工业区开始筹建,缪存钿认购了两亩。地是认购了,资金也不缺,但他当时并不知道办什么工厂。后来他看到金乡的包装印刷用料是纸,突发奇想,能不能将纸换成铁皮做成各种盒子?他行动不便,就让大儿子缪新宇去了解情况,缪新宇反馈回来的情况是,温州地区没有这样的工厂,但福建莆田、上海、江苏南通有搞铁皮印刷的印铁机。缪存钿当机立断,在1993年成立了温州印铁实业有限公司。缪存钿告诉我,这是温州地区当时第一家印铁公司。到了1997年,他将公司改名为浙江印铁实业有限公司。2002年,他与人合股,在上海奉贤买地五十七亩,成立上海美高金属包装有限公司,注册资金一千万元。

4

缪存钿事后回忆,在2007年之前,他的两个企业都是运作良好的,虽然浙江印铁实业有限公司在1999年出了点资金风波,不过,很快在亲戚朋友的帮助之下安稳渡过。

缪存钿没有细讲自己当年企业做得如何成功,以我在金乡的侧面了解,他是当时金乡做得最成功的企业家之一,别的不讲,他在上海就拥有四套房子。

缪存钿说他这辈子遇到很多好人、帮助过他的人，这些人给他温暖，也是促使他努力回报社会的动力之一。所以，在他有能力回馈社会和帮助别人时，他毫不吝啬这种能力。我在金乡一年多时间，提起缪存钿，只要知道他的人，都说他是一个大好人，是一个热心社会公益的人。我甚至在网上找到一段他的话，他说：我不为谁，将来所有的财产都是社会的，人民的，国家的。

2018年7月20日在金乡南门外鑫福养老院见到他时，我将这段话念给他听，他表示忘记是何时何地说过这话，但肯定说过这话，当时讲的时候是真心的，这种真心保持到现在，甚至将来。

从外在因素来讲，缪存钿事业的滑坡跟两个人有关。

第一个是他的侄儿缪新春。缪存钿说，他先是将侄儿带到上海，想让他在上海开展业务。待了三个月，侄儿联系了一个国外进口废旧膜回收项目，回到金乡办工厂。他筹集资金让侄儿去采购机器，侄儿却跑到澳门赌博。回来之后，他只是让侄儿写下以后不再赌博的保证书。缪存钿说，许多人提醒他，叫他不要相信侄儿，可他依然选择相信，侄儿说做什么项目，他依然筹钱，前后给侄儿花了将近一千万。

第二个是他浙江印铁实业有限公司的员工黄君燕。缪存钿说，2011年，黄君燕介绍了湖南张家界一个铁矿，他身体不方便，不能长期在张家界，委托黄君燕全权负责。到了2013年，由于房地产滑坡，铁矿没有销路，被迫停产。这个铁矿前后投了三千多万，加上利息，共六千万左右。

这两次投资失误，直接导致缪存钿的溃败。他已没有能力分解欠下的债务，只好做了一个决定，将金乡的公司给了大儿子，上海的公司给二儿子，他们两人负担三千五百万债务；余下的三千五百万，由他承担，用余生去偿还。

5

我一点都不怀疑缪存钿两个儿子偿还债务的能力（他的第三个儿子缪新建由于没有继承财产，没有分摊到债务。听说缪新建现在自办公司，在网上卖手机），我听说，金乡和上海两家企业目前经营状况良好，两兄弟做事兢兢业业，拥有良好的口碑。我唯一不能确定的是，缪存钿的余生能否将三千五百万的巨额欠债还清。他年近古稀，双腿行动不便，即使历史再给他一次东山再起的机会，他还有能力走上历史的潮头吗？但是，我非常敬佩缪存钿勇于承担失败的勇气，在我与他的沟通中，无论是他的神态还是他讲话的口气，都是乐观的，丝毫没有给失败寻找不恰当的理由和借口，更没有将失败归咎到某个人身上。如果有的话，他说那个人便是他自己。

他也讲到，曾经有朋友愿意站出来替他协商调解债务，按照一定比例偿还。但他婉拒了朋友的好意：一是他觉得按比例偿还，心中依然是个亏欠；二是他现在手头确实没钱，难以填补那个巨大窟窿；三是他相信自己还有机会，或者说，他依然不愿意放弃偿还债务的意愿和义务。

我问过缪存钿，以他的人生经历和感悟，如何看待中国近四十年的变化。他略作沉思，将目光移向别处，轻轻地讲：以前的人简单纯粹一些，现在的人复杂善变，让人捉摸不透。

因为有了对他人生的了解，我大致能够理解他这句话的意思和所指。可是，即使他在讲这句话时，态度也是平和的，脸上依然挂着微笑。

我起身离开前，缪存钿拿了两个塑料罐给我，里面装有褐色的液体。他告诉我，这是他近几年潜心研究的药酒，可以治疗风湿病、腰背痛、肩周炎、颈椎病、关节痛、皮肤病、四肢麻木、跌打损伤、青春痘、脱发等等。配方是张家界一个师傅给他的，他已在自己和众多亲友身上试过，疗效显著。我问他一瓶药酒卖多少钱？他笑说，这药酒是用来赠送的。这是他回报社会的一种方式和手段。

在交谈过程中，缪存钿的母亲一直坐在另一张床上，偶尔站起来整理衣服，然后轻轻坐下，直到我离开时，她脸上一直挂着和缪存钿一模一样的笑容。我事后一直在想，那是一种什么样的笑容，如此安详和透明，如此淡定和坦然。我更进一步地想，他们的笑容为什么会如此葱茏，如此茂盛。我想，他们身上一定有一种世间稀有的精神，这种精神使他们面对任何挫折、遇到任何困难，都会乐观面对，勇敢生活。

我猜想，他们心中一定有一片安宁而青翠的草地，那里山柔水静，云停树梢，人种牛耕，炊烟袅袅。那是一片人间仙境，也是一处世界乐园。

缪存良的世界和缪新颖的格局

改革开放以来,在温州近四十年经济发展中,柳市和金乡是两个无法绕过去的地方,这两个地方的代表产业——低压电器和印刷包装是温州经济的两面旗帜。

从某种角度讲,这两个地方走出来的企业家也最能代表温州,他们胸怀天下,脚踏实地,身上既有温州人敢为天下先的勇气,也兼具了务实求精的企业家精神。

从金乡走出来的缪存良便是这样一位企业家,诚信、睿智、谦逊、低调,白手起家,经历了四十年的厚积薄发,千锤百炼,打造出国内离型材料的龙头企业——新丰集团。

缪存良自述

1

我十三岁做童工,十七岁跟叔叔去县城当了两年学徒,学的是印刷技术和发业务信。我一直记得金乡发业务信的师傅叫包帮宗先生，是金乡第一个发业务信的人，后来，我将发业务信的作用"发扬光大"。

1971年，永嘉瓯北的和一文具厂聘请我去当厂长，和一文具厂主要生产幼儿教材，当时给我的是月薪七十元，在那个平均月薪只有十多元的年代已经算是高薪了。我在和一文具厂当了六年厂长，直到1976年，母亲让我回到金乡。母亲当时在百货商店上班，而我帮百货商店创办商业福利厂，解决职工子女的就业问题，福利厂主要做饭菜票等印刷品。

我在金乡福利厂上了八年班，福利厂的产品都是通过业务信推广的，那是我发业务信最多的一段时间，这段时间让我深刻地明白，当你专注做一件事时，一定会有回报。

那时，我对全国各地的单位信息特别敏感，只要看一眼，立即记住，回家记在专门的通讯本上，最多时候，我手头有十万多个单位和地址。一般业务信的回信率不到百分之一，而我达到百分之五。发业务信成为我当时的看家本领之一。

2

男人三十而立，在我还不满三十岁的1983年，凭借业务信的多点开花，我已攒下六十多万积蓄，那个年代万元户都是极少的，这笔钱算是巨款了。也是在这一年，我和一个朋友筹办金乡涤纶塑料厂，遇到了人生的第一个考验。

启动资金有了，销售推广又是我的强项，唯一让我担心的是当时的政策不明确。那段时间政府正在抓投机倒把和割资本主义尾巴,听说柳市出了"八大王事件",很多做生意的人被抓进去了。到底办不办工厂成了我的心病,心里既有非常强烈的办厂愿望,又担心巨大的政策风险。

思考再三,办厂的决心还是战胜了顾虑,铤而走险创办了金乡涤纶塑料厂,这是真正由我创办的第一家工厂,生产塑料制品。1984 年开始生产,一直到 1988 年转产,工厂转产的主要原因是我与合伙人的经营理念开始产生分歧,他倾向于过安稳日子,将工厂所赚的钱按比例分了,而我一心只想扩大生产,将企业做强做大。多次商讨之后,我们决定扩股,由原来的两位股东扩展到五位股东,工厂主要产品也由塑料制品转为不干胶离型纸。

3

1988 年年底,我们五位股东每人出资二十万元,正式将金乡涤纶塑料厂更名为苍南县新丰复合材料厂,由我担任厂长。工厂经营半年多市场打不开,生产的不干胶底纸没有销路,严重亏损,工厂负债累累。在这种情况下,几位股东的思想开始动摇了。我觉得这样下去不是办法,做企业最重要的就是大家要有信心、有共同的目标,股东心不齐、志不同,企业肯定没法良好发展。所以,开股东大会时,我提出,再这样下去我们企业会无法生存,让某一个股东来接手,其他股东退出是目前最好的办法。

在严峻的形势下,企业又欠了那么多债,根本没有人愿意接手,我便提出由我接手,我愿意接下企业所有债务,并且承诺在半年内将其他四位股东的本金和利息一并还清。其他股东见我开出这么优厚的条件,一致同意让我接手。

其实,我当时接下苍南县新丰复合材料厂所有股份时,心里也是没底的,接下来下半年经济萧条,工厂没业务,出现持续亏损,我早些年赚的钱已经全部亏光。

回想起来,那真是一段艰苦奋斗的日子。当时我向所有亲戚朋友借了能借的钱,厂里还有五十多个工人,货款、工资、费用,开销每笔都不能少,当时真是急得焦头烂额。1989 年是我人生最困难和最为关键的一年,如果没有撑过来就没有现在的新丰集团。

1990 年开始,我给工厂定了两个发展方向:一是开拓业务渠道,二是开发新产品。同时也制定了延续至今的企业文化十六字方针:以信为本、以诚待人、以新拓展、以质取胜。下半年开始,市场逐步打开,工厂走出困境。到 1991 年工厂进一步发展,当年产值超千万,成为当地最大的企业之一。

4

1994 年,当时的龙湾扶贫开发区领导希望我去投资,经过综合考察后,后来选择了温州经济技术开发区,以每亩十七万元的价格,征地十五亩,成立了温州市新丰装饰材料有限公司。1995 年公司投产后,我对当时的市场有一个预判,认为房地产市场即将兴起,必将带动家装行业,所以,温州市新丰装饰材料公司一开始是生产木地板和三聚氰胺复合板。可是,我忽略了一点,当时该产品所用材料和市场都不在温州,温州没有任何产业链优势。1999 年我决定放弃木地板和复合板项目，引进先进设备，开始生产环保型的离型纸——格拉辛纸。

现在回想起来，在温州经济技术开发区办厂，也算是企业整体布局的开始。我希望企业走得稳当一些，根据我的思路和节奏一步一步发展，步伐可以跨得小一点，但不能停下来。我觉得这一步迈得很好，使新丰的产品辐射到整个长三角地区，为新丰日后的发展打下了坚实基础。

5

2000年，为了满足珠三角的广阔市场需求，我在广东佛山成立了南海新丰复合材料有限公司。公司前期都是租用厂房，直到2003年才买了五十亩地建厂，南海新丰主要产品还是高端离型纸和离型膜，直到现在，南海新丰已经稳步发展了十八个年头，并衍生出肇庆新丰环保材料公司、肇庆新盛复合材料公司，三家公司合力形成了新丰在南方地区的根据地。

2004年成立温州新文进出口有限公司。这里面有一个小插曲，我的女儿名叫缪新闻，当时公司取这个名字，用的就是她名字的谐音，现在，这家公司就由女婿陈德慧经营。

成立新文进出口公司的初衷是希望将新丰公司的产品销往世界各国。经营公司和做人一样，要在"专"和"广"之间做好平衡，除了新丰公司的产品，目前进出口的产品还有纸张、文具礼品、家居装饰、建材产品等。

新文进出口公司既是新丰旗下一家子公司，又有自己独特的文化，在女婿的带领下，公司走出了电商和外贸结合的路线，成绩斐然。

6

2006年，儿子缪新颖提前一年从加拿大工商管理学学士毕业，回到温州，我对他的期许虽然没有讲得很明白，但他未来接班新丰是势在必行的。

儿子他们这一辈与我们不同，学历高，见过世面，办事有自己的逻辑思维和方式。可是，新丰创立几十年来，也已建立起企业的文化和行事方式，要改变也不是一朝一夕的事，所以，即使我知道他的很多想法是对的，也不能以他的方式来实施。他在国外所学的管理模式无法在新丰推行，所以他想去上海发展。

2009年，我们在上海松江工业区购置了办公楼，成立上海锡尔环保科技有限公司，开始试水环保领域，主要业务是工业废水、废气的回收和利用，属于环保高科技产业。上海公司组建以后全部交由缪新颖打理，一直到2012年，他回温州准备接班。

从上海回来之后，缪新颖更加成熟，也有了他自己的想法和经营理念。

2011年，我和缪新颖开始组建温州新意特种纸业有限公司，在滨海园区规划了两万五千平方米的厂房，并在2012年正式投产。

原本温州地区已有两家工厂，分别是金乡的新丰复合和经济开发区的新丰装饰，之所以再创办新厂，主要有两个原因：一是做大温州大本营，温州是新丰起家之地，又有完整的产业链；二是希望将新意特纸打造成一个现代化、年轻化的全新企业,生产高端的离型纸产品。

投产至今,新意持续高速发展,很好地和新丰复合、新丰装饰形成互补,相互学习,共同进步,成为新丰在华东地区的铁三角。

时至今日,新丰集团旗下七家工厂,三家公司,员工上千人,年产值超十五亿,领路人缪存良以四十年如一日的事业心和专注力,带领集团稳步前行。

他强调,办企业如长跑,不盲目贪大,不听外界鼓吹,不超负荷发展,扎根专注本行业,服务好市场客户,向外学习持续创新永不满足,向内修炼不断完善自身,力求打造一个客户和员工都高度满意的百年新丰。

缪新颖:父亲是榜样,硅谷钢铁侠是偶像

1

我是在缪存良办公室访问的缪新颖,缪存良大约是有意给我们留出空间,说自己有午睡习惯,到办公室后面房间休息去了。

缪新颖就坐在他父亲刚才坐的位置上。他们的五官是如此相像,几乎是一个模子印出来。可是,他们又是如此不同。缪存良刚才的坐姿略显拘谨,身体微微前倾,双腿并拢;而缪新颖坐在那

里，双腿岔开，身体略略后仰，脸上带着自信的表情。

从他们的坐姿可以窥见不同的心态。缪存良是第一代创业者，白手起家，养成了谨慎的习惯，养成了不显山露水的秉性，而缪新颖生于1982年，留学加拿大，他没有经受过父亲创业的艰辛，更多的是坐拥父亲为他打下的大片"地盘"，他要做的只是如何将这片"地盘"做强做大做出他的气质和格局。所以，缪新颖的内心虽有焦虑，但更多展现出来的是自信。我觉得这种自信是好的，这是缪新颖和他父亲不同的地方，也是他可能超越父亲的最基本要素。

开始交谈之前，我问缪新颖偶像是谁，我其实有一个预备答案，以为他会像大多数人一样回答，偶像是自己的父亲。可是，他的回答出乎我意料，他说父亲是他的榜样，而他的偶像是硅谷钢铁侠——埃隆·马斯克。我听完一愣，继而一想，也便释然，这个选择是他性格的体现，也是他思维方式和行事风格的反映。这就是缪新颖。

我觉得，讲出这句话时的缪新颖是真实的，这句话"暴露"他的内心世界，也"展现"了他的追求。我也因为这句话一下子喜欢上了他，甚至对他刮目相看。

2

2006年，缪新颖提前一年从加拿大毕业回来，他选择自己创业，在新城开了一家公司——温州芒果网络公司，业务主要有三大块：一是C2C，二是ERP，三是帮助其他公司做网站。

我问缪新颖，为什么不进父亲的公司，而选择自己创业。缪新颖的回答极其坚决，他说只有创业，才能对人生有更深的体会，经历使人成长，苦难使人坚强。

我能理解他当时的选择，他刚从外国回来，满脑子的想法和理念想付诸实践。而他知道，这些想法和理念只有在自己一手创办的公司才能百分之百地践行。

网络公司从 2006 年办到 2007 年，缪新颖觉得办不下去了，不是因为亏本，他认为办不下去的原因有两个：第一，兼顾工厂和网络公司，时间不够用，无法全力以赴；第二，温州缺乏网络技术人才，从杭州、上海挖人不现实，挖来也留不住。他觉得这样办下去，芒果网络公司没有出路，他绝不恋战，毅然关闭了创办的第一家公司。

3

关闭网络公司后，缪新颖回到新丰装饰公司上班，主要负责人力资源。缪新颖说，他在这里最大的感受是：着急，有力使不出。

以缪新颖的学识和逐渐形成的理念，他认为，现代企业与传统企业最为不同的应该是"五化"，即：制度化、流程化、标准化、数据化、信息化。人事分离，绩效考核，明晰奖罚，股权激励。他既然回归父亲的企业，便想有所作为，将"五化"的管理引入企业，在他的主导下实施起来。

可是，缪新颖很快发现，他的理念很难实施，因为"五化"的前提是执行团队，职业素养和文化，而像新丰这类的传统制造型企业，大部分都是经验型员工，大学学历的都凤毛麟角，懂产品，懂生产，但对制度化的管理都很陌生甚至排斥。

如他所说，只要企业是正常稳定地发展，他也无意非要扭转一些根深蒂固的惯性，除非是原则问题。另一方面的阻力，大约来自父亲缪存良。实事求是地讲，缪存良完全赞同他的理念，甚至可以讲是欣赏。可是，缪存良有他的历史因素和感情因素，更有他的处事方式，这些员工都是跟他一起"打天下"的"老将"，双方都已经习惯了对方的工作方式。

既然不能实施自己的理念，缪新颖果断选择"出走"。他要离开父亲，去上海"创业"，"走自己的路"，寻找"一条与父亲不同的路"。

4

缪存良的宽阔体现出来了，他给了缪新颖充裕的空间和时间，其实，他内心的第一需求是让缪新颖待在新丰，尽早让缪新颖接班。但他不急于表达，即使他是那么欣赏自己的儿子。

从2008年下半年到2012年，缪新颖在上海前后打拼五年，参与过金融，组建过社会团体，后来成立了锡尔环保科技公司。

锡尔环保开始致力于工业废水废气的循环再回收，先后也实施了多个案例，将排放在空气中的溶剂气体捕捉回用，将工业废水变废为宝，甚至利用菌渣发酵产生气体发电，他在环保行业中找到了个人价值，却在市场开拓中遇到了瓶颈。

当时面对的情况比较复杂，企业在夹缝中求生存。外资企业门槛高，锡尔作为初创公司进不去。工程类项目又是终身制，后患很多。

有一个项目他跟踪了近一年,甚至飞到新疆伊犁,做了无数努力,在技术标第一名,商务标报价最低的情况下,被项目某领导一句话就给否了,原因很简单,一个名不见经传的民营企业,怎么能做得好?

至此,他选择了回归新丰,走市场经济,用产品说话。

5

在上海期间,缪新颖组建了家庭,他的爱人毕业于中国政法大学,两人是在北京学习外语时认识的。2010年上半年结婚,同年10月份,大儿子缪正韬出生。

缪新颖说,他在上海另一个重大收获是和一群优秀的二代企业家和年轻创业者共同成立"接力中国青年精英协会"。这是一个非政府背景,由"创二代"自发组织的联盟。在缪新颖看来,这不只是一个"富二代的联盟",他说,"接力中国"现在大约有一百六十人,这些人不是外界所谓的"富二代"之流,而是怀有强烈使命感的一批人。他们因为父辈各有建树,而倍感身怀重任。他们更愿意承担起这份重任,将父辈创下的基业引领到新的高度。

在我看来,缪新颖的上海之行,收获最大的应该是他作为一个企业接班人的格局,特别是参加了"接力中国"之后,他在众多优秀的同龄人身上看到世界之大和自身的不足。更重要的是,他明白了父亲创办的新丰对于他的意义,以及自己即将传承和创新的方向。

正因为有这样的认识和格局,我才不诧异于缪新颖将埃隆·马斯克作为自己的偶像。硅谷钢铁侠敢想敢做,每个创业项目,都是为了改变世界。

年轻的企业家和创业者应该抱着为改善世界,寻找更美好未来的发展观做事业。如果不能为社会创造价值,那么这种赚钱的方式就没有意义,缪新颖说。

手记:一对父子,两种风格

在我眼里,缪存良应该是个很会应酬的人,他个头不高,话也不多,大多时候,很得体地听人讲话。可是,只要他一开口,讲到他的企业,讲到企业的发展以及如何善待员工,讲到企业的社会责任,他都有独到见解,让人肃然起敬。但是,缪存良跟我讲,他不善于跟人打交道,甚至是害怕与人打交道。他也不喜欢应酬,更喜欢做的是专心经营企业,业余时间看书、写字。我想,他之所以给我这种错觉,大约是因为谦卑和谨慎,他们这一代企业家,千锤百炼,近乎得道,即使内心汹涌澎湃,表面依然波澜不惊。

而缪新颖给我的印象是会应酬,但不愿应酬。他有自己的世界观,并且,他愿意将这个世界观锐利地呈现出来。缪新颖告诉我,他在温州几乎没有应酬,浅层次的社交,不如在家多思考、多陪孩子家人,高规格的活动和专业性行业的会议才是最好的学习机会。

我想,这大约是缪氏父子的区别所在,缪存良作为那个时代创业的企业家,会因为各种社会因素委屈自己,包藏自己的"不愿意",而缪新颖则将这种"不愿意"准确地呈现出来,他根本不想委屈自己,更不怕得罪人。我想,他之所以敢这么做,是因为他有这个底气，更因为他心有格局。我能够想象缪新颖坐在他总经理办公室里的目光和胸中激荡的蓝图。

一对父子，两种风格。一个暗藏玄机，一个毕露锋芒。

附录：金乡风物

金乡的庙

　　金乡城内多庙宇。据说原来有二十三座，目前有关帝庙、土地庙、三圣庙、晏公庙、王孙庙、杨府庙等二十来座。著名的有玄坛庙、城隍庙、东门大庙三座。在金乡人的民间信仰中，每年正月初一要去这三座庙烧香，祈求新岁平安多财。

　　有意思的是，三座庙里的驻庙神灵分工明确。主题相当突出。

　　东门大庙主管生。位于东门狮山脚下，依山而建，供奉的主神是英烈大帝。英烈大帝原为地方官员，因他生前竭尽全力保护百姓生命，金乡百姓感念他的恩德，为他造像立庙，将英烈大帝九月十五的生辰作为庆典的日子，举办每年一次的庙会。这是一个多么朴素的理由、愿望和行为，有人尊重并保护了我们的生命，我们便尊他为神灵，并将生的希望托付给他，用众人的双手和信仰，将一个活生生的人塑造成神。

　　城隍庙主管死。位于凤仪街，始建于明初，门口有大匾书"到此方知"四字。我曾多次经过此处，没有入内。2018年7月21日清晨，我在城内闲逛，突然起意，抬腿跨进城隍庙那高高的门槛。金乡城隍庙共三进，回廊幽深，一进比一进深广。我进入最后一进时，发现里面聚着几十个人，有的烧香，有的谈话，有的饮茶，有的闲坐发呆。城隍庙在别的城市并不少见，供奉的是主管人间阴司冥籍的神灵城隍爷（民间俗称阴间父母官）。而各地供奉的城隍爷各不相同，因为民间传说中，城隍爷是有任期的，《聊斋志异》里多次出现有任期的城隍爷，所以，各地选择谁做城隍爷来供奉，完全由民间自主决定，不需官方发文任命。譬如西安的城隍庙最早供奉的是纪信，后来改为后稷；福州供奉的是抗元英雄陈文龙；上海是秦裕伯；北京是文天祥；杭州是周新。不管是谁，有一点是肯定的，在民间看来他们都是正直无私的神，民众才愿意将生死交接的时间点交由他们来判定。

玄坛庙主管财，供奉的主神是玄坛真君赵公明。赵公明是民间传说的天下四大财神之一，其他三位分别是：子贡、范蠡、关羽（也有一说是比干）。赵公明手下有四位正神：招宝天尊萧升、纳珍天尊曹宝、招财使者陈九公、利市仙官姚少司，一听名字和封号就知道，他们的职业跟钱财和生意有关，是"肥缺"。

我最早知道赵公明和他部下四神，是因为《封神演义》。在书中，赵公明是闻仲闻太师从峨眉山罗浮洞搬来的"救兵"，专门对付燃灯道人和姜子牙，属于"助纣为虐"的反派人物。赵公明道行了得，一出场便用定海珠将姜子牙打个半死，还将黄龙真人、赤精子、广成子、玉鼎真人、灵宝大法师五位上仙打伤，又用缚龙索将黄龙真人抓走，连拥有"无穷妙道"的燃灯道人也拿他没办法。后来在西昆仑闲人陆压的施法下，姜子牙将他的元神拜散，最后"一道灵魂往封神台去了"。更有意思的是赵公明的四个部下，陈九公和姚少司原本便是他的徒弟，"封神"后依然跟随他，实属正常。而萧升却是被赵公明打死的，后来在封神榜里成了"同事"，还是"上下级"，有点尴尬。当然，那是小说，民间自有另一套解读版本。或者，神仙的境界，非我等凡人可以比拟和猜想，他们相处得更为融洽也未可知。

玄坛庙位于金乡卫前大街147号，属金乡城中心位置（城隍庙和东门大庙相对偏僻）。玄坛庙只有两层，奇特之处是，此建筑共有六层，"庙堂"以上属于"凡间"。玄坛庙正门口对着大街，左右皆为商铺。这种环境当然是历史造成的，也与金乡城空间布局有关。不过，我感兴趣的是，坐落在闹市，与商贾为伍的玄坛庙，倒也符合财神的身份和他的应有之义。据《史记》载，范蠡第二次举家迁居之地是山东定陶，当时的定陶乃繁华之地，更是通衢要地，范蠡能够成为当时"天下首富"，应该与他选择在定陶从事经营是分不开的。从此可以看出农耕社会和商业社会一个根本区别：农耕社会属于自给自足的供应模式，对地理要求不高，甚至是没有要求。一个人也可以在深山老林自种自吃；而商业社会是一个互动与流通的模式，要求交通便利，人流密集。促进流通是商业社会一个显著而根本的特征。

　　我不知道金乡当年建造玄坛庙是否出于此意。据我所知，在明洪武二十年（1387）金乡建卫之前，已有玄坛庙。由于卫城是军事要地，原籍民被迫搬迁，同时跟着搬迁的便有玄坛庙，后分为南门外和西门外两座玄坛庙。由此可见，当时民众对财神的信仰与依赖。现在这座玄坛庙据说是官兵在原址上建造的，由此可见，需要信仰和依赖的不只是平民百姓，哪怕是职业军人，也需要在坚硬、冰冷的兵器之外寻求某种若有若无的内心慰藉，何况他们还有跟随的家属。

　　相对于东门大庙的"主生"和城隍庙的"主死"，玄坛庙的"主财"似乎更具现实意义。生和死当然是人生最大的两件事，每个人必须面对。正因为过于重大，反倒显示出形而上的意味来了。而玄坛庙的财似乎是形而下的，是人在生死之间一条无法回避的通道。

钱财的多少，可以直接影响通道的宽窄。

这是不是玄坛庙的香火在金乡特别旺盛的理由？老实说，我不能确定。金乡是"温州模式"的发源地之一，是中国近四十年来经济发展最早、最快的乡镇之一。无须否认的一点是，近四十年来，金乡人对财富的渴求是旺盛的。这种强烈的渴求也是金乡人能开时代风气之先的动力之一，他们想人所未想，为人不敢为。可是，必须说明的一点是，纵观近四十年来，金乡人每一分财富的获得都是辛勤劳动所得，都是"血汗钱"。从历史的角度来看，玄坛庙的香火并不是近四十年才旺盛起来的，早在金乡作为抗倭重镇甚至更早之前便"香火缭绕"了。也就是说，玄坛庙香火的旺盛，与当下的经济发展没有必然联系。

我有时在想，是不是每个金乡人心里都住着一位神灵，这位神灵便是玄坛真君赵公明？或者，每一个金乡人心里都有一颗定海珠，不是用来伤人，而是照亮他们前行的道路？

狮山

如果将玄坛庙看成金乡人精神世界的依赖，那么，狮山大概可以看作金乡人现实世界的象征。这只是我的看法，也许，有人认为，最能代表金乡的建筑是丰乐亭、城墙、护城河、鲤河、南门外义冢，等等等等。这没有问题，每个人的生活经历不同，感情流向不同，对事物的认识当然是千差万别，对事物的依赖有时是毫无理由可讲的。情感的事谁讲得清楚呢。

但是，我访问过近百位金乡人，大部分金乡人对狮山怀有无法取代的感情。

从地图看,整座山呈 M 状,酷似狮子头。与狮山对望的西门,有一座椭圆形的小山包,名曰球山。这是金乡城内唯一的"两座山"。

关于狮山和球山,金乡流传着很多民间传说,版本不同,但有一点是相同的,所有的传说里,以前的金乡是一片海洋,而且,所有的传说中都有一头狮子出现,是一头被贬凡间的神狮。民间传说未必可信,因为它过多地寄托了人们对美好事物的期盼,是个理想产物。可是,民间传说的可贵之处是拥有有迹可循的地理基础。也就是讲,金乡之前是一片大海是有道理的,而狮山的确有狮子的形状。关于金乡原本是一片海洋的传说,史料载,东吴孙权曾在此演练水军,看来不是凭空杜撰。三国之时,温州一带确实属于东吴下辖山越范畴。史料说,山越人好叛乱,难安易动,平时渔耕农作,一旦不爽了,喜欢"暴动",是当时孙权比较"头疼"的一个问题。不仅仅是孙权,这事搁谁头上也"头疼"。

从地理位置看,狮山坐落在金乡城的东北角,几乎接连西门大街和东门大街。狮山之下应该是城墙,城墙之外便是深而阔的护城河了。

我猜想,从某种角度来讲,狮山是金乡城一道屏障。我几乎确信事实便是如此,金乡城是依靠狮山而建的。没有资料表明具体建成者为何人,是谁设计了金乡城的建设方案。史料里所载的只是信国公汤和奉朱元璋圣旨筹建,是个大而笼统的描述,缺少真实有效的历史细节,汤和所决定的,更多的是筑城的战略位置以及兵力的布置,全国有五十九座卫城需要他一一审定,他不可能将工作细致到卫城的具体建设细节。所以，后人无从得知当年建城方案出自谁手，出于何种考虑，为何选择依狮山而建，而我的猜想是，全国卫城的建设格局都是大同小异的（卫城下面还有所，规模更小）。至于为何选择依狮山而建，更多的应该是出于战略的考虑，因为卫城的第一要务便是抗倭。城内如果有了这座狮山，便有了一个制高点，登上狮山，可以望远，远眺海上海寇的活动身影，及时排兵布阵，商讨御敌之法。

从城市布局来看，我觉得有了狮山，金乡城才是一座真正的城池。一座城池如果是"一马平川"，那便是"一览无余"。这是建城大忌，更是一座专门因倭患而建的城池的大忌。温州城始建于东晋，据说设计者是当时著名的风水大师郭璞，他特意将九座山峰围在城内，分别是郭公山（后人因纪念郭璞而名）、海坛山、华盖山、积谷山、松台山、巽吉山、黄土山、仁王山、灵官山。郭璞大师可能没有测算出来，如今黄土山和仁王山已无迹可寻，他当年登高遥望的郭公山，如今只是个海拔只有十七米的小山包。山是越来越矮了，而历史却是越来越悠长，甚至显得波澜壮阔，这真叫人感叹。

纵观中国历史，估计很难找出城内无山之城。想必与中国的风水学有关，与中国人对生活的认识和观念有关。

从人的心理角度来看，居住处需有山，有山有依靠，心里才会踏实。一座城池更是如此，没有高低起伏，就没有波澜壮阔。如果没有山川沟壑，一座城池是不牢固的。

所以，从这个角度来讲，我觉得，狮山是金乡城的压舱石，是定海珠，是金乡建城的基础，是必备条件。而狮山作为金乡城的东西屏障，既起到物理作用，对于金乡人来讲，更起到心理作用——

有狮山在，金乡是安全的，生活在金乡城里的人是安全的。

狮山现在变成公园，每到秋季，山上桂花飘香，游人如织。可是，狮山也有致命的缺点，山上没有水源。狮山临水而居，却因缺水而渴，这是我最不忍见的事实。我想，这应该也是每一个金乡人不愿意见到的事实。

护城河

我第一次到金乡，便被她的护城河迷住了。

据说，金乡是先有护城河再有城的。这点是几乎可以肯定的。如果没有河，哪里会有水？如果没有水，便不可能建城。建城必住人，人是离不开水的。这是基本逻辑，也是基本常识，建城者不会不懂。

我认为值得商榷的地方在于，护城河的前身是何模样。以目前金乡的河网来猜测，六百多年前的金乡是一个真正意义上的水乡，整个平原应是河网密布，四通八达。所以，我们可以想象，在金乡建城之前，四周已有一条天然形成的河网，或宽或窄，或深或浅，当初建城者将地址选择于此，想必也是看中这个天然形成的河网吧。当然，城建成之后，疏浚和修整护城河肯定是必不可少的，也必定是整个建城工程中重要的一个环节。

我第一次去金乡时值傍晚，将行李在宾馆安顿妥当，换上跑步装备，沿护城河跑步。在这之前，我曾开车绕护城河好几圈，已从外围大致掌握金乡地形，分为东南西北四门，四门进去都有一条相应的大街，分为：东门大街、南门大街、西门大街、北门大街。沿护城河是一条可容两车交会的水泥公路，路上车流不息，行人不多，跑步者更少。公路沿护城河而建，只是到了南门，有几幢建筑遮挡住了护城河。相对而言，南门和东门的建筑要杂乱一些，人流量也大。我沿公路顺时针跑一圈，耗时二十五分钟。因为之前开车考察地形时，我打开车里的计里器，沿护城河一圈，刚好四点五公里。我那天跑了两圈，耗时五十分钟。这正好是我平时跑步的运动量。

从这个数据可以看出，金乡城真是不大，也可以印证，当时建设此城，完全是为驻兵抗倭，城中不容百姓居住。

相对于南门和东门建筑的杂乱，西门和北门的护城河要宽阔得多，河水也深得多。我没有下水试过深浅，但从河水的颜色相比较，西北这段护城河河水的颜色要淡一些，而东南那段的河水显得更绿更稠，肉眼都能看出来，这段水质不如西北那段。据年纪大一些的人讲，金乡原来最大的码头在北门，最繁华的时候，码头上各种船只穿梭来回，几乎覆盖整个河面。通了公路之后，水路逐渐萧条，直到最后被废弃。

我原来见过，北门的护城河上有一座河心岛，杂草丛生，无依无靠。护城河里曾经有过一条小木船，我每次路过，那条小木船都是孤零零地泊着不动，似乎是被人抛弃了。想必那条小木船是用来上河心岛的，河心岛既废弃，小木船便也失去了它存在的意义。

似乎，小木船和护城河都被人遗弃了，成了无家可归、无人过问的孤儿。或许，从更大的层面来讲，它们是被时代遗弃了，成为"历史的遗迹"。

然而，我知道，这只是表面现象。我前面讲过，第一次到金乡便被护城河迷住了，这并不是一句空洞的感叹。我以我的人格保证：我去过全国各类城市，拜访过数以千百计的城池，也见识过面目各异的护城河，我认为，金乡的护城河是最完美的，或者，我可以谦虚一些，换成另一种说法：金乡的护城河是最有气质的。我觉得她的气质是妩媚，是婀娜，是贴近人心，像一个美丽的女子对你作春风般的微笑。是的，因为历史的原因，因为功能的原因，也因为它本身要表达出来的姿态，更因为与城墙之间早已形成的默契，我所见到的护城河，都是一本正经的，都是板着面孔的，透着寒气，一副拒人于千里之外的神态，装出一种近于神圣的面孔。只有金乡的护城河，她没有任何伪装，她一开始便以真面目示人，她是亲和的，是温婉的，是可以商量的，是可以与你在生活中嬉笑怒骂的——她有一股让人温暖的人间烟火味，充满温情，叫人挂念。

我认为这是金乡护城河最为独特的地方，也是她使我着迷的原因。

金乡人早就认识到她的独特性，特别是对于金乡城和金乡人来讲，护城河更像一条缠绵悠长的感情纽带，伴随金乡人形态各异的人生。这是他们情感的源泉之一。他们意识到这些年来对她的忽视、怠慢甚至破坏，更意识到这种忽视、怠慢甚至破坏带来的可怕后果，所以，对护城河的疏浚、修整和保护已经有了明确的计划和实施步骤，有些计划已经进入实施阶段。

我完全同意金乡人对护城河的认识和计划，因为他们的认识和计划都是出于善良而美好的愿望。那么，我唯一的希望就是能够继续保护好金乡护城河原有的独特气质，不要对她的气质和形态造成任何伤害。

我第一次见到金乡的护城河便爱上她，想必此生无论岁月如何涤荡，金乡的护城河在我心里不会褪色。她是我爱金乡的理由和动力之一。

城墙

金乡城有四个门，东门称迎旭门，西门为来爽门，南门是靖海门，还有一个望京门。东门的名称好理解，大概是旭日东升之意吧。靖海门所指明确，南门正对东海，是倭寇进犯的主要方向，靖者，平安也，此门有祈求平安之意。北门正对京城，应是取遥望京畿之意，叫人挠头的是来爽门，从字面来看，娱乐性质比较明显，不够高大上。

四个城门，南门和东门已经了无影踪，望京门和来爽门还留有一个小门洞，当然，这肯定不是原来的门洞了。有人告诉我，那门洞是从清朝留下来的，我存疑。

从资料看，金乡建城应该从明洪武二十年开始，也就是1387年，从选址、设计、开工到卫城建成，以当时的科学技术，起码也得三年。这不是关键。关键在于，当时信国公汤和奉旨筑金乡卫城，第一要务是为了防止倭寇进犯，其次才是出击，在能够自保的情况下打击进犯的倭寇。我想，这应该是金乡卫城最为主要的两个功能，这两个功能一直延续至卫城不再承担防卫和抗击倭寇的任务为止。从现有的史料看，当年金乡高筑的城墙最终还是没能阻挡住倭寇的进犯。如果提供的史料没有出错，郑成功的军队也曾经攻进金乡城内，金乡城被洗劫一空。可是，城墙始终是一道看得见摸得着的屏障,是物理的存在,因为它在大部分时间里,确实起到防守的作用。我认为,更重要的是在心理方面,有四周耸立的城墙在,生活在城内的人是安稳的,是踏实的。

据资料载,城墙南北长九百八十步,东西宽九百步,周长约九里。四门各有瓮城,有四座水门,是一座完整的具有明显战备意图的城墙。

有意思的问题出现了,我想问的是:作为一个长期生活在城内之人,城对人的性格和生活会产生什么样的影响?这个问题我问过很多金乡人,他们很少有意识地思考过。这点我能理解,作为一个日常生活在城内的人,过好每一天的日子便是,思考"城对人的性格和生活的影响"显然属于"瞎想"。可是,作为一个外来的观察者,我对这个问题有浓厚的兴趣,我想探究金乡人为什么成为现在的金乡人,以及金乡以后可能成为什么样的金乡。

大凡世界上的城墙,都不能脱离防守和出击两个功能,金乡的城墙也是如此。物与人是相互照应的,也是互相渗透的。照应与渗透相依。以我对金乡人的接触和了解来分析,他们的性格里有很安静的一面,有一种此生老死金乡不挪窝的淡然。你也可以称这种淡然为恋乡,也可以称之为坚守。所以,从我的接触来看,部分金乡人的故土观念极强,防范意识也极强,对人时刻保持警惕之心,对外部世界持有深刻的怀疑。当然还有另一类冲出城墙的金乡人,他们属于离城出击的金乡人,对于当年守城的金乡人来讲,每一次离城出击都是一次生死考验,都是置之死地而后生。其实,他们也必定有新的发现,一旦出了城门,有形的城墙随之消失,他们面对的是整个世界,而不是四周高耸的狭小城墙。这种发现想必会滋生出一种振翅高飞的欲望，有一种永不回头的决绝。

我觉得，坚守故土和永不回头是城墙的两面，正如硬币的两面。它们相互矛盾却又和谐统一。

如果我没有看走眼的话，这两种性格都或多或少体现在金乡人身上。这大概便是城墙赋予他们的极端性和丰富性。

金乡的城墙已在大炼钢铁的年代被拆除，是否恢复当年的城墙，现在成了金乡人议论的一个话题。其实，有形的城墙被拆掉了，无形的城墙依然完好地保存在金乡人的血液里和思维里。我这样说，丝毫没有贬义，恰恰相反，我觉得，如果每个金乡人的血液和思维里都保存着一座城墙，那么，每一个金乡人便拥有一份固守家园的淡定和拥抱世界的勇气。

这样一种福气，并不是所有人都可以拥有的。

鲤河

鲤河消失了，或者说，鲤河已经被埋葬在金乡城的地底了。我到金乡之时，鲤河已经成为传说，成为一个梦境般的存在。

老一辈的金乡人说，护城河是金乡的外河，鲤河是内河。鲤河完成金乡人的内部循环，护城河负责金乡人与外部世界的连接。而我认为，鲤河是金乡人的血管和血液，护城河是金乡人的四肢和五官。也可以这么说，鲤河体现的是金乡人的灵气，护城河体现的是金乡人的体魄。如今，四肢和五官还在，血管和血液却不见了，或者说，金乡人的精神气质里缺少了一点什么。

我对鲤河的了解来自两方面：一是金乡人的描述；二是想象。

第一个对我描述鲤河之美的人是夏子朗,他是金乡夏氏家族后人,是第一个跟随部队入藏的金乡人。他告诉我,1958年离家入藏之时,便是在家门口的鲤河乘的小船,小船跟随鲤河穿城而过,进入护城河,再从护城河转乘大船去外面世界。夏子朗在西藏部队服役二十二年,1980年内调回金乡,担任法庭庭长。那时家门口的鲤河是勾连金乡内部的主要动脉,也是金乡内部的自我净化器。潺潺流水,日夜不息地连接金乡城的内部和外部,经过一夜的调整和休养,次日又恢复成一座靓丽妖娆充满活力的金乡城。

第二个对我描述鲤河之美的人是夏可可,她是夏子朗之女,是我朋友刘德奎的妻子。夏可可出生在西藏,1980年跟随父母回金乡时,鲤河还没有被填埋。2017年的一个夏天,她站在老家的门口告诉我,当年,他们家门台出去就是鲤河,鲤河两边有两排美人靠,河里流水清澈见底,美人靠上坐满闲谈的老人。鲤河的那一边便是鲤河菜场,菜场里人声鼎沸,鱼跳肉飞,一派繁忙又井然有序的景象。因为有鲤河穿越菜场而过,河水似乎可以清洗人间一切尘垢,是世间最有效的净化剂。她每天流经菜场,将菜场上的垃圾带走,第二天,还金乡人一个清洁如新的菜场。夏可可对当年的鲤河记忆犹新,没有了鲤河的菜场让她伤心又无奈,历史车轮可以碾压一切,可无法抹去她对鲤河的记忆。

第三个对我描述鲤河之美的人是邓美玉,她当年号称金乡第一美女。从黑龙江下乡返城后,她在金乡卫前大街玄坛庙边开设了照相馆,见证并参与那段时间金乡经济的飞速发展和金乡城乡面貌天翻地覆的改变。邓美玉告诉我,鲤河被填埋应该在1982年,因为金乡小商品经济爆炸式的发展,金乡人原有的住宅不够用,于是,在缺少规划的情况下，家门口的鲤河无辜被填埋，而在鲤河之上扩建了一幢幢房子，这些房子成了前店后厂的经济生产单位。邓美玉说，她也是在下意识中，将镜头对准被填埋前的鲤河，留下了鲤河最珍贵也是最凄美的最后身影。

第四个对我描述鲤河之美的人是陈觉因。陈觉因是个企业家，是这个时代的"英雄"，我称他为"与时代赛跑的人"。我觉得难得的一点是，他能够一直站在时代潮头，从改革开放之前，一直到2002年左右从上海返回金乡。他返回金乡之后的选择，也是充满智慧——专注慈善事业。那一年，他才五十三岁。陈觉因现在"官拜"美丽金乡建设促进会会长，是个不拿工资的"政府工作人员"（因为他的办公室设在镇政府）。他的任务很明确，就是帮助政府将金乡建设得更美丽，有些事政府不好出面，由他出面统筹。2018年5月5日，我在他鲤河南街76号的家里与他有过一次长谈，他提出了恢复鲤河的设想。他是鲤河被埋的见证者，他家门前便是鲤河，河水清澈如镜，他知道鲤河对于金乡的意义。

我没有亲眼得见当年鲤河风貌的福气，只能从金乡人的讲述中想象鲤河的身影，感受金乡人对鲤河深情的怀念。我可以想象，当年蜿蜒的鲤河水流经每户人家的门前或屋后，河中鱼虾成群，追逐着划过的小木船。入夜了，水声粼粼，冲洗一身尘垢，带人入梦，也带走一天的疲惫。经过一夜不息的静流，不，那不是静流，而是休养，河水变得更加明净，像一颗颗露珠汇聚而成。凌晨，鲤河升腾起氤氲的水雾，弥漫了整座金乡城。太阳升起了，水雾逐渐散开，散开的雾水好似为金乡城洗了一次清水澡，让金乡城的每一寸泥土、每一片叶子从睡梦中苏醒过来，散发着泥土和植物的清香。

附录：金乡风物 —————— 219

请原谅我贫乏的想象力，我脑子里能够呈现的大概只能是这幅景象了。我知道，这完全不能满足金乡人对鲤河的期盼，因为我的想象只是鲤河一个小片面，一个生活的小片面，而鲤河对于他们而言，不仅是生活上的，更是感情上的。那是一种对逝去美好事物刻骨的怀念。

然而，如果让金乡人再做一次选择，他们还会为了经济的发展而选择填埋鲤河吗？这将会是一个没有答案的设问，因为，只要稍有理智的人都知道，经济发展可以有多种形式和途径，而鲤河对于每一个金乡人来讲只有一条。可是，我更大的疑问是，如果历史的车轮再一次碾压过来的话，作为个体的金乡人何尝有选择的余地？从这个角度来讲，鲤河的消亡似乎是命中注定的。这是多么令人悲伤的事。

同春酒

"同春"应该是金乡最著名的老字号了。

迁居外地的金乡人，每次回乡，返程的行李里必定会有"同春"的酱油和醋。他们总是略带骄傲地说，其他地方的酱油和醋简直"没法吃"。

金乡的不同之处在于城墙，城墙除了军事上的守卫和出击，另一个作用是能够比较有效地形成独特的包括饮食在内的风俗习惯，并且能够将这些风俗习惯保存下来。城墙在一定程度上起到与外界隔离的作用。

金乡有许多老字号。如金乡殷大同蜡烛，据说殷家是在清乾隆年间从宁波迁居金乡的，以本地产的柏子油为原料制作蜡烛。殷大同蜡烛既耐燃，亮度又高，价格实惠，闻名遐迩。我觉得殷大同蜡烛出名还有另一个原因，殷家共九房，是个大家族，人丁兴旺是一方面，另一方面是殷家人才辈出，有从政的，有学医的，有投身艺术的，都能在每一个行业做出自己的成绩。殷家二房后人殷晓煜是学医的代表，现为中山大学附属第一医院胆胰外科主任，我多次听人提到他，是国内这个领域里最顶尖的专家之一。他姐姐殷春微有次在炎亭和我一起吃饭，提起弟弟便是一脸自豪，她微信朋友圈里有许多殷晓煜的信息。

当然，在金乡人心目中，最有名的老字号还得数"同春"。在金乡人看来，"同春"最有名的是酱油。"同春"最早就是做酱油的，1917年，由金乡人陈荣兵创办了"太和酱园"。两年之后，才有"同春酱园"，但是，发起人是陈陶庵，七个人共同出资。酿造的产品除了酱油，还有白酒、醋和黄酒。

我经常在媒体上看到或听到企业家说，自己的企业要做百年老店。这当然好，有理想的企业家值得尊重，他们会因为理想而要求自己，约束自己，为心中所设的目标而奋斗，他们的人格也会因此而发光。实事求是地讲，提出理想是相对容易的，有基础或者没有基础的人都可以构建自己的理想，所需成本也不高，难的是实现理想的成本和实现理想的毅力。有成本和毅力还是远远不够的，还必须有许多外部条件的促成，譬如企业的传承人，譬如各个时期政策的稳定支持。完全具备这些条件后，还有一个最最重要的条件是，企业生产的产品必须具备优良而独特的品质，而且，这个产品要经得起历史浪潮的涤荡。我们回头遥望，能在历史长河里保留下来的百年企业和产品实在少得可怜，难道不是吗？

我无意间发现，至 2018 年，刚好是"同春"百年，当然，我这里指的是"虚岁"。如果算上"太和酱园"，已经超越百年。"同春"是真正的百年老店。

可是，有几个人知道，在这百年之间，"同春"经历了多少磨难？有多少金乡人在"同春"危难之际挺身而出，甚至是冒着生命的危险，才使"同春"的血脉得以延续？从这个角度来讲，"同春"的百年，何止是"同春的百年"？"同春"向我们展示的不只是一个企业的百年磨难经历，而是在诉说一个真理，一个只可意会的真理。

我在得知了"同春"的历史后，才想明白，为什么金乡人会自豪地说"其他地方的酱油和醋'没法吃'"。是的，他们有理由骄傲。从他们的角度来讲，"同春"酱油和醋的好，不仅仅是吃，更是感情的皈依。当然，吃是重要的，甚至是至关重要的，没有吃其他从何谈起？金乡人的可贵之处在于，吃了"同春"的酱油和醋之外，没有忘记"同春"的历史。

2017 年 7 月 9 日，我跟随张春去了一趟同春厂。张春高中毕业后就进厂了，一直工作至今。张春带我参观了整个流程，"同春"已经很现代化，设备都机械化了。在酒厂里，当我闻到那股酒味时，突然想起来，我在很早以前喝过"同春"白酒，早在二十多年前，我刚刚踏上"酒坛"的时候。对我来讲，"同春"白酒有一股特殊的味道，闻起来有点"刺"，有种往人身体里钻的尖利，入口之后倒是缓和了，像墨汁在水里突然化开。这点令我记忆深刻。

问题在于，我为什么这么多年没有再喝过"同春"白酒？我想，这不完全是我的问题，也肯定有酒厂的问题，更有销售的问题。

我觉得，"同春"不单单是金乡人的"同春"，还应该是我们的"同春"。"同春"的历史是我们共同的历史，未来也一定是我们共同的未来。

诸位以为然否？

朱广和以及金乡的糕饼

讲起金乡糕饼的历史，一定离不开抗倭。不管传说是否真实，金乡城因抗倭而建，这点是确凿无疑的。那么，所有和金乡有关的风俗人情大多也离不开抗倭，或者，这些风俗人情跟某个抗倭名将有关。金乡的糕饼就与抗倭名将戚继光有关，据说，当时便有光饼、肚脐饼等糕饼，以便行伍打仗时食用。可能因为戚继光是历史名人，日常的糕饼过于渺小，为了"壮其声色"，更为了增加糕饼的"传奇色彩"，民间出于可以理解的美好愿望，将这些糕饼和历史名将联系在一起。仔细一想，我觉得这也没什么不好。

金乡有许多糕饼，最为普遍的有炒米、炒米糕、生仁片、月饼、椒盐巧、状元糕、白糖双炊糕、芙蓉糖等。以前，每到过年过节，各家各户都是请做糕饼的老司到家里来做，区别在于，贫穷人家做得少一些，富裕人家多做一些。

朱广和糕饼的朱功荣就是著名的做糕饼老司之一。朱广和糕饼传到朱功荣手中已是第五代，算起来，也有百年历史了。可是，到了朱功荣这一辈，朱广和糕饼的传承成了一个大问题。朱功荣告诉我，由于吃糕饼的人越来越少，他后来也转行开了金城酒家。而被誉为朱广和糕饼名品之一的史茶糕，他在1956年之后就没有做了，现在几乎成为一个传说。

2017年8月4日下午，我到金乡龙门巷拜访朱功荣。朱功荣方面大耳，有佛相，少表情，说话缓慢，声音低沉。说起朱广和糕饼的往事以及面对难以延续的未来，他的口气也是淡然的。他告诉我，两个儿子不愿意接手做糕点这个祖传行业，因为就目前的情况来看，做糕点确实无利可图。孙子今年二十岁，当兵去了。见识了外面的世界，谁也不能肯定他回来之后愿意接手祖上传承下来的这门手艺。朱功荣只有在说到孙女的时候，脸上的表情才生动起来，眼睛发亮，从手机里调出孙女的照片给我看。他的孙女朱莹莹，生于1998年，在海军部队服役，刚参加了全运会的游泳比赛，获得了金牌，荣立二等功。看照片时，我心里一直想问，孙女会继承他的手艺吗？我没有问出来，我觉得这个问题有点不合时宜了。

朱功荣没有门户偏见，他说自己收徒弟不设门规，只要人品端正，愿意学这门手艺，他都愿意教。可是，即使如此，也是门徒寥寥。

我知道，这不是朱广和糕饼遇到的问题，而是所有传统行业面临的问题。在几千年的农业社会里，传统行业不仅能解决生存问题，还是属于有"一技之长"的人，这样的人，在农业社会里是引以为傲、饱受尊重的。可是，到了工业社会甚至商业社会，当一切以经济来衡量之时，当产品采用流水线生产之时，"一技之长"的骄傲和尊严被消解了，无情地被机器取代了。这真是一件心酸而悲伤的事。

朱功荣倒并不心酸和悲伤，他说自己也不排斥将朱广和糕饼进行工业化生产，如果外部条件允许，他甚至乐于一试。对他来讲，无论如何也不愿意看到传承五代的手艺在他手上消亡。

可是，这种消亡却又是如此迫切和真实。

江蟹脚

江蟹脚是金乡一个特色小吃，我也只是在金乡，才发现有人专门吃江蟹脚，而且如此专注。就像有的地方喜欢吃鸭舌，有的地方喜欢吃兔头，有的地方喜欢吃知了，有的地方喜欢吃血肠。所谓靠山吃山靠海吃海，大概便是这个道理。当然，吃什么、怎么吃，也是一种"创意"，一种艺术的想象和创造。

金乡人吃江蟹脚，最显著的原因，应该是靠海。金乡往东北方向不到十公里便是炎亭渔港；往东南方向十多公里是海口渔港，一直到与福建接壤的沙埕。海岸线长达一百六十多公里，是东海最肥沃的海域之一。再加上近在咫尺以江蟹出名的炎亭，吃江蟹脚当然不是问题。

我感兴趣的是金乡人何时开始吃江蟹脚，以及江蟹脚里是否蕴含着金乡人的特殊记忆？

我询问了许多金乡人，各个年龄段都有，没有人知道金乡人从何时开始单独吃江蟹脚。我也没有在金乡的相关书籍中找到想要的答案。我猜想，江蟹脚对于金乡人来讲，只是日常生活的自然演变，就像口味清淡的金乡人，在不知不觉中，也喜欢上吃辣。谁也没有特意记住是在哪个时刻喜欢上吃辣的。

在金乡，鲤河菜场是我经常去的地方之一，每一个摊位都去看看，问一问价格。看得最多的当然是海鲜摊位，有时光看不够，还伸手去掂量一下海鲜的分量。我很喜欢菜场里那股蒸腾的生活气味，有点乱、脏和嘈杂，可那才是生活应有之义啊。所谓人间烟火，我认为并非真正的烟和火，而是人的生活场景和气息。

在鲤河菜场，我特意关注过海鲜摊位上的江蟹脚，发现海鲜摊位上的江蟹脚大多不如我平时在海鲜排档吃的江蟹脚，海鲜排档里的江蟹脚更新鲜、更饱满、个头更大。为何菜场的江蟹脚比不过海鲜排档？莫非菜场的摊贩做了手脚？我百思不得其解。金乡的朋友后来告诉我，不是菜场的江蟹脚比不过海鲜排档，而是我见到的和吃到的不是同一批江蟹脚，这里有两种情况：第一，我去菜场基本上是早上六点以后，而海鲜排档进货的人，凌晨三点就到菜场了。也就是说，我到菜场时，新鲜、饱满、个大的江蟹脚大多被人选走了；第二，开海鲜排档的人，特别是长期开海鲜排档的人，会有专门的进货渠道，做海鲜批发的老板会给他们特意留货，即使是这样固定的客户，也必须每天凌晨赶到批发市场取货，否则好货也有可能被同行抢走。

其实，我后来想，金乡人对于江蟹脚或许真的没有特殊记忆，如果一定要说有的话，那大概是某种象征吧，象征着金乡人对美好生活的追求？象征着金乡人的勤劳？或者，象征着金乡人在冲出城墙之后用脚丈量世界？或许是，也或许什么都不是。更大的可能是，江蟹脚对金乡人来讲，仅仅是一种食物。

童谣

一亭二阁三牌坊,

四门五所六庵堂。

七井八巷九顶桥,

十字街口大仓桥。

金乡童谣——《金乡卫城古貌》

这应该是金乡最有名的一首童谣,也应该是最能体现金乡风貌的一种文化表现方式。外地人到金乡,这首童谣就是一张活地图,能在这张"地图"里找到活的历史和现实,以及探寻未来的某种可能。

据说这首童谣源自清代,此说,我认为有一定道理。一亭指的是丰乐亭,是金乡最具标志性的建筑,位于东大街、南大街、卫前大街和凤仪街的交会处,始建于明成祖永乐年间(1403—1424),当时叫消夏亭。后毁于兵火及台风,清咸丰年间重建后才改名丰乐亭,为木构建筑,亭高十六米,有十六条朱柱,底层三开间中层四周有浮雕,占地三十六平方米。现在的丰乐亭是1985年重建的,大概是为了与周边建筑相匹配吧,基座抬高了一点五米。

二阁应该是指魁星阁和文昌阁,也是金乡有名的建筑。三牌坊是指贞节牌坊,原来在西门大街,后移至狮山公园;三是个虚数,金乡的贞节牌坊不止三座。四门指东南西北四座城门。五所指卫城所设五座千户所:中千户所居城中,是城防主力;前千户所设城南,负责城南防务;后千户所设城北,驻北门郊外;左千户所在卫厅东边;右千户所在卫厅西边。六庵堂指城内六座庵堂,分别是宦隐庵(原名"荷庵堂")、圆通庵、福聚庵、玉泉庵、西林庵、水月堂。七井八巷九顶桥是指城内七口水井八条巷子和九座桥梁,七口水井指建城时挖掘的七口水井,有三皇庙、玉泉庵、义仓南、广济庙、西林庵、万善堂、沐泗庙七处,供城内日常用水,也备卫城被困之时的城内用水。现在,这七口水井大多枯竭,无迹可寻。八巷实是六爻巷,由北至南为八、七、六、五、四、三巷,外加马巷,牛巷。九顶桥:定远桥、凤仪桥、张家桥、鲁公桥、木桥、大仓桥、小仓桥、火神桥、馆驿桥。十字街口大仓桥,大仓桥位于十字街口,东处仓桥街、南处渔行街、西处城西街、北处城北街。城内繁华之地也。

这一首童谣里,包含了金乡主要的建筑和格局,也包含了金乡的前世、今生。我觉得最主要的是,这首童谣里包含了所有金乡人的记忆,不只是物的记忆,更主要的是情感的记忆。这种记忆是无形的纽带,也可以讲是金乡人的共同文化血缘,是金乡人共同的血缘胎记。

遗憾的是,现在很多金乡人已经不会背这首童谣了,特别是年轻一代,只是在隐约中记得有这么一首歌谣,有的只会念一句,有的是两句,有的干脆一句也不会。

当然,不会念童谣也不是什么严重的事情,不影响成为一个真正的金乡人。可是,我又觉得,作为一个金乡人,如果能念自己家乡的童谣,那该是一件多么骄傲、多么令人羡慕的事啊。

盟兄弟

中国最著名的盟兄弟,应该是《三国演义》里桃园结义的三兄弟吧。不求同年同月同日生,但求同年同月同日死。

盟兄弟,拜把子兄弟,结义金兰,歃血为盟,应该都是一个意思。在民间,特别是在农村或者小镇,结拜盟兄弟是比较普遍的情况。农业社会是个人情浓郁的社会,有一句老话是这么说的:在家靠父母,出门靠朋友。盟兄弟是朋友的升级版。农业社会还是一个喜欢聚众群殴的社会,当然不是没事打着好玩,而是为了农田水利、宗族荣誉、男婚女嫁、风俗禁忌,打起架来,一个人显得过于势单力薄,最佳搭档是上阵父子兵,有时父子人数不够,盟兄弟便显示出特别巨大的优势了。

我不知道,金乡的盟兄弟风俗与打架有没有直接关系,在苍南沿海一带,结拜盟兄弟是比较普遍的事。而在金乡,结拜盟兄弟不仅仅普遍,而且是纳入家庭仪式,得到父母长辈认可的,对方家里有红白喜事,必须到场帮忙。这是"分内"的事。

一般来讲,结拜盟兄弟的人数是十人,大约是取十全十美之意。年龄相仿,大多是小学同学,或者是少年玩伴,相差不过一两岁。都是意气相投,平时缠在一起干各种捣蛋事的朋友。他们自己组群,举行的仪式比当年"桃园三结义"要正式得多,还得邀请各自的父母前来参加,不像刘、关、张,没有跟各自的家长打一声招呼,完全是自作主张。结拜之后,就是生死弟兄了,一生都要缠在一起,至死方休,有的至死也不休,还要将这种关系维持到下一辈。当然，也有长大以后分道扬镳的，毕竟当时只是少年，长在金乡小城，没有见过世面，及至年岁渐长，人生的道路、学识各异，所处环境不同，对世界的理解也各成体系，虽然盟兄弟的形式还在，见面之时口头的称呼还在，内心却渐渐走远了。

这也是没有办法的事。自从城墙"没"了以后，世界也同时打开了，城内的人四处奔波，逐浪而行。有的人在外面的世界转了一圈，最终落叶归根，有的人永远留在异乡，在世界的另一端生根发芽。斗转星移，世事变迁，当年结拜的兄弟过得都还好吗？

金乡那么盛行结拜盟兄弟，除了与它曾经盛行宗族械斗有关，应该还有一个更深层的历史因素：金乡是座抗倭古城，是座兵营，调防驻军来自五湖四海，他们的身边缺少亲人。特别是他们的后代，在一座随时面临战争的兵营里，更觉孤单和无助。他们需要同龄的玩伴，更需要与同龄的孩子结成一个同盟，抱团在一起，形成一股一致对外的力量。家长们无论是出于孩子还是自身的考虑，都乐见此种结盟的发生。久而久之，便形成了一种风俗，一种金乡文化。

现在的金乡，已经很少有人举行拜把子结盟仪式了。我想，在不久的将来，这种仪式或将成为一种古老的传说，凝固在历史与小说之中，成为记忆的一部分，渗入泥土之中。

义冢和布施冢

如果到金乡，一定要到南门外看一看义冢。它是了解金乡的一个窗口，或者说，它是走进金乡的一条隐秘通道，一条可以窥见金乡过去、现在和未来的秘径。

讲起义冢，就不能不提金乡袁家。袁家在金乡算是源远流长，始迁祖袁邦宪是军人，任明朝金乡卫副指挥使，从三品。自袁邦宪之后，袁氏一脉便在金乡落地生根。我猜想，袁邦宪当年的军人身份，或多或少与义冢有着某种联系，这一点，我后来在袁氏家族历史中得到了印证。可是，自袁邦宪之后，特别是金乡卫作为抗倭重镇的战略意义消失之后，袁氏子孙便"回归"成金乡普通居民的身份，直到袁廷槐（1869—1931）的出现，袁氏在金乡又成为一个特殊的存在，而且影响深远。

我没有详细查过袁氏族谱，无从知道从袁邦宪到袁廷槐之间的血脉延承历经多少代，从时间上推算，从明初至晚清，近五百年，以二十年为一代计，已有二十多世。至袁廷槐，袁家已家道中落，他父亲是个风水先生，袁廷槐也只是在幼时读过几年私塾，十六岁便去温州商号当学徒。三十多岁回金乡北门创办"袁义成商行"，主要做茶叶及当地土产生意，后来发展成为浙南闽北一带有名的商行。

袁廷槐开商行赚多少钱已经不重要了，重要的是，他花巨资建了近一千平方米的袁家大院。2018年3月10日上午，我和朋友吴家悙、李蕙去袁家。李蕙和袁家有亲戚关系，她联系了表哥袁敏接待我们。袁敏生于1973年，为袁廷槐第四代孙，袁氏一支分四房，袁敏属大房。他目前在安徽做包装材料生意。袁氏后人也大多从商，并且为人低调。袁家大院位于卫前大街133号，沿街是一排"通天楼房"（金乡城内的楼房大多如此），袁家大院便藏在楼房后面，如果没有人指引，很难发现的。袁敏告诉我们，袁家大院是在1993

年12月30日，他父亲几个兄弟集资两百万元，从政府手里拍卖回来，也算是对祖上有个交代。袁家大院原来是临街的，"通天楼"为后建。袁廷槐还做了一件事，1916年，他母亲八十大寿，母亲提出将做寿的钱用来修路，袁廷槐遵从母命，将长达二百五十丈的玄坛庙至南门街道铺上青石板，此路段即现在的卫前大街，为金乡城内最主要的街道。现在的卫前大街早就改成水泥路了，遥想一百多年前，铺上青石板路的卫前大街，对于金乡的居民来讲，那是多大的慈善啊。当时浙南最为有名的乡绅刘绍宽，还为此事撰写了《卫前筑路记》。

让我颇感意外的是，义冢与布施冢不是在袁廷槐手里建成，而是他三个儿子的"手笔"，当然，源头来自袁廷槐。1930年，六十二岁的袁廷槐预感去日无多，他召集三个儿子袁秉根、袁秉均、袁秉伦，交代在他身后办好两件事：一是建义冢。现在无从考证袁廷槐当年建义冢的具体原因，我想，袁廷槐有此设想，应该和他的先祖袁邦宪有关，和袁邦宪担任过明代金乡卫的副指挥使有关。他是军人后代，眼见当年为国杀敌的英烈，在经历数百年的风雨之后，坟墓大多已破败不堪，心里会有一种使命感，他有责任将这些抗倭将士暴露在外的遗骨重新收拾起来，建立义冢，让他们不至暴尸荒野；二是建布施冢。将当时社会上孤苦伶仃无人安葬的遗体，以及路边无人认领的尸骨，进行集中安葬。我猜测，袁廷槐当年的设想，应该是先有义冢，后有布施冢。义冢是他行善的根源，是他对先祖和历史的认领，而布施冢则是他对当下社会的担当和回馈，也是他作为一个人的最宽阔表达。

据说袁廷槐为了保障建义冢和布施冢的费用，花巨资在当时的鳌江设立"义生"分号，提取利息，作为建坟的专项资金。最后，他的"遗嘱"还特别交代三个儿子，他死后停尸不葬，必须等义冢建好，才能下葬。从这一点，可以看出袁廷槐真是决心宏大——他不给自己留后路，也不给三个儿子留余地。

　　第二年，袁廷槐离世。袁廷槐没有料到的是，他去世后，袁家"遭了变故，全家过起了清贫的生活"。但袁廷槐的三个儿子没有忘记父亲的"遗嘱"，1937年春，在金乡南门外凉亭村买地两亩左右，建了四百六十五圹义冢，将散落在荒郊野外的抗倭将士尸骨重新安葬。同年秋，他们在钱仓山麓买地三亩多，建筑了"漏泽园"布施冢，收葬暴尸野外的穷人。

　　我们现在见到的只是袁氏的义举，却无法想象袁氏三兄弟当年是在如何艰难的情况下完成父亲的"遗嘱"。

　　袁敏带我们去了一趟南门外的义冢，他告诉我们，他伯父的腿脚不好，但每天都会去一趟南门外的义冢，打扫打扫，整理整理，这成了他晚年一个习惯，成了每天必做的功课。伯父过世后，就没有每天来看护义冢的袁家人了。

　　义冢就在公路边，有一青石碑，碑上有字，大概是年久腐蚀，碑上的字被人用红漆描了一遍。四周有围墙，不及腰高。我跨过围墙，进入坟地，墓圹有序排列，好似一个大大的"回"字。墓圹是用水泥浇筑的，想必是袁家后人重新修葺。

　　坟场干净，几乎可以用一尘不染来形容。很多地方有岁月留下的印记，有风吹霜冻的皱褶，有雨淋日晒的伤痕。但坟场里没有破败的气息，恰恰相反，尽管公路上车来车往，声音嘈杂，不高的围墙也没能阻挡住汹涌而来的人间噪声。可是，坟场里似乎是另一个世界，一个庄重、肃穆的世界。不知道是不是心理作用，这种气息跟我以前去过的一些陵园不同，这里多了一股让人不可言说的力量。我一开始没有想明白是什么力量，后来想，那可能是天地之间的一种精神，是一种使人奋进和悲壮的神秘物质。我想，这种神秘的物质大概来自两个方面：一是来自当年因抗倭而为国捐躯的将士。我不知道他们来自何方，不知道他们年岁几何，也不知道他们姓什名谁，可他们为了保卫这个国家，为了保护这里的居民，最后战死此地，骨埋异乡。我在想，他们死后的灵魂也应该有一股正气吧，一股横扫天地之气。这种正气是无形的，却是可以感触的；二是来自袁家的义举，源自袁廷槐的决心，源自袁秉根、袁秉均、袁秉伦三兄弟的全力践行，也源自袁家后人以守护义冢为责任的坚持。这种坚持看不到任何回报，只有付出。但是，我似乎在袁敏及袁氏后人身上看到一种精神，那就是因几代人坚持而带来的精神上的自足和淡然。无论是对历史还是现实，他们身上都有一份超然其外却又介乎其中的气质。我觉得，这种气质是与生俱来的，更是袁氏族人的历史形成的。

　　遗憾的是，坟场之外过于凌乱，东首有座小山包，建有石屋，似乎养了一群小鸡。坟场的南首也是一条公路，但公路和坟场之间，还留有一小片空地。我知道，对于义冢目前的外部环境，袁家已经没有办法了，因为这已经不是经济手段可以解决的事了，这里面牵涉到规划、土地、环保、行政执法、民政等等问题。

　　同去的朋友吴家悸，是苍南县民政局副局长，他对我讲，已经将此事提交局里讨论，局里也很重视，相信在不久的将来，会有一个相对完美的解决方案。我完全相信我的朋友的初衷和决心，也相信他能将此事办妥。但是，让我犹豫的是，这事不是他想办便能办成的，也不只是民政局的事。不过，我还是希望此事能有一个美好的解决办法。其实是一件很简单的事，地方不大，处理起来也不复杂。我认为，最大的问题在于有没有这个认识，有没有决心。

我没有去过钱仓的布施冢。据袁敏讲述，钱仓"漏泽园"的情况比金乡糟糕得多，缺少管理是一个方面，另一个重要的方面是，与当地村民还有一些土地上的纠纷。"漏泽园"原来只有三亩多地，现在已被"围困"和"掩埋"在一片荒地和丛林杂草之中，"漏泽园"几乎无迹可寻。袁氏后人曾经和当地村民有过交涉，想将周边的荒地购买过来，加以修整。此事岂是袁氏后人办理得了的？不说与当地村民的谈判与付款，即使谈判和付款顺利，袁氏后人也不可能将手续顺利地办理下来。

依我个人的看法，对于义冢和布施冢来讲，袁氏一族已做得够多，从筹建到后来的守护，成了袁氏一族的自觉行为和精神皈依。而我要讲的是，现在以及将来，我们能够做些什么？

我在金乡近两年的生活接触中，除了金乡特殊的历史和近四十年来小商品经济的异军突起，另两个印象深刻的便是"民间力量"和"慈善行为"。

在金乡，"民间力量"和"慈善行为"很多时候是联结在一起的。就以袁氏的义冢和布施冢为例，我觉得既是"民间力量"，也是"慈善行为"。包括我在金乡期间看到的西门大街的修建，更包括对护城河的改造，皆是如此。政府部门在很多时候扮演的是引导和规划的角色，是"无形的手"，实际的导演和演员是金乡人，大到修路造桥，小至家庭纠纷，往往有地方贤达出面，他们自主设计，自筹资金，分派人力，公布账目，无论是牵头之人还是帮衬之众，大家心中只有一个目的，那便是将事情尽心尽责地办成，"功成便身退"。此间社会风气，是我在其他地方所没有见到的。那么，我便不得不思考一个问题：金乡的这种源自民间又返还于民间的社会风气及行为方式是如何形成的？又是何时形成的？

老实讲，我没有找到答案。但我又似乎隐约感觉到，这是我们曾经的一个美好传统，可是，这个传统在我们的现实世界消失了，就像关于凤凰的美丽传说。然而，我在金乡找到了这个传说，如一只凤凰被遗弃在人间。如果从这个角度来讲，探寻这种风气形成的历史时间便显得无关紧要了，重要的是如何将这种风气保存下去。在这个意义上来讲，义冢和布施冢便显得尤为重要了，它们是这种风气的建设者和见证者。是活着的历史。

我想，保护好金乡的义冢和钱仓的布施冢，应该是我们共同的责任。如何面对义冢和布施冢，除了是如何面对历史的问题，更是如何面对现在和未来的问题。

这何尝不是一个"死"与"生"的问题？

后记

1

年轻时，总觉得故乡太小，温州太小，小到装不下自己的肉身。故乡如一副枷锁，是阻碍身体和灵魂翱翔的沉重包裹和累赘。人到中年，才慢慢发现故乡之大，才发觉温州之深厚，这种大与厚，不是地理意义上的，而是文化血脉和精神意义上的。我不是宿命论者，但是，不管承认与否，一个人的生养之地，从某种程度上决定了一个人看待世界的角度、宽度和高度。

当然，生养之地并不能决定一个人能够看多深，更不能决定一个人能够走多远，因为，对于中国来讲，无论哪个地方有多么深厚而强大的文化力量，都只是中国浩瀚文化中的一条支流，一个组成部分。所以，在更多时候，大多数中国人会迷失在中国文化之中不能自拔，失去了观察世界的独特视角和鲜明个性。

所以，从文化角度来讲，生养之地和整个中国既是一体，又相对独立。只有分清两者的辩证关系之后，才是真正认识自己的开始。

2

对于金乡的书写,也是我探寻和认识自己的一次难得机会,我对这座东南沿海古镇的认识和梳理,从某种意义上也是我对自己的历史和现实的认识和梳理,甚至是对自身未来的可能的规划和期望。书中所写的每一种风物,都是形成我性格的综合因素,那是我的另一个胎记。书中所写的每一个人物,无论是他们的优点还是缺点,或多或少都能在我身上找到印记,特别是缺点,在我身上会展现得尤为明显。所以,我在书写他们的时候,在很大程度上书写的是我自身,我会不断自问,认识是否中肯?书写是否准确?我必须对书中的每一个人心怀体恤,可是,也必须对每一个人保持警惕。

其实,整个过程,最需要警惕的是我:首先,我对自己能否认识和理解这个时代没有把握。我这么讲是真诚的。活到这个岁数,我对这个时代和世界当然有自己的认识和理解,可是,我深深地知道,我的认识和理解更多时候是主观的,是固执的,是偏颇的,是一意孤行的。我必须承认,我的认识和理解是以温州为出发点,带有浓郁的温州气息和我个人的判断。那么,问题出现了,既然对时代的认识和理解不客观,又如何记录和判断这些时代洪流中的人物?这真是一个巨大的问题;其次,我曾经说过,尽量用不带偏见的眼光来打量和审视这个时代的人物,用文学的方式表达他们。可是,真正的问题是,我能否真正做到不带偏见的眼光来打量和审视他们?我觉得这也是一个巨大的疑问;还有一个更加现实的问题,那就是我的书写和表达是否准确、有力。是的，我不能保证书中每个人物都满意我对他们的书写，但我必须通过自己这一关：我对他们的书写必须是相对客观和公正的，至少，这种客观和公正是文学意义上的。那么，我能保证做到这一点吗？我并不能保证，我所能做的，只是时刻警惕，时刻用平视的眼光打探他们，进入他们的内心，挖掘他们自己也还没有察觉到的隐秘部分。我希望能做到这一点。

3

我完全有理由相信，在金乡行走和探寻的时间、与金乡人相处和交流的岁月，将会是我此生最重要的收获之一。

为什么这么说？在去金乡之前，我一直以为自己的生活便是当下中国人的生活，我以为自己一直是在"生活之中"，我是"在场"的。可是，去了金乡之后，我对这个认识产生了怀疑，我发现，我以前的生活，可能是一种自以为是的生活，是一种漂浮在想象表面的生活，是一种自我封闭的生活，是一种对历史、现实、土地、人类缺少敬畏的生活。也可以这么讲，我以前的生活可能是一种虚假的生活，而我一直打着"在场"的幌子，既蒙蔽了别人，更欺骗了自己。

所以，从这个意义上，我应该感谢金乡，金乡让我认识到中国之大和中国之小，在金乡，大和小是辩证而统一的。是金乡，让我认识到历史和现实的相互促进，以及历史如何有效地照应着现实，现实又如何传承着历史。是金乡，让我认识到人如何深入而开阔地生活在时代之中,更深切而热烈地生活在土地之上,如蚯蚓一样耕耘和发光。是金乡,让我认识到人类如何在现实和理想中寻找自己的定位,并为此坚持不懈。是金乡,让我认识到可能被蒙蔽的自己,让我懂得如何认识生活,并及时纠正生活态度。作为一个作家,金乡对我的意义更在于,她让我尝试着以一种新的姿态去书写,书写自己,以及自己与历史、现实和时代的关系。

图书在版编目（CIP）数据

金乡/哲贵著.-上海：上海文艺出版社.2020
ISBN 978-7-5321-7428-7
Ⅰ.①金… Ⅱ.①哲… Ⅲ.①报告文学－中国－当代
Ⅳ.①I25
中国版本图书馆CIP数据核字(2019)第296314号

发 行 人：陈　徵
策 划 人：李伟长
责任编辑：林潍克
封面设计：人马艺术设计·储平
内文设计：钱　祯

书　　名：金　乡
作　　者：哲　贵
出　　版：上海世纪出版集团　上海文艺出版社
地　　址：上海绍兴路7号　200020
发　　行：上海文艺出版社发行中心发行
　　　　　上海市绍兴路50号　200020　www.ewen.co
印　　刷：杭州宏雅印刷有限公司
开　　本：890×1240　1/32
印　　张：8.25
插　　页：5
字　　数：190,000
印　　次：2020年4月第1版　2020年4月第1次印刷
I S B N：978-7-5321-7428-7/I·5902
定　　价：55.00元
告 读 者：如发现本书有质量问题请与印刷厂质量科联系　T:0571-88855633